깨
달
음
의 빛,

청
자
2

깨달음의 빛,

청자 2

정찬주 장편소설

불광출판사

차례

4

1장

백 년만의 귀향

광종 7년(956) 8월.

벽란도 쪽으로 해가 기울자 송악산 산등성이를 타고 소슬바람이 넘어왔다. 여름 내내 기승을 부렸던 불볕더위가 조만간에 꺾일 것이라는 조짐이었다. 왕비 별궁에 있던 대목왕후는 찻상을 준비했다. 정무를 마친 왕이 별궁으로 온다는 연락이 왔다. 왕이 밤을 보내고 갈지도 몰랐다. 8월 들어서 30대 초반의 광종이 대목왕후를 만나러 별궁에 오는 것은 처음이었다.

찻상에 오른 그릇들은 모두 탐진 무위사 스님들이 보내준 다기들이었다. 항아리, 찻잔, 다관, 다식접시와 퇴수기 등은 모두 탐진가마에서 나온 청자다기들이었다. 찻물을 담은 항아리는 청록색 빛깔이었고, 나머지는 모두 뇌록색 빛깔로 굽은 햇무리 모양이었다. 왕족이나 부호들이 아니면 가질 수 없는 고가의 다기들이었다.

대목왕후는 마음을 단단히 다잡고 있었다. 왕에게 할 말이 목울대까지 올라와 있었다. 왕이라고 해도 할 말을 못 할 만큼 어려운 사이는 아니었다. 왕과 자신은 모두 태조 왕건의 자식으로서 어머니가 다른 이복형제였다. 왕은 태조의 셋째 왕비 신명왕후 유씨, 왕비는 태조의 넷째 왕비 신정왕후 황보씨 소생이었던 것이다. 이처럼 남매들끼리 족내혼을 시킨 것은 신라 왕실 때부터 내려온, 외척의 발호를 막기 위한 왕가 전통이었다.

대목왕후가 마음속으로 벼르고 있는 까닭은 왕이 전국에 내린 노비안검법(奴婢按檢法) 때문이었다. 노비안검법이란 노비들의 실태를 파악하여 부당하게 노비가 된 자들을 면천해 주는 일종의 노비해방령이었다. 호족들은 많은 노비를 거느리고 있었다. 1천 명이 넘는 노비들을 거느리고 있는 호족들도 있었는데, 노비의 상당수는 고려 통일전쟁 과정에서 포로로 붙잡힌 군사이거나 양민 출신이지만 호족에게 큰 빚을 져 어쩔 수 없이 노비가 된 사람들이었다. 호족 중에서는 태조 왕건 편에서 고려 건국 때 무공을 세운 이들이 많았다. 나주 오씨, 충주 유씨, 평산 박씨, 청주 김씨 등은 대호족들이었다. 그들은 자신의 딸을 왕비로 보냈다. 그러면 왕들은 왕권을 유지하기 위해 서로 이해가 맞아떨어졌으므로 왕비로 맞아들였다.

그런데 대호족의 노비들은 농사를 짓는 노동력이자, 호족을 호위하는 사병이 되어 왕의 입장에서는 위협적이기도 했다. 호족들의 사병이 왕의 군사보다 강할 수도 있기 때문이었다. 이런 이유로 광종은 후주에서 귀화한 쌍기의 제안대로 노비안검법의 칙서를 전국에 내려보냈던 것이다.

대목왕후의 친정인 황주 황보씨 가문의 노비들이라고 예외는 아니었다. 친정의 노비들을 내보내면 상당수의 일손과 사병이 사라지니 가세는 예전과 달리 기울 수밖에 없었다. 다른 대호족들도 마찬가지였다. 노비가 면천이 되는 방법은 아주 간단했다. 관아에 가서 자신이 양민 출신이었다는 것을 신고만 하면 바로 노비에서 해방되어 자신의 고향으로 돌아갈 수 있었다.

왕이 기별대로 초저녁에 대목왕후 별궁에 나타났다. 별궁 문 앞까지 호마를 타고 와서는 말구종 신하에게 맡기고 성큼성큼 걸어 들어왔다. 대목왕후가 잰걸음으로 마당으로 나가 왕을 맞이했다.

"상감마마, 어서 오십시오. 오랜만이옵니다."

"별궁에 온 지 한 달이 지난 것 같소. 그동안 바빴소."

"언제쯤 오시나 하고 기다렸사옵니다."

"이번에 큰일을 하나 처리했소. 아마도 당분간은 나라가 시끄러울 것이오."

대목왕후는 입을 다물었다. 기회를 보면서 심중의 말을 하려고 그랬다. 오랜만에 찾아온 광종의 심기를 처음부터 불편하게 자극하고 싶지 않았다. 왕이 말한 '큰일'이란 노비안검법일 터였다. 노비안검법의 칙서로 대호족들의 불만이 점점 고조되고 있는 것은 사실이었다. 노비들의 해방은 대호족들의 수족이 잘려지는 것과 다름없었다. 그러나 왕의 입장에서는 왕권을 흔드는 호족들의 위세를 더 이상 묵과할 수 없었다.

"날이 아침저녁으로는 선선해지고 있사옵니다."

"날씨가 나를 도와주는 것 같소. 서늘한 바람이 나의 지친 심신에 힘을 주는 듯하오."

"발효차를 드시면 기운이 더 나실 것이옵니다."

마루로 올라앉은 왕이 찻상을 보고는 놀랐다.

"청자다기들이 아름답기 그지없소. 어디서 구한 다기들이오?"

"3년 전에 국사가 되신 겸신대사님께서 선물하신 다기인데 탐진 무위사에서 보낸 것이라고 하옵니다."

탐진 관음사는 태조 때 선각대사 형미가 주석하면서 절 이름이 무위사로 바뀌고 사세가 커졌다. 고안현(해남 마산면) 출신인 형미는 태조 왕건의 군법사로 활약하다가 궁예에게 죽임을 당한 당나라 유학승 출신 선승이었다. 탐진도공들은 차를 좋아하는 형미에게 청자다기들을 보시했고, 당나라 유학을 다녀온 선승들은 무위사를 찾아와 청자다기를 구해 갔다. 왕건은 물론 그의 아들인 혜종, 정종도 마찬가지였다. 형미 사후에도 무위사 주지를 통해 청자술항아리와 청자술잔, 청자접시 등을 구해 호족들에게 선물하거나 고가에 팔았다.

겸신은 화엄종의 고승이었다. 고승들은 거대종파인 천태종에 많지만 왕은 군소종파인 화엄종에서 국사를 선택했다. 이 역시도 호족들과 친분이 두터운 천태종 고승을 피한 광종의 결단이었다. 불교 쪽에서도 자신의 후원 세력을 끌어들이기 위한 계책이었다.

"나의 정궁 별실에 있는 술항아리와 다기들은 모두 월주청자지요. 쌍기가 후주 사신으로 왔을 때 나에게 진상한 것이라오. 나도 우리나라의 탐진에서 만든 청자를 겸신대사에게 부탁해야겠소."

후주에서 월주청자를 생산하지는 않았다. 후주와 각축을 벌이고 있는 남쪽 송나라에서 보낸 교역 물품 중에 하나가 월주청자였다. 월주청자는 후주의 왕실에서도 명성이 있었던 것이다.

"탐진청자가 더 아름답다는 것이옵니까?"

"내가 보기에는 그렇소."

"상감마마, 아마도 탐진청자가 모두 이와 같은 최고품은 아닐 것이옵니다. 도공들이 최고급 청자만 골라서 절에 보시했을 것이옵니다. 그런 까닭에 유난히 아름답다고 생각합니다."

"이 차는 어디서 온 것이오?"

"지리산 옥천사 차라고 하옵니다."

"옥천사라면 신라 흥덕왕 때 김대렴이 심은 차가 아니오?"

"겸신대사님 말씀도 그러하옵니다. 겸신대사님께서 제자 편에 가져온 차이옵니다."

차를 마신 뒤 별실로 자리를 옮긴 뒤에는 술상이 나왔다. 궁녀들이 순식간에 술상을 내왔다. 술상의 술항아리와 술잔, 안주 접시 등도 모두 탐진청자였다. 대목왕후는 겸신대사를 통해서 탐진청자를 구하곤 했는데, 모두 탐진 무위사에서 보낸 청자들이었다. 무위사에 내려가 있는 겸신대사의 제자들이 개경을 오가며 심부름했던 것이다.

술을 서너 잔 마신 왕이 대목왕후를 지그시 쳐다보았다. 왕과 왕비 사이라기보다 오빠가 동생을 쳐다보는 눈빛이었다. 잠시 후 왕이 말했다.

"나에게 하고 싶은 말이 있는 것 같소."

"사실은 있사옵니다."

"내가 들어주지 못할 것은 없소. 무엇이든 말해보시오."

대목왕후는 기회다 싶어 말했다.

"상감마마, 노비안검법을 시행하면 노비들은 좋아할 것이옵니다. 그러나 지금까지 힘을 보탰던 호족들과는 관계가 소원해질 것이옵니다."

"왕위에 오른 지 7년, 지금까지는 호족들과 더없이 좋았지요. 허나 호족들이 점점 내 말을 잘 듣지 않고 있어요. 오만해진 호족도 있다오."

"아바마마처럼 호족들의 공을 잊어서는 안 되옵니다. 고려는 호족들이 아바마마를 도와서 세운 나라이옵니다."

"왕비는 호족과 노비 중에 누구 편을 들겠느냐고 묻는 것 같소."

"그게 아니옵니다. 호족의 공을 잊지 마시라는 것뿐이옵니다."

태조 왕건이 후삼국과 전쟁하면서 고려를 건국할 때 호족들의 무공이 큰 것은 사실이었다. 따라서 대목왕후는 호족들의 공을 잊는 것은 도리가 아니라고 주장했다. 그러나 광종의 결심은 단호했다.

"호족들은 지금까지 부귀영화를 누렸소. 그러니 보상을 다 받았다고 생각하오. 나는 노비안검법을 철회할 생각이 전혀 없소."

"상감마마, 저의 외가 황주 황보씨 가문과도 척지고 사시겠다는 말씀이옵니까?"

대목왕후의 외가인 황주 황보씨는 태조 때부터 대표적인 왕의 후원 세력이었다. 대목왕후가 어머니 성을 따를 정도로 태조를 도운 대호족이었는데도 돌아서겠냐는 것이 왕비의 항변이었다. 왕이 하루아침에 노비들을 해방시켜 황보씨 가문의 권력과 부를 약화시키겠다고 하니, 대목왕후는 눈앞에 있는 왕이 원망스러웠다.

"황보 공께서 아바마마를 크게 도운 것을 잘 알고 있소. 허나 호족들의 위세를 더 이상 두고 볼 수는 없소. 궁궐에 들어오는 호족들의 옷을 보시오. 나보다 더 화려한 옷을 입고 드나들고 있소. 실력이 있는 호족도 드문 게 사실이오. 높은 관작이 아닌데도 대신 행세를 하고 다니니 나를 보좌하는 관리들의 사기가 말이 아니오. 이제는 과거제를 도입해 실력대로 차등을 두어야겠소."

왕은 완강하게 노비안검법을 철회하라는 대목왕후의 의견을 여러 이유를 들어서 반박했다. 왕이 호족들의 문제점을 하나하나 지적하자 대목왕후는 어쩔 수 없이 일부분은 인정했다. 관복을 제정하여 서열을 확실하게 하고, 과거제(科擧制)를 도입하여 실력 있는 관리를 등용하자는 왕의 주장이 옳았기 때문이었다.

"뿐만 아니오. 호족들은 노비의 수를 늘리기 위해 충직한 노비들을 양민 처자들과 혼인시키고 있소. 얼핏 보면 선행 같지만 그게 아니오. 양민 처자와 혼인하더라도 노비의 자식은 노비가 될 수밖에 없기 때문이오."

대목왕후는 왕의 반박에 더 이상 말을 못 했다. 노비들이 많은 황주 외가의 처지가 걱정될 뿐이었다. 왕은 자작으로 술을 마시더니 달아오른 취기에 몸을 잘 가누지 못했다.

"상감마마, 그만 쉬시지요. 몹시 피곤하신 것 같사옵니다."

"급히 마셨더니 취기가 빠르게 오르오."

"침실에 잠자리를 마련하겠사옵니다."

"아니오. 내일 이른 아침에 신하들과 논의할 것이 있소. 그러니 오늘은 가겠소."

왕은 왕비 별궁 침실에서 잠을 자지 않고 비틀거리며 말구종 신하를 불러 왕의 침전으로 돌아갔다.

노비안검법으로 해방된 노비들의 숫자는 1만여 명에 이르렀다. 특히 청해진을 폐할 때 노비가 되어 벽골군으로 강제 이주한 군사들의 자식은 1백 년 동안 세습노비를 벗어나지 못했는데, 그들도 역시 면천의 혜택을 받았다. 장보고 반란군으로 낙인찍힌 청해진의 군사들은 모두 노비가 되어 벽골군으로 갔다가 신라가 망한 이후 또다시 나주 오씨, 충주 유씨, 청주 김씨 호족들에게 보내졌던 것이다. 물론 부안으로 가서 도공이 된 노비들도 있었다. 그들은 대부분 자신의 선조할아버지가 살았던 청해진으로 돌아가기를 원했다. 탐진의 토성인 최(崔)씨, 조(曺)씨, 유(兪)씨, 안(安)씨, 정(鄭)씨, 하(河)씨 등은 더욱 귀향길을 서둘렀다.

증조할아버지가 청해진에서 군관을 지냈던 최씨와 하씨는 충주 유씨 집에서 나서는 길이었다. 두 사람은 충주를 떠난 뒤 쉬지 않고 걸었다. 다행히 농사를 거두는 가을철이 되어 내려가다가 일할 곳이 있으면 거들어주면서 숙식을 해결했다. 벽골제를 지나가는 동안 하씨가 최씨에게 말했다.

"성님, 쩌그 밭곡석을 거두는 사람이 있는디 쪼깐 도와주고 갈께라우?"

"그라세. 이틀을 쉬지 않고 걸었드니 무르팍이 뻑뻑허내야."

두 사람은 콩대를 베고 있는 부부에게 다가가 도와주겠다고 제의했다. 그러자 부부가 이마에 흐르는 땀을 훔치며 반갑게 맞았다.

"아이고메, 고맙그만이라우. 근디 으디로 가는 분덜이요?"

"청해진으로 가는디 도와주고 잪아서 왔소."

"시방이 젤로 바쁜 철이그만요. 고맙소야."

두 사람은 농사일이라 하면 이골이 난 충주 유씨 사병들이었다. 두 사람이 일을 거들어주자 밭에 가득한 콩대는 금세 단으로 묶여 밭두둑에 놓여졌다. 부부가 두 사람에게 하룻밤을 쉬어 가라고 말했다.

"집이라고 헐 것도 읎는디 자고 가시써요. 여그서 가믄 마실이 읎고 벌판뿐이어라우. 노숙허기도 추와서 고상헐 것이요."

"아이고메, 고맙소."

"메칠 후 지는 부령 도자기 마실로 가는구만요. 거그 가서 잡일 허믄 시안에 묵을 것이 나온께라우."

"부령에도 도공덜이 있그만요."

"멫 대째 도자기를 굽는 고씨덜이 있지라우. 근디 뭔 일로 심들게 청해진으로 간다요?"

"고향인께 가지라우."

"그라믄 거그에 식구덜이 다 있겠소잉."

"아니요. 식구덜은 충주에 있지라우."

최씨와 하씨는 증조할아버지가 청해진 군관 출신이었다. 청해진을 폐할 때 노비가 되어 벽골군으로 갔다가 양민 여자를 만나 자식을 낳고 충주 유씨 집의 노비사병이 되어 목숨을 부지했던 것이다. 두 사람은 청해진에 가서 자리를 잡은 뒤 식구들을 불러올 계획이었다. 노비 신분이 면천되기는 했지만 식구들을 대하는 충주 양민들의 시선은 예전과 별로 달라지지 않았던 것이다.

부부가 두 사람에게 골방을 내주었다. 두 사람은 벌써 청해진에 도착한 듯 가슴이 설레어 잠을 잘 이루지 못했다. 골방 문틈으로 달빛이 새어들어 오기는 했지만 골방은 동굴처럼 컴컴했다. 최씨가 말했다.

"동상, 하나부지가 사셨던 청해진에 땅 한 뙈기 없는디 으째서 요로코름 가심이 벌렁벌렁헌지 모르겄네."

"땅이 읋기는 지도 마찬가지라우. 거그서 어처케 살지 막막허지만 그래도 가고 잪그만요."

"청해진서는 인자 노비란 소리를 안 듣겄제잉."

"그라고 봉께 고것 땜시 가고 잪은 거 같소."

"사실은 나도 그랑마."

하씨가 오줌이 마렵다며 뒤척였다.

"성님은 오줌이 안 마렵소? 저녁에 짠 짐치를 묵고 물을 한 바가치나 마셨드니 오줌이 마렵그만이라우."

"짐치가 아니라 소금이드그만. 나도 물을 엥간히 마셨제."

"칙간이 으디에 있든가요?"

"오줌인디 아무 디나 싸부러. 나랑 같이 나갈까?"

두 사람은 밖으로 나갔다. 밤이슬에 젖은 잡초들이 달빛에 번들거렸다. 두 사람은 두엄더미까지 가서 오줌발을 보냈다. 자정 무렵까지 참은 탓에 오줌보가 터질 것만 같았던 것이다. 두 사람 모두 움찔움찔 진저리 치면서 바지춤을 올렸다. 골방으로 들어와서도 두 사람은 도란도란 얘기를 나누었다.

"성님, 지는 하나부지께서 말씸허신 것 땜시라도 청해진으로 가야 해라우."

"무신 말씸인디?"

"하나부지께서 반다시 성제맨치 지낸 청해대사님과 정년 장군님을 제사 모시라고 했어라우."

"나도 하나부지헌테 들었네. 청해대사님과 정년 장군님 땜시 잘 묵고 살았응께 그분덜 은덕을 잊지 말라고 말이여. 그분덜을 위한다믄 제사를 지내드리는 것이 젤로 좋겄제잉."

두 사람은 장보고와 정년이 자신들의 조상에게 은덕을 베풀었다고 하니 제사를 지내기 위해서라도 청해진에 가야 한다고 생각했다.

"동상, 두 분 제사는 정월 보름날이 어처겄는가?"

"농사일이 읎을 땐께 좋겄그만요."

"우리 둘이서 정헌 날이라서 으쩔지 모르겄네."

"외지로 나갔던 사람덜이 돌아와서 지켜봄시로 연못을 파믄 개구락지 뛰어들데끼 하나둘 모이겄지라우."

"도공덜 조상덜도 청해대사님 은덕을 모다 받았응께 탐진 사람덜도 호응이 클 것이그만."

"하나부지 말씸으로는 청해대사님이 당나라 청자기술을 가져왔다고 하시드그만요."

"긍께 청해대사님이 탐진청자 대부(代父)시제. 글고 탐진 땅에서 첨으로 청자를 맹근 도공덜은 도조(陶祖)가 되는 것이고."

"대부는 뭣이고 도조는 뭣인게라우."

"아따, 대부는 청해대사님이 탐진 땅에 청자기술을 가져왔응께 대부가 되는 것이고, 그때 도공덜은 첨으로 청자그럭을 맹글었응께 도자기 하나부지 도조가 되는 것이제."

두 사람은 꼭두새벽에야 토막 잠을 잤다. 짧은 토막 잠이었지만 한 번도 깨지 않은 통잠이었다. 길을 가다가 농사일을 거들어주며 숙식을 해결하는 것은 결코 쉬운 일은 아니었다. 고단하기 짝이 없었다. 그래서인지 두 사람은 큰 대자로 죽은 듯이 통잠을 잤던 것이다. 내일은 초산(楚山, 정읍)까지 갔다가 다음 날에는 진원(장성), 그리고 다음 날에는 무주(광주)에 도착해야만 며칠 안에 청해진으로 들어갈 수 있을 터였다.

무위사

도갑산 산자락 너머로 석양이 기웃기웃 넘어가고 있었다. 충주에서 내려온 두 사람은 월출산과 도갑산 사이의 큰 고개를 하나 넘었다. 산길은 남쪽으로 나 있었다. 멀리 절이 하나 보였다. 노을 진 하늘 언저리는 날빛이 남아 밝았다. 그런데 고갯길 양편의 산자락은 벌써 산 그림자가 접히고 있었다. 두 사람은 잰걸음으로 절을 향해 걸어갔다. 절은 무위사였다. 최씨가 말했다.

"쩌그 보이는 것이 무위사 같그만."

"아까 만난 나무꾼이 절에서 하룻밤 잘 수 있을 거라고 허든디 참말로 그럴게라우?"

"글씨."

"잘 디가 읎으믄 몰래 법당으로 들어가 자붑시다요. 부처님이 우리를 쫓아내지는 않겠지라우."

"요런 거지꼴로 어처케 부처님 겨시는 디서 잘 수 있당가."

"부처님은 차별허지 않는다고 허든디요. 은젠가 으떤 스님이 그러던디 왕도 거지도 부처님 앞에서는 다 평등허다고 그러드그만요."

"아따, 동상은 말을 갖다 붙이기도 잘허네잉."

"성님, 참말로 지가 스님헌테 들은 말이어라우."

무위사는 충주에서 보았던 암자와 달리 규모가 컸다. 충주 북서쪽 남한강이 보이는 대문산에 있는 암자는 조그만 대웅전과 요사채뿐이었던 것이다. 무위사도 50여 년 전 관음사로 불릴 때는 극락전과 미륵전, 요사채만 있는 작은 절로서 소박했다. 그런데 당나라에서 유학하고 돌아온 형미가 주지로 부임해 온 뒤 절 이름이 무위사로 바뀌고 나서는 왕건의 지원을 받아 큰 절로 변모했던 것이다. 형미는 8년 동안 주지로 살면서 원래 천태종 절이었던 관음사를 무위법(無爲法)을 닦는 선찰로 일신했다. 또한 탐진청자 집산사찰로 이름을 떨치게 했는데, 당나라에서 유학하고 돌아온 선승들이 무위사에서 청자다기를 구했다. 탐진청자의 집산사찰이 된 데는 형미의 속가 아버지 최낙권의 역할도 컸다. 노장사상에 심취했던 최낙권은 탐진 이웃 고을인 고안에 살면서 도공들 가운데 특히 탐진의 최씨들과 교분이 두터웠다. 고안에도 가마들이 있었는데, 고안청자는 아직은 탐진청자보다 질이 떨어졌기 때문이었다.

두 사람이 무위사를 찾아갔을 때도 마찬가지였다. 스님들이 선방에서 참선 중이었고, 마당 한쪽에는 탐진청자들이 가득 쌓여 있었다. 최씨가 마당을 가로질러 가는 스님을 붙들고 말했다.

"스님, 하룻밤 묵을 수 읎겠습니까요?"

스님이 두 사람의 행색을 살펴보더니 물었다.

"어디로 가는 길이오?"

"청해진에 가는그만요."

"가리포에 법화사가 있는데 그곳까지는 무리 같소. 그러니 무위사에서 하룻밤 묵고 가시오."

"아이고메, 스님 고맙그만요."

"난 참선하는 스님들을 뒷바라지하는 원주스님이오."

"원주스님, 지덜이 도와드릴 일은 없을까요?"

원주스님의 말투가 부드러워졌다.

"참선 중인 스님들이 저기 쌓인 탐진청자들을 창고로 옮겨주어야 하는데 오늘따라 선방에서 나오는 시간이 늦어지고 있소. 그러니 두 분께서 저기 탐진청자들을 창고로 옮겨주시오."

"모냥이 다른디 놓일 자리만 알켜주씨요, 원주스님."

"자리는 다 정해져 있지요. 제가 알려주는 대로 옮기면 됩니다."

최씨와 하씨는 일단 창고 안으로 들어갔다. 창고 안의 사면에는 청자들이 듬성듬성 놓여 있었다. 원주스님이 말했다.

"맞은편 널빤지에 청자다기들을, 왼편 널빤지에 청자항아리들을 옮기시면 됩니다. 그리고 오른쪽 널빤지에는 청자접시와 청자사발을 포개놓으시면 됩니다."

두 사람은 창고 문을 활짝 열어놓고 마당에 놓인 청자그릇들을 나르기 시작했다. 청자의 빛깔은 다양했다. 뇌록색, 청록색, 녹갈색, 황갈색 등등이었다. 청자그릇들을 옮기다가 최씨가 말했다.

"동상은 으떤 빛깔이 좋은가?"

"무신 빛깔이 좋은지 모르겄는디요. 갖고 잪은 것은 있그만요."

"뭣인디?"

"성님, 지는 시방 들고 있는 이 청자비개가 맘에 들그만요. 여 그다가 머리빡을 대믄 잠이 술술 잘 오겄그만요."

하씨가 손에 들고 있는 것은 청자베개였다. 크기는 목침만 하고 속이 텅 비어 있어 가벼워 보였다. 최씨도 가지고 싶은 것을 말했다.

"나는 요 청자항아리가 탐나네. 항아리에다가 술을 담아놓 고 홀짝홀짝 마시믄 을매나 맛있을까잉."

최씨가 가리키고 있는 청자항아리는 목이 길고 입은 작았다. 빛깔은 뇌록색으로 탁했지만 모양은 과년한 처녀 같았다. 청자항 아리는 원주스님이 한쪽으로 잘 옮기라고 주의를 준 것들이었고 몇 개 되지 않았다. 청자가마에서 잘 나오지 않으니 그만큼 귀하 다는 말이었다.

"성님 말씸 듣고 봉께 고것이 아조 이쁘그만요. 가슴은 오지 고, 목은 질고, 주뎅이는 동그란 것이 영낙읎이 잘생긴 처녀 같그 만요."

"아따, 동상. 홀애비가 처자 생각허는 거 같네잉. 나는 술 생 각이 나그만."

그때 원주스님이 창고 안으로 들어와 말했다.

"두 거사님 손이 빠릅니다. 벌써 다 끝나가니 말입니다."

최씨가 원주스님에게 웃으며 말했다.

"스님, 지는 저 항아리를 보고 술 생각이 나부렀고, 이 동상은 처자가 생각난다고 그란디 스님은 뭣이 생각난게라우?"

"청자항아리는 절에 보낼 것들입니다. 샘물을 담아 불단에 올리는 정병입니다."

원주스님은 청자항아리들이 보내질 곳을 알고 있었다. 쌍봉사와 보림사, 태안사와 실상사 등 대부분 차 도구인 다기와 함께 선찰에서 가져갈 청자항아리였다. 그러나 원주스님은 정병용 말고도 화병으로도 좋을 것 같다고 말했다.

"한번은 청자정병에 무심코 꽃을 꺾어 꽂았는데 법당이 아주 환해진 적이 있습니다. 그래서 주지스님께 말씀드렸는데, 주지스님께서는 아주 귀한 정병이니 그러지 말라고 경책하시더군요."

올봄이었다. 무위사 마당가에 흰 눈 같은 매화꽃이 피어 있을 때였다. 원주스님은 문득 불단의 부처님께 매화꽃을 공양하고 싶었다. 그래서 마당가에 있는 매화나무 가지를 꺾어 청자정병에 꽂았다. 그러자 부처님이 원주스님을 보고 미소 짓는 듯했다. 잠시 후에는 법당 안에 매화 향기가 진동했다. 매화 가지는 며칠 동안 정병에 꽂혀 있다가 매화꽃이 오글오글 말라 불단에 점점이 떨어지고 나서야 버려졌다. 그걸 본 주지스님이 원주에게 "부처님께 정수를 올리는 정병이 한낱 매병(梅瓶)이 되었군!" 하고 경책했던 것이다. 원주스님이 말했다.

"그래도 언젠가 청자항아리가 생기면 내 방에 갖다 놓고 매병으로 호사를 누리고 싶소."

최씨가 말했다.

"아따, 원주스님은 고상허요. 나는 술항아리로만 보이그만요."

"하하하."

원주스님이 큰 소리로 웃으면서 두 사람을 공양간으로 안내
했다. 공양간은 요사채 뒤에 있었다. 참선하던 스님들은 벌써 공
양을 마쳤는지 공양간은 텅 비어 있었다.

"여기 앉아 있으면 공양주보살이 저녁공양을 갖다줄 것이요."

"아이고메, 스님 잘 묵겠습니다요."

공양주보살이 저녁공양이 든 소반을 놓고 갔다. 밥그릇과 국
그릇 모두 황갈색 청자사발이었다. 무장아찌와 더덕장아찌가 든
접시만 잿빛 탐진토기였다. 두 사람은 저녁공양을 게걸스럽게 먹
어 치웠다. 모든 그릇들이 깨끗하게 비워져 설거지를 마친 것처
럼 빛이 났다. 그때 원주스님이 또 나타나 말했다.

"잠은 요사채에서 자세요. 저를 따라오세요."

두 사람은 원주스님을 따라서 공양간 앞에 있는 요사채로
갔다. 두 사람이 하룻밤 묵을 방은 요사채 골방이었다. 골방 한쪽
에는 감자가 나무통 속에 반쯤 쌓여 있었다. 그래서 그런지 방 안
에 흙냄새가 배어 있었다.

"성님, 여그 온께 밥맛이 나부요. 어처케나 맛있든지 그릇까
지 묵어불 뻔했소야."

"배가 고팠던 모냥이네. 창고에 청자그릇덜을 나르고 난께

나도 겁나게 시장허드라고."

"그라고 우리가 걸어온 거리가 솔찬허지라우."

"영산강 넘음시로 하룻밤 자고 여그까지 쉬지 않고 왔던 거 같네야."

두 사람은 한두 번 뒤적거리다가 죽은 듯이 깊은 잠에 빠져버렸다. 두 사람에게는 하룻밤이 선방스님의 삼매와 같이 한순간에 지나갔다. 원주스님이 깨우지 않았으면 아침공양도 찾아 먹지 못할 뻔했다. 원주스님이 두 사람을 챙기는 까닭은 혼자서 청자기물들을 창고 안에 들여놓을 뻔했던 일을 어제 최씨와 하씨가 해주었기 때문이었다.

아침공양은 쌀죽과 인절미 세 쪽이 나왔다. 두 사람은 죽만 먹고 인절미는 속주머니에 챙겨 넣었다. 청해진까지 가는 동안 시장하면 요기할 생각이었다. 두 사람은 무위사를 바로 떠나지 않았다. 최씨가 빗자루 두 개를 가져오더니 경내 마당을 청소해주자고 말했다.

"동상, 원주스님 덕분에 하룻밤 잘 자고 끼니도 해결했응께 청소나 해주고 가드라고. 가만히 봉께 스님덜은 모다 참선헌다고 선방으로 들어가 불고 원주스님이 혼자서 청소허는 모냥인디 우리가 해주믄 으쩔까?"

"성님, 그래야지라우. 원주스님이 성근지드그만요. 우리덜을 깨우지 않았으믄 굶을 뻔했당께요."

두 사람은 법당 마당부터 비질을 구석구석 하기 시작했다.

선방 마당은 이미 비질 흔적이 선명하게 보였다. 참선하는 스님들이 이른 새벽에 비질을 했음이 분명했다. 두 사람은 명부전 앞 마당에 이어 극락전 왼편에 있는 선각대사탑비까지 나아갔다. 탑비의 모양은 특이했다. 용머리에 거북이 몸이었고, 거북이 등에 직사각형의 비가 세워져 있었다. 최씨는 비에 새겨진 글씨를 대충은 읽을 수 있었다. 하씨가 궁금해했다.

"성님, 뭔 말이 써 있소?"

"선각대사님이 으떤 인물인지 써 있그만."

"아따, 성님은 유식허요잉. 글씨도 알고."

"누구헌테 배운 것이 아니라 귀동냥헌 글이제. 군관을 험시로도 글씨를 쪼깐 안께 펀허드라고."

"맞아라우. 나는 까막눈이라서 군관험서 손해를 가끔 봤어라우."

최씨가 탑비에서 살펴본 선각대사의 일생은 다음과 같았다. 선각대사 형미의 성은 최씨이고, 아버지는 낙권(樂權)이었다. 대사는 고안현에서 태어나 15세에 장흥 보림사에 주석하는 체징을 찾아가 출가했고, 당나라에서 14년간 선종의 무위법을 익힌 유학승이었다.

대사는 당나라 운거(雲居) 도응(道膺)의 문하에서 선종의 무위법을 닦았는데 운거 문하 1,500명 제자들 가운데 가장 뛰어난 네 명 중 한 사람이었다. 네 명 모두 신라에서 간 유학승들이었는데, 그들을 해동사무외대사(海東四無畏大師)라고 불렀다. 즉 '해동의 두려움을 모르는 4인의 대사'로 유명했던 것이다. 그런데 그 중 첫 번째로 이름을 날린 유학승이 대사 형미였다. 운거 도응의 인가를 받고 귀국한 네 명의 선승은 모두 왕건을 도왔다. 대사 형미는 왕건이 나주와 서남해안의 호족들을 우군으로 만드는 데 기여했다. 이후 대사는 무위사를 떠나 왕건의 군법사로서 철원으로 갔다가 왕건을 견제하던 궁예에게 죽임을 당했다.

고려를 건국한 왕건은 즉위 직후부터 "대사를 생각하면 가슴이 찢어지는 것 같다"라고 말하며 그의 죽음을 애통해했다. 시신은 왕건이 즉위한 직후 919년 3월에 수습하여 개경 오관산(五冠山)에 이장하였다. 왕건은 대사를 왕사로 추증하고 921년 선각(先覺)이란 시호를 내렸다. 또 선각대사편광탑비(先覺大師遍光塔碑)를 조성했는데, 태조가 죽고 난 뒤 혜종 때 태자사부(太子師傅)를 지냈던 최언위가 편광영탑(遍光靈塔)이란 탑비에 비문을 썼다. 그러고 나서 정종 때에 무위사로 보내 안치했다. 최언위에게 비문을 의뢰한 것은 그가 최치원·최승우와 함께 신라삼최로 불린 문장가 중 한 사람이었으며, 견훤의 조력자가 된 최승우나 은거해 버린 사촌 형(최치원)과 달리 그는 왕건에게 귀의했기 때문이었다.

아침공양을 한 뒤 두 사람은 주지스님 방으로 불려갔다. 주지스님이 경내를 정성껏 청소하는 두 사람의 모습을 지켜보았던 것이다. 주지스님이 찻자리에 앉은 채 말했다.

"원주한테 거사님들 얘기를 들었소. 두 분의 거사님이 하룻밤밖에 머물지 않았는데도 경내가 더없이 깨끗해져 버렸소."

"원주스님께서 하룻밤 재워줬응께 청소라도 해야지라우."

"청자그릇들을 창고 안으로 나르는 모습을 먼발치에 보았소. 수고했소."

어린 시자가 펄펄 끓는 찻물을 주전자에 담아 가지고 들어왔다. 그러자 주지스님이 다관에 탐진 발효차를 먼저 넣고 찻물을 부었다. 발효차를 따를 때마다 차의 향기가 주지스님 방 안에 시나브로 번졌다. 주지스님은 두 사람의 청자찻잔에 발효차를 여러 번 따랐다.

"탐진에서 자생하는 찻잎을 발효시킨 차인데 나는 지리산 김대렴의 차보다 못할 것이 없다고 생각해요."

"차를 몇 잔 마셨더니 이마에 땀이 나는그만요."

"몸에 따뜻한 기운이 골고루 도니까 그래요. 탐진 발효차는 만병통치약이지요. 고뿔에도 좋고 속이 매스꺼울 때나 더부룩할 때도 좋아요."

"주지스님, 혹시 속가 성씨가 최씨가 아닌게라우?"

최씨가 묻자 주지스님은 바로 대답하지 않고 웃기만 했다.

"탐진청자나 탐진차를 좋아하시는 것을 봉께 그런 생각이 들그만요."

"속명을 버리고 출가했는데 굳이 밝힐 이유가 없소. 다만 무위사는 선각대사 이후 최씨들이 출가를 많이 했지요. 출가할 마음이 있소?"

"아니라우."

두 사람이 동시에 대답했다. 두 사람은 할아버지의 유언을 지키고자 청해진으로 가서 할 일이 있었던 것이다. 최씨가 또 물었다.

"주지스님, 선각대사님은 으째서 왕건을 돕다가 죽임을 당했을게라우?"

"선각대사님 탑비를 자세히 보았구먼."

"지도 최가가 아닙니까? 선각대사님이 우리 조상님 같어서 궁금허그만요. 글고 여그 무위사에서 가만히 겨셨으믄 화를 당허지 않았을 거 같어서 여쭤봤그만요."

"태조께 신세를 졌으니 무위사에만 있을 수 없었겠지요."

"대사님께서 무신 신세를 졌을게라우?"

주지스님은 해박했다. 최씨에게 폭포수처럼 거침없이 이야기를 쏟아냈다. 신라 말의 사신과 유학승들은 장보고의 무역선을 이용해 당나라에 오갔는데, 김대렴 등이 대표적이었고 선승으로는 쌍봉사 도윤, 성주사 무염 등이 있었다. 그러나 장보고가 염장에게 피살되고 청해진을 폐쇄한 뒤부터는 상황이 달라졌다. 당나라를 오가는 무역선이 한동안 사라졌던 것이다. 그러다가 강화만 일대를 평정한 해상세력이었던 왕건 집안의 도움으로 유학길에 오른 유학승들이 많아졌다. 선각대사 형미도 왕건의 도움을 받아 당나라에 유학할 수 있었고, 형미의 사제들인 대경대사(大鏡大師) 여엄(麗嚴)·진철대사(眞澈大師) 이엄(利嚴)·법경대사(法鏡大師) 경유(慶猷)도 마찬가지였다. 그래서 네 명의 선승들은 모두 왕건의 고려통일을 돕게 되었다는 것이 주지스님의 설명이었다.

"대사님께서 귀국할 때 나주까지 왕건 집안의 배로 오셨으니 참으로 큰 신세를 진 것이지요."

하씨는 도통 무슨 이야기인지 모르겠다는 등 억지로 하품을 참고 있었다. 주지스님이 하씨의 표정을 보더니 화제를 바꾸었다.

"그런데 청해진에 친척이라든지 연고가 있소?"

"조상님께서는 사셨지만 지덜은 연고가 읎그만요."

"그러면 가리포 법화사로 가서 당장의 숙식을 해결하시오. 마침 내 상좌가 법화사에 가 있으니 내 상좌를 도와주면서 터를 잡는다면 수월하지 않겠소?"

"아이고메, 고맙그만요."

두 사람은 약속이나 한 듯이 함께 일어나 큰절을 했다. 그러자 주지스님이 즉시 목간을 꺼내더니 글을 쓰기 시작했다. 즉견무수(即見無修, 무수야 즉시 보거라)를 먼저 쓰고 나서 최씨와 하씨가 너를 도와줄 것이다, 라는 한 문장으로 간단하게 마무리 지었다. 말하자면 주지스님이 두 사람의 신원을 보증해 주는 글이었다.

두 사람은 주지스님 방을 나왔다. 무위사를 떠날 때 원주스님이 한마디 했다.

"주지스님께서 두 분을 꼼꼼하게 살피시더군요."

"원주스님께서 도와주신 덕분이지라우."

두 사람은 무위사가 보이지 않을 때까지 걸어가다가 뒤를 돌아보았다. 월출산 산봉우리 좌우로 이어진 산자락들의 청록색 빛깔이 유난히 선명했다. 두 사람은 병풍처럼 남쪽을 가로막고 있는 산을 마주하며 산길로 접어들었다. 왕릉처럼 동글동글한 산봉우리 사이의 고개를 넘어야 탐진바다 남당포로 내려갈 수 있었다.

장군상(將軍像)

가을걷이가 끝나가는 남당포 들판은 고즈넉했다. 까마귀 떼가 날아와 뾰쪽한 부리로 논바닥을 이리저리 헤치며 농사꾼이 흘린 낱알을 쪼았다. 그러다가 최씨와 하씨가 가까이 가자 까악까악 소리를 지르며 만덕산 쪽으로 날아갔다. 만덕산 쪽에서는 된하늬바람이 불어왔다. 두 사람은 곧장 논길을 타고 남당포로 내려갔다. 남당포에는 돛배들이 여남은 척 정박해 있었다. 갈매기 서너 마리가 돛배 사이로 너울너울 날아다녔다.

남당포에도 움막 같은 노포가 있었다. 남당포를 오가는 사람들을 상대로 술청어멈이 술이나 음식을 파는 노포였다. 두 사람은 술청어멈에게 다가가 물었다.

"가리포 가는 장삿배가 은제 있는게라우?"

"근디 으디서 온 사람덜이요?"

술청어멈이 두 사람의 행색을 보더니 낯선 사람이라는 듯 되물었다. 이에 최씨가 말했다.

"충주에서 왔그만요."

"뭣을 폴로 댕기는 사람인디 인자 왔소."

"지덜은 장사허는 사람이 아니그만요."

"가리포 가는 추자도 장삿배는 이른 아칙에 가부렀소."

두 사람은 난감했다. 그렇다고 남당포에서 돛배를 빌려 타고 갈 만큼 여유도 없었다. 하루를 남당포에서 보내야 한다고 생각하니 마음이 심란해졌다. 두 사람이 노포 밖에서 물러가지 않고 있자 술청어멈이 말했다.

"여그서 미산포까지 걸어갔다가 거그서 가리포 갈 배를 찾아보씨요. 젓갈 장삿배가 있을 것인게."

"미산포는 을매나 걸리는디요?"

"한나절이믄 되지라. 어차든지 저짝 길을 타고 쭈욱 싸게 가보씨요."

술청어멈이 남당포에서 왼쪽으로 난 길을 손가락으로 가리키며 알려주었다. 두 사람은 지체하지 않고 술청어멈이 알려준 대로 남당포를 떠났다. 길은 탐진바다 옆으로 나 있었다. 논밭을 지날 때는 탐진바다가 옆에 있었고, 산자락 언덕을 넘을 때는 탐진바다가 보이지 않았다.

탐진바다는 가을 햇살을 받아 사금파리처럼 반짝였다. 미산포가 가까워지면서 사람들이 삼삼오오 앞서가고 있는 것이 보였다. 두 사람은 잰걸음으로 따라가 그들 뒤에 붙었다. 앞서가던 한 사람이 최씨를 보고 말했다.

"당전마실 가는 것이요?"

"미산포에 배 타러 가는그만요."

"우리덜은 당전마실에 당제 지내러 가요."

"당제요?"

"우리덜은 칠량에서 가마 일허는 도공덜인디 가실 가마 전에 대구소 당전마실에서 당제를 지내지라."

"우리덜은 거그 갈 생각이 읎그만요."

"당제 지내고 나믄 음석을 푸짐허게 묵을 수 있응께 알아서덜 허씨요."

산자락 언덕을 넘어서자 갈림길이 나타났다. 칠량도공은 대구소 쪽으로 올라갔고 두 사람은 바닷가로 내려갔다. 과연 미산포에는 여러 척의 돛배들 사이에 장삿배가 한 척 닻을 내리고 있었다. 최씨가 먼저 장삿배로 올라갔다. 때마침 선실에서 한 사람이 나왔다. 그가 말했다.

"누구요?"

"가리포 갈라고 헌디 요 배를 타믄 될까라우?"

"가기는 헌디 낼 아칙에 뜨요."

잔주름이 자글자글 패인 그는 이가 많이 빠져 볼이 홀쭉했다. 두 사람은 내일 배가 뜬다는 말에 실망했지만 그래도 안도했다.

"지덜 두 사람 가리포까지 부탁허겄습니다요."

"태워주기는 허겄소만 요 배는 젓갈 장삿배라 냄시가 코를 찌를 건디 참을 수 있겄소?"

"참어야지라. 잠을 재워주시는디 냄시쯤이야 참어야지라."

"선실은 선원덜이 자야 헌께 젓갈창고 빈 바닥에서 자씨요."

"혹시 선장님이신게라우?"

두 사람에게 잠자리를 배려할 정도라면 선원이 아닌 선장이 아닐까 싶어 최씨가 물었다.

"그렇소."

"선원은 한 사람도 보이지 않습니다요."

"모다 젓갈 폴러 나갔소. 마침 당제가 있다고 헌께 오늘은 빨리 나갔그만이라."

두 사람은 선장을 따라서 갑판에서 선실 창고로 내려갔다. 창고는 어두컴컴했다. 갑판에서 빛이 한 줄기 들어오고 있어 젓갈항아리들이 어렴풋이 드러나 보였다. 두 사람은 창고로 들어서자마자 코를 감싸 쥐었다. 창고에는 완숙한 젓갈만 있는 것이 아니었다. 숙성하면서 역한 냄새를 풍기는 젓갈도 있었다. 선장이 창고에 있는 젓갈들을 가리키며 말했다.

"추자도에서 온 멸젓이 남당포에서 인기가 좋지라."

선장은 멸치젓갈을 줄여서 멸젓이라고 했다. 냄새를 심하게 풍기는 젓갈은 청어, 전어, 밴댕이, 조기 새끼를 염장한 잡젓이었다. 여러 항아리에는 다른 종류의 젓갈들이 들어 있었다. 토하젓갈, 새우젓갈, 홍합젓갈, 전복젓갈, 게젓갈, 갈치내장젓갈 등등 대부분 탐진에서 나는 젓갈들이었다.

선장이 젓갈을 이야기하고 있는 동안 두 사람은 겨우 적응했다. 처음과 달리 코를 쥐지 않아도 되었다. 눈도 선실 창고 안의 어둠에 익숙해져 잠자리를 살필 수 있었다. 젓갈항아리들 한쪽으로 비좁기는 하지만 두 사람이 잠잘 공간이 비어 있었다. 선장이 말했다.

"선원덜이 은제 올지 모른께 여그 있지 말고 당전마실에나 갔다 오씨요."

"아이고메, 그럴게라우."

"당제를 지내고 나믄 묵을 음석이 많을 것이요. 긍께 얼릉 가보씨요. 선원덜은 젓갈을 쪼깐썩 갖고 댕김시로 쌀이나 곶감으로 바꽈 오기도 허요."

젓갈을 쌀이나 씨감자, 곶감, 대추, 배 등과 물물교환을 한다는 말이었다.

"이문이 크지는 않지만 농사짓는 것보담 괴안찮지라."

"긍께 젓갈 장삿배를 갖고 댕기시겄지라우."

하씨가 젓갈 냄새를 더 이상 맡고 있지 못하겠다는 듯 선장의 말을 얼른 받았다. 그러나 최씨는 하씨가 엄살을 부린다고 생각했다. 처음과 달리 역한 젓갈 냄새에 익숙해졌을 뿐만 아니라, 한편으로는 입맛을 돋우는 젓갈 냄새도 있었던 것이다. 두 사람은 갑판 밑의 선실 창고를 나와 심호흡을 했다. 탐진바다의 신선하고 비릿한 공기를 들이마셨다.

두 사람은 선장의 말대로 당전마을로 향했다. 미산포마을 고샅길을 지나면 대구소가 나왔고, 그 앞터가 당전마을이었다. 과연 도공들이 모여 팽나무처럼 생긴 푸조나무 아래서 당제를 지내고 있었다. 스무 명쯤의 도공들이 새끼줄을 두른 푸조나무 앞에 모두 엎드린 채 제주가 시키는 대로 움직였다. 푸조나무 둥치 앞의 큰 상에는 쌀밥과 미역국, 돼지머리와 어포, 조기, 산채 나물, 대추, 밤, 배, 감 등의 과일이 놓여 있었다. 두 사람은 충주에서 보았던 당제와 엇비슷하다고 생각했다. 그러나 다른 점은 신위(神位) 자리에 도자기로 빚은 장군상(將軍像)이 놓여 있다는 것이었다.

황갈색 청자로 빚은 장군상은 투구를 쓰고 갑옷을 입은 모습이었다. 황갈색 청자라면 오래된 장군상이 틀림없었다. 최씨는 참지 못하고 당제를 지내고 있는 한 도공에게 물었다.

"쩌그 장군상은 누구요?"

"몰라서 묻는게라우? 여그 사람은 아닌갑소잉."

"맞소."

"우리 조상님에게 청자를 전해준 장보고 대사님이시지라우."

최씨는 깜짝 놀랐다. 돌아가신 아버지에게 귀에 못이 박히도록 들었던 장보고 대사를 신위 자리에 놓고 당제를 지내고 있기 때문이었다. 최씨가 또 도공에게 물었다.

"장보고 대사님이 저러코름 생겼을게라?"

"난 모르겠소. 장보고 대사님을 본 사람이 저러코름 맹들었 겄지라우."

"누구헌테 물어보믄 알겄소?"

"아무래도 당제를 주관허시는 제주님이 잘 알겄지라우."

"고맙소."

두 사람은 자연스럽게 당제 중간부터 끼어들었다. 두 사람은 도공들과 함께 장군상을 향해 엎드려 두 번 절을 했다. 제주가 피운 향이 두 사람의 코끝에도 스쳤다. 그러는 동안 제주의 술잔이 장군상 앞에 놓여졌다. 이윽고 제주가 축문을 읽었다. 최씨는 장군상에 대한 여러 가지 생각으로 축문 앞부분은 거의 듣지 못했다. 축문이 끝나갈 무렵에야 귀를 기울였다.

청작서수(淸酌庶羞)
공신전헌(恭伸奠獻)
상향(尙饗)

맑은 술과 여러 가지 음식을 공경하는 마음으로 받들어 올리니 흠향하십시오, 라는 뜻이었다. 축문이 끝나자 제주가 아닌 다른 두 도공이 아헌과 종헌의 술잔을 연거푸 장군상 앞에 올렸다. 그때마다 참석한 도공들 모두가 두 번 절하며 당제는 마무리되었다. 음식이 단에서 내려와 도공들에게 나누어졌다. 큰 술 단지는 따로 도공 두 사람이 들고 왔다. 늙은 도공 한 사람이 하씨를 붙잡아 끌었다.

"여그 앉아 음석을 묵어. 음복허믄 복을 받응께."

"고맙습니다요."

늙은 도공의 손은 거칠었다. 흙을 만지는 사람들은 손마디가 굵어질 수밖에 없었다. 도공의 손아귀 힘은 보통 사람 이상이었다. 하씨는 하마터면 늙은 도공이 잡아끄는 바람에 넘어질 뻔했다. 늙은 도공이 또 말했다.

"음복허믄 장보고 대사님이 도와주신당께."

늙은 도공은 단에 차려졌던 음식을 맛보아야만 장보고 대사의 음덕을 받는다고 믿었다.

"나만 그런 것이 아니여. 여그 도공덜 다 고로코름 생각헌께 모인 것이여."

최씨가 늙은 도공에게 말했다.

"사실 지덜은 장보고 대사님 제사를 지낼라고 가리포로 가고 있그만요."

"뭣이여!"

"지 조상님께서 장보고 대사님 덕으로 살았다고 허시드그만요. 긍께 반다시 제사를 지내드려야 헌다고 에렸을 때부텀 듣고 자랐그만요."

"자네도 도공이여?"

"아닙니다요. 조상님은 청해진에서 장보고 대사님, 정년 장군님 부하로 살았는디 지덜은 충주에서 살았그만요."

"긍께 조상이 살든 고향으로 찾아가는 길이그만."

"그러그만요."

"아이고메, 내 일 같그만. 나도 장보고 대사님 덕으로 살아가고 있응께 말이여."

"인사가 늦었그만요. 지는 최가고, 여그 동상은 하가그만요."

"으디 최가여?"

"탐진 최가그만요."

"참말로 인연이 묘허그만. 나도 탐진 최가네."

그제야 최씨는 자신의 선조가 장보고와 정년의 부하로 청해진에서 살다가 벽골군으로 강제로 이주당했고, 또 벽골군에서 충주 유씨에게 노비로 팔려 가서 대대로 사병이 되었는데, 왕이 선포한 노비안검법으로 해방되어 가리포로 가는 길이라고 고백했다. 늙은 도공이 최씨의 이야기를 다 듣고 나서는 눈을 지그시 감은 채 말했다.

"고향을 떠나서 을매나 고상을 했을꼬. 그래도 우리덜은 여그 탐진에서 맴 편허게 묵고 살았는디."

"촌수는 모르겄는디 아재라고 불러불겠습니다요."

"그러믄 자네가 조카가 되겠네잉."

"예, 담에 한번 더 찾아뵈러 오겠습니다요."

"시방 가리포로 갈라고?"

"아니그만요. 배는 낼 아칙에 뜬다고 헙니다요."

"그라믄 우리 집에서 자고 가게. 뒤척대는 배에서 어처케 잔당가."

하씨가 망설이는 최씨에게 눈짓을 했다. 젓갈 냄새나는 선실 창고에서 잠자기가 끔찍하다는 눈짓이었다. 최씨도 늙은 도공의 호의가 고마웠다. 꼭두새벽에 미산포로 나가 배를 탄다면 가리포 가는 데는 지장이 없을 터였다.

"아재가 고로코름 말씸해 주시니 참말로 고맙그만요."

음복을 한 도공들이 하나둘 자리를 뜨기 시작했다. 아직 장군상은 단 위에 그대로 있었다. 그런데 늙은 도공이 일어나더니 장군상을 보자기에 쌌다. 하씨가 보자기에 싼 장군상을 받아 들었다.

"지가 들고 가겠습니다요."

"잘 모셔야 허네. 집안 대대로 내려온 장군상이네."

"그라믄 아재는 대대로 도자기를 맨들어 온 모냥입니다요."

"아니여. 백 년 전 조상님은 도공이었다고 허는디 증조하나부지, 하나부지께서는 농사짓고 살으셨어. 그러다가 돌아가신 선친 때부텀 가마를 짓고 진흙을 만졌제."

늙은 도공의 얘기대로라면 1백여 년 전 자신의 선조는 도공이었다는 말이었다. 그러니까 늙은 도공은 아버지 가업을 잇고 있는 셈이었다.

"농사짓는 것보담 훨씬 낫제. 청자덜이 가마에서 잘만 나오믄 말이여."

"지덜도 배울 수 있을게라우?"

"눈대중만 있으믄 되는디 뭣보담 끈기가 있어야제. 아무리 재주가 있드라도 끈기가 읎으믄 도공 일은 못 해."

"지덜은 사병 출신이라서 활이나 칼은 쪼깐 쓸 줄 알지라우."

"생각이 있으믄 가리포에 갔다가 은제든지 와서 해봐."

"아재, 참말로 고맙습니다요."

"가리포에 가드라도 당장은 묵고 살기 심들겄제. 긍께 헌 말이여."

늙은 도공 최씨의 집은 밤나무 숲이 우거진 계곡 가에 있었다. 계곡 양쪽으로 밤나무들이 유난히 많았다. 가마 장작으로 쓰일 소나무들은 밤나무 숲 위쪽의 가파른 비탈과 산 정상 부근에 울울했다.

"당전마실로 오믄 뭣을 허든지 묵고는 살 수 있을 것이여. 가마덜이 그짝으로 많이 몰려 있응께. 시상이 바껜 요즘은 무위사 같은 절에서 청자기물덜을 많이 부탁해 온께 읎어서 폴지 못 헌당께."

쌍계사 아래쪽 천개산 골짜기에 있던 가마들이 지금은 당전마을 안팎으로 모여든 것은 사실이었다. 가마 장작용으로 사용하는 천개산 산자락의 소나무들이 점점 사라지고, 도기들을 대구소나 미산포까지 옮기려면 불편하기 때문이었다. 한번 베어진 소나무가 장작용이 되려면 적어도 1백 년은 지나야 했다. 지금은 예전과 달리 쌍계사 아래 천개산 골짜기에도 사라졌던 소나무들이 무성해지고 있는 편이었다. 그러니까 가마들이 쌍계사에서 미산포까지 1백여 년 터울로 오르락내리락하는 것은 소나무 영향이 가장 컸다.

늙은 도공 최씨는 초가를 세 채 가지고 있었다. 한 채는 본채이고 또 한 채는 도공들이 사용하는 별채, 또 한 채는 창고였다. 그리고 본채 옆의 세 평짜리 작은 움막은 사당이었다. 늙은 도공 최씨의 아내는 젊었다. 아마도 상처한 뒤 맞이한 두 번째 아내인 것 같았다. 도공 최씨가 두 사람을 아내에게 소개했다.

"당제를 지냄서 일가를 만났네. 이짝은 최가고 저짝은 하가라고 허네."

"탐진에서 아재를 만나다니 지는 운이 좋은 사람이그만요."

"호호호."

도공의 아내가 부끄러운 듯 입을 가리고 웃었다. 어느새 노비도 달려 나와 두 손을 모으고 섰다. 그러자 도공 최씨가 말했다.

"하룻밤 묵고 간당께 별채 방을 쪼깐 치우소. 군불은 자근노미에게 시키고."

도공의 집안에서 잡일을 하는 노비의 이름은 자근노미였다. 도공 최씨는 본채로 들어가기 전에 사당부터 들렀다. 하씨가 보자기를 풀자 도공 최씨는 장군상을 사당 안으로 옮겼다. 단에 올려놓기 전에 말했다.

"여그를 쪼깐 보소. 아무라도 보여주지는 않네. 자네가 탐진 최가라서 보여주는 것이네."

"뭣을 보라는 말씸인게라우?"

"장군상 밑을 보란 마시. 최(崔) 자가 써 있을 것이네."

"예, 보이그만요."

"아마도 장군상을 맹근 조상님이 아니실까 짢네. 어차든지 우리 집안에 대대로 내려왔다는 장군상인께 말이여. 우리 조상님이 도공이셨다는 것을 증명허는 것이여."

"누구신지 아신게라우?"

"최가가 한두 멩인가. 다만 믿거나 말거나 허는 얘긴디, 녹
(綠) 자 천(天) 자 하나부지라는 말도 있어. 근디 최가가 하나둘이
어야제. 긍께 단정헐 수 없다는 말이여. 한번은 집안 친척끼리 쌈
이 났어. 기다, 아니다 험서 대판 언쟁이 났단 말이여. 담부터는
누가 장군상을 맹글었는지는 말허지 않기로 했어. 글고 최씨 본
향이 한둘인가. 해주 최씨도 있고 말이여. 누가 맹글었든지 장군
상은 분명해. 당시 탐진 땅의 장군은 장보고 대사님이나 정년 장
군밖에 누가 더 있겠어."

도공 최씨는 단정하지 않았지만 최녹천 도공 선조가 장보
고 대사를 흠모해서 만들지 않았을까 하고 추측하는 듯했다. 장
보고가 당나라 월주에 노비 도공으로 있던 최녹천을 탐진으로
보내주었기 때문에 장군상을 만들어놓고 흠모하지 않았을까 하
고 추측했던 것이다. 최씨가 말했다.

"아재, 부탁이 하나 있는디 들어주실라요?"

"들어주지 못헐 것이 뭣이 있겄는가."

"지에게 장군상을 두 개 맹글어주실 수 있겄는게라우? 가리
포에서 아재멩키로 움막 사당을 짓고 장보고 대사님을 모시고
잪그만이라우."

"근디 두 개는 뭔가?"

"또 하나는 정년 장군님이시지라우."

"아하, 그 말도 일리가 있네. 내 한번 맹들어봄세. 올 가실 가마가 있응께 시안에나 우리 집을 다시 와 찾아가소."

"아이고메, 그라믄 지 선친허고 약속헌 대로 내년 정월 보름에는 제사를 지낼 수 있겄그만요."

도공 최씨는 장군상 앞에서 큰절을 했다. 아저씨가 된 도공 최씨가 사당을 나오자 조카 최씨와 하씨도 사당 안으로 들어가 장군상 앞에 엎드렸다. 사당이 너무 좁아 두 사람이 일어나면서 부딪치기도 했다. 투구만 없다면 영락없는 부처상이었다. 약간 고개를 숙인 모습은 옅은 미소를 지으며 세상을 굽어보는 듯했다.

장도와 법화사

두 사람은 꼭두새벽에 도공 최씨 집을 떠났다. 도공 최씨를 깨우지 않고 산짐승처럼 살그머니 집을 나섰다. 달빛이 자드락길에 일렁였다. 밤이슬이 내린 나무 이파리들은 달빛에 번들거렸다. 하늘은 검푸르지만 산길은 된서리가 하얗게 덮고 있었다. 두 사람이 걸음을 뗄 때마다 된서리가 사각사각 소리를 냈다. 하씨가 말했다.

"성님, 장샛배가 아직 있겄지라?"

"아직에 뜬다고 헌께 있겄제잉. 설마 꼭두새복에 뜰라고."

그래도 두 사람은 잰걸음으로 달음박질하듯 걸었다. 젓갈 장샛배를 타야만 안심할 수 있었다. 이윽고 잠든 당전마을이 보였다. 개 짖는 소리가 났다가 잦아들었다. 당전마을 앞쪽 뜰에 서 있는 푸조나무도 거무튀튀하게 보였다. 어제 도공들이 모여 당제를 지냈던 바로 그 푸조나무였다. 새들이 박쥐처럼 푸조나무 가지 사이를 날아다녔다.

"도공덜이 으째서 당제를 지내는지 알겄그만이라."

"가실 가마 기물덜이 잘 나오라고 장보고 대사님께 비는 것 이제잉."

"신라 때 장보고 대사가 아직 살아 있는 거 같그만이라."

"청자를 당나라에서 가져온 분인디 어처케 잊어불겄는가."

신라 말에 피살당한 장보고가 아직도 살아 있는 것 같다는 하씨 말에 최씨가 탐진도공들은 절대로 잊지 못할 것이라며 대답했다. 잠든 미산포마을을 지나자 포구가 나타났다. 바닷물이 정박한 돛배들을 때리는 소리가 차갑게 났다. 어제 보았던 젓갈 장삿배도 말뚝에 묶인 황소처럼 뱃머리를 끄덕끄덕하고 있었다.

"아이고메, 그대로 있그만요."

"내가 뭣이라고 했는가. 얼릉 선실 창고로 들어가 토막 잠이라도 자세."

"젓갈 냄시 땜시 잠은 글렀지라."

"그래도 나는 쪼깐 잘랑께 알아서 허소."

하씨는 갑판에 남고 최씨는 선실 창고로 들어갔다. 그런데 잠시 후 갑판에서 다투는 소리가 났다. 최씨는 하씨의 목소리에 벌떡 일어나 갑판으로 나갔다. 하씨가 고물 쪽에서 야간경계를 서고 있던 선원과 큰소리로 싸우고 있었다. 최씨가 멱살 잡은 손을 뜯어말렸다. 하씨가 하소연했다.

"성님, 이 자슥이 나를 몽둥이로 칠라고 허요. 함마트믄 머리 깨질 뻔해부렀소. 슬쩍 피해서 다치지 않았소."

하씨도 최씨와 마찬가지로 사병 출신이었기 때문에 무술훈

련을 받은 바 있었으므로 봉변을 피한 듯했다. 최씨가 선원에게 말했다.

"우리는 어저께 선장님 허락을 받고 배에 탄 사람이요. 긍께 도둑이 아니란 말이요."

"내가 당신덜 말을 어처케 믿겄소? 배를 탈라고 깜깜헌 새복에 온 사람이 으디 있소. 도둑놈이나 새복에 댕기제."

"바같에서 볼 일을 쪼깐 보고 오다가 늦어진 것인께 오해를 푸씨요."

그때 선장과 선원들이 나왔다. 최씨와 하씨가 선장에게 인사하자 야간경계를 섰던 선원이 그제야 오해를 풀었다. 선장이 말했다.

"두 사람은 잘못이 읎소. 우리 선원은 경계를 잘 섰다고 봐야 옳고, 하씨는 어저께 나헌테 승선을 허락받은 사람인께 말이요. 근디 최씨와 하씨가 오해받을 짓을 헌 것은 사실이요. 새복에 배를 탈라고 허는 사람이 으디 있겄소."

"선장님, 죄송헙니다요. 어저께 도공을 만나 성이 같아서 아재 조카를 삼음시로 늦어부렀그만요. 어처께나 붙잡든지 새복에 왔그만요."

"알았응께 내려가씨요."

두 사람은 선장의 지시를 받고는 선실 창고로 들어갔다. 방금 크게 흥분해서인지 어제처럼 젓갈 냄새는 나지 않았다. 실제로는 코를 큼큼거릴 여유도 없었다. 두 사람은 팔베개를 하고는 다리를 쭉 뻗었다. 파도가 장삿배 밑바닥을 철썩철썩 때릴 때마다 등에 바닷물이 닿는 듯했다. 그러나 최씨는 파도와 상관없이 토막 잠을 잤다. 하씨는 선원이 휘둘렀던 몽둥이를 생각하고는 가슴을 쓸어내렸다. 잽싸게 피하지 못했더라면 머리가 깨졌거나 기절했을 것이 뻔했기 때문이었다.

젓갈 장삿배는 정확히 사시에 미산포 포구를 떠났다. 돛잡이는 된하늬바람을 받기 위해 두 개의 돛을 사선으로 비틀었다. 그러자 배는 빠른 속도로 탐진바다를 빠져나갔다. 하씨는 최씨의 잠을 깨웠다. 가리포 섬이 멀리 보였다. 두 사람 모두 처음 보는 가리포였다. 최씨가 선장에게 고마움을 표했다.

"참말로 뭣이라고 말해야 헐지 모르겄그만요."

"또 만날 것이요. 가리포에도 가끔 간께 말이요."

"가리포에 오시믄 지가 뭣이든 도와불라요. 근디 가리포에 사람덜이 많이 살고 있는게라우?"

"사람덜이 점차 불어나고 있소. 몇십 년 전까지만 해도 섬이 텅 비었는디 시방은 괴기 잡는 사람덜이 하나둘 모여들어 살고 있소."

"우리멩키로 고향을 찾아온 사람덜이겄지라."

"가리포에 친척은 있소?"

"아니요. 일단은 법화사로 가서 터를 잡을라고 허그만요."

"법화사는 장보고 대사님이 세운 절인디 한때는 비어 있다가 요즘에야 스님덜이 들어와 살고 있소."

젓갈 장삿배는 가리포 포구에서는 닻을 내리지 않았다. 최씨와 하씨를 내려주기 위해 잠시 접안하려고 했지만 출렁대는 파도 때문에 뱃머리를 쉽게 대지 못했다. 두 사람은 뱃머리가 잠시 순해진 순간을 놓치지 않고 날렵하게 포구로 뛰어내렸다. 그러자 젓갈 장삿배는 추자도 쪽으로 미련 없이 뱃머리를 돌렸다. 하씨가 포구에 있던 한 사내를 붙들고 말했다.

"법화사를 갈라믄 으디로 가야 허는게라우?"

"이짝 산길로 쭈욱 올라가믄 나오요. 저짝으로 가믄 안 되고라."

사내는 상왕산 쪽을 가리키고는 곧 사라졌다. 두 사람은 사내가 말한 산길을 타고 올라갔다. 산길은 가리포에서 서쪽으로 나 있었다. 산길을 조금 오르자 가리포 앞바다가 환히 드러났다. 가리포에서 가장 가까운 섬 장도가 바로 옛날 청해진이었다. 반반한 바위에 앉아 있다가 일어나면서 하씨가 말했다.

"성님, 무위사 주지스님이 주신 목간은 잘 갖고 있지라?"

"목간이 읎으믄 큰일 나불제."

최씨는 호주머니 속에 든 목간을 찾았다. 그런데 목간이 손에 잡히지 않았다. 최씨가 이맛살을 찌푸리면서 고개를 훼훼 돌렸다. 최씨의 낯빛이 점점 사색으로 변했다.

"성님, 목간이 읎소?"

"요상허네. 배에서 내리기 전에 확인했단마시."

"참말로 배에서 만져봤다고라."

"그랬당께. 법화사 생각함시로 말이여."

"그라믄 배에서 내린 디로 다시 가봅시다요. 폴짝 뛰어내릴 때 빠졌는지 모릉께라."

"아이고메, 얼릉 가보세. 쪼깐헌 나무때기를 누가 줏어가지는 않겄제잉."

"뭣 헐라고 줏어가겄소. 아무짝에도 쓸모가 읎는디."

두 사람은 산길을 되짚어 내려갔다. 목간이 없다면 법화사에 갈 이유가 없었다. 무위사 주지스님의 소개로 왔다고 증명할 방법이 없기 때문이었다. 법화사에 가지 못한다면 두 사람은 장보고와 정년의 제사는커녕 당장에 먹을거리를 해결해야 하므로 바닷가를 떠도는 보자기 신세로 전락할 수도 있었다.

두 사람이 뛰어내린 포구는 텅 비어 있었다. 두리번거리던 최씨가 갑자기 뛰어갔다. 오만상을 찌푸리고 있던 그의 얼굴이 환해졌다. 작은 목간 하나가 땅바닥에 놓여 있었다.

"성님, 뭣이 보이요?"

"쩌그 있네. 동상 말대로 우리덜이 내린 자리에 있그만."

과연 무위사 주지스님에게 받은 목간이 하나 떨어져 있었다. 최씨는 목간에 묻은 모래를 털면서 말했다.

"운이 좋네야. 요것이 읎으믄 절에서 어쩌케 살겄는가."

"큰일 날 뻔했그만요."

"눈앞이 캄캄해지대야. 당장 으디로 가서 묵고 잘 것이여."

두 사람은 다시 산길을 타고 올라갔다. 소나무와 참나무가 울울한 탐진과 달리 상왕산 자락에는 붉가시나무와 동백나무, 황칠나무, 후박나무 등 상록수들이 무성하게 우거져 있었다. 이윽고 두 사람은 법화사 산문을 들어섰다. 마침 어린 사미승이 대나무 물통을 들고 가다가 두 사람을 보고는 걸음을 멈췄다. 대나무 물통 속의 물이 하씨에게 튀었다. 하씨가 말했다.

"주지스님 겨신가?"

"마실에 내려가셨는디라우."

"그라믄 여그서 쪼깐 지달리고 있을라네."

두 사람은 요사채 마루에 앉았다. 늦가을 햇살이 마루턱까지 비추었다. 가리포바다가 한눈에 들었다. 가리포바다에는 크고 작은 섬들이 들쑥날쑥 떠 있었다. 최씨가 말했다.

"동상, 우리가 여그까지 오기는 왔는디 막상 막막허네."

"지는 부모님이 으째서 가리포를 가라고 했는지 아직도 잘 모르겄그만이라."

"장보고 대사님 땜시 가라고 헌 것이랑께."

"백 년도 넘은 구신을 우리가 으째서 제사를 지내준단 말이요."

"아따, 동상. 미산포 당전마실에서 안 봤는가? 도공덜이 으째서 당제를 지냈겄는가. 선조 대대로 고마움을 고로코름 표시허는 것이제. 우리도 마찬가지여."

"알고는 있지라. 근디 막상 가리포에 와서 봉께 막막허그만요."

"돌아가신 하나부지, 아부지 원을 풀어줄라고 헌디 쉽겄는

가. 그래도 여그까지 온 것은 하늘이 우리를 도운 것이여."

"성님, 쩌그 올라오시는 분이 주지스님 같그만이라."

"그란 것 같네."

두 사람은 마루에서 일어나 절 마당으로 내려섰다. 주지스님은 얼굴이 하얗고 키가 작았다.

"스님, 무위사에서 왔그만요."

"무신 일로 왔소?"

최씨가 목간을 내밀었다. 목간을 건네받은 주지가 곧 부드러운 얼굴로 바뀌었다.

"은사스님께서 보낸 분덜이그만요. 이리 오씨요."

두 사람은 주지 방으로 따라 들어갔다. 주지 방은 어둑했다. 그러나 방문을 활짝 열어젖히자 오후의 날빛이 밀물처럼 들어찼다. 주지스님 방에서도 가리포바다가 한눈에 들어왔다.

"빈방이 하나 있는디 여그서 뭣을 헐라고 왔소."

"무위사 주지스님께서 법화사에 가믄 할 일이 많을 거라고 했습니다요."

"폐사가 됐든 절을 다시 복원헐라고 헌께 할 일은 쌨지라."

"지덜에게 뭣이든 시키시지라우."

"가리포에 사람덜이 모여든께 절 살림이 쪼깐 펴지기는 허요. 십 년 전만 해도 적막했지라. 방금도 가리포에 온 사람덜을 만나보고 오는 길이었소."

주지스님이 법화사의 내력을 짧게 말했다. 법화사는 장보고 대사가 신라 말에 가리포 앞의 장도를 청해진으로 조성한 이후 창건했는데, 그가 피살되면서 법화사도 함께 퇴락해 가다가 결국 폐사를 했다는 것이었다. 그러던 법화사에 스님들이 다시 들어오기 시작한 것은 고려 초인데, 아직도 절의 복원은 지지부진하다고 주지스님이 고개를 흔들었다.

"지덜이 충주에서 살다가 여그 온 이유가 있그만요. 우리 조상님덜이 장보고 대사님 덕분시 여그서 살았다고 헙니다요. 대사님 제사를 지내달라는 하나부지와 아부지 유언을 지킬라고 왔지라."

최씨가 가리포에 내려온 이유를 말하자 주지스님이 크게 공감하면서 두 사람이 하는 일을 도와주겠다고 시원하게 대답했다.

"조부님과 선친의 유언이라고 말씀허시니 고맙기도 허요. 사실 장보고 대사님이 법화사를 창건했응께 그 일은 소승이 해야겠지라."

주지스님이 합장하면서 고마움을 표했다.

"낼 가리포 신도덜이 절에 올라와 법회를 보기로 했응께 잘됐지라. 소승이 두 분을 소개허겠소. 그라믄 마실 사람덜허고 심을 합칠 수 있을 것이요."

"아이고메, 고로코름 해주시믄 일이 수월허게 되겠지라."

주지스님은 잠시도 방에 있지 않았다. 두 사람이 묵을 방을 정해주고는 기둥에 세워둔 괭이를 들었다. 전각이 허물어진 곳을 괭이로 파면서 유물을 수습하고 있는 듯했다. 최씨가 주지스님에게서 괭이를 빼앗듯이 잡아끌면서 말했다.

"스님, 지덜이 헐께라우. 으디를 파믄 되겠습니까요."

"아니요. 오늘은 쉬시고 쩌그 청해진이나 댕겨오씨요. 썰물 때 들어갔다가 얼릉 나오믄 된께. 제사를 지낼라믄 으디가 좋은지 터도 알아볼 겸 댕겨오믄 좋겠소."

"그럴께라우."

"곧 썰물이 시작될 것인께 갈라믄 시방 내려가씨요."

"예, 스님."

두 사람은 가리포로 다시 내려가 장도를 바라보면서 바닷가에서 서성거렸다. 가리포마을 사람들도 썰물을 기다리고 있었다. 뻘밭에서 캐낸 갯것을 담는 바구니를 하나씩 들고 있는데, 어른 아이 할 것 없었다. 청해진을 설치했던 장도까지는 어른 걸음으로 2백여 보 남짓 될 것 같았다. 이윽고 바닷물이 슬슬 빠지기 시작했다. 그러자 장도로 가는 바닷길이 조금씩 열렸다. 바닷길은 뻘밭이 아니라 자갈밭이었다. 최씨와 하씨는 가볍게 장도로 들어가 정상까지 올라갔다. 작은 상록수들이 정상을 덮고 있었다. 숲 너머로 장도부터 너른 바다가 펼쳐졌다.

"성님, 움막 사당을 짓는다믄 여그가 으쩔게라."

"으디든 젤로 높은 디는 망루가 있는 벱이제잉. 그리고 봉께 장보고 대사님이 여그서 너른 바다를 둘러보셨을 것 같그만."

최씨는 자신의 군사 지식을 가지고 터를 점검했다. 군사가 머물 때는 반드시 적정을 감시하는 망루 자리를 먼저 정한 뒤 주둔하는 법이었다. 충주 유씨 집의 사병들이 개성까지 이동할 때 언제나 그랬던 것이다.

"일단 여그를 파보믄 알겄제. 망루가 있었는지 읎었는지 말이네."

"으쨌든 장보고 대사님을 모실 자리라믄 여그가 젤로 좋겄소. 이런 디는 대사님 정도는 돼야제 아무라도 차지허지 못허겄지라."

"동상 말도 일리가 있네."

최씨와 하씨는 움막 사당 자리를 마음속으로 정한 뒤 급히 장도를 빠져나왔다. 아직도 갯것을 캐는 가리포마을 사람들이 보였지만 두 사람은 법화사로 올라가야 했으므로 서둘렀다.

다음 날.

법화사에 가리포마을 사람들이 하나둘 모여들었다. 처음으로 법회를 여는 날이었다. 그동안은 도량을 정비하느라고 법회를 가질 여유가 없었던 것 같았다. 주지스님은 올라오는 신도를 산문에 서서 일일이 합장하며 맞이했다. 최씨와 하씨는 사미승과 함께 마당을 쓸고 법당 청소를 했다.

가리포마을 사람들이 법당을 가득 채우자 사미승이 법회 시작을 알리는 소종을 쳤다. 주지스님은 무위사와 달리 『금강경』과 『반야심경』 대신에 『아미타경』과 『관음경』을 독경했다.

장보고가 천태종 신자였으므로 그 점을 배려해서 그런 듯했다. 사실 장보고가 창건한 산동반도의 법화원이나 가리포의 법화사는 천태종의 소의경전인 『법화경』에서 연유한 사찰 이름이었다. 독송이 끝나자 주지스님이 법문을 했다.

"우리 절은 장보고 대사님이 창건헌 절이지라. 긍께 대사님 혼이 살아 있는 절인 것이지라. 근디 도량을 정신읎이 정비허다가 보니 법회를 열 수도 읎었고, 대사님의 정신을 기릴 새도 읎었지라. 법화사 주지로서 참회허겄소."

주지스님이 가리포마을 사람들 앞에서 참회의식으로 세 번을 합장했다. 사미승도 덩달아 참회했다. 가리포마을 사람들이 주지스님과 사미승의 행동에 적잖이 감동하는 표정을 지었다. 주지스님이 다시 말했다.

"오늘 여러분에게 소개할 분이 있그만요. 최씨와 하씨는 일어나 보씨요."

최씨와 하씨가 일어나 가리포마을 사람들에게 고개를 숙여 인사했다. 그러자 가리포마을 사람들이 박수로 응대했다.

"이분덜 조상은 원래 청해진에서 장보고 대사님 휘하에 군관으로 일했다고 허요. 긍께 고향을 찾아온 거지요. 그냥 온 것이 아니라 선친의 유언을 받들라고 왔다고 허요. 사당을 지어 장보고 대사님과 정년 장군님을 모시라는 것이 유언이었다고 허요. 소승이 헐 일을 이분덜이 허겄다고 나서니 을매나 고마운지 모르겄소. 그래서 법화사에 방을 한 칸 내어주고 머물라고 했소."

또다시 박수 소리가 터져 나왔다. 그때 늙은 사람이 일어나서 두 사람에게 물었다.

"움막 사당은 으디에 짓을라고 허요?"

"예, 어저께 장도에 갔다가 왔그만요. 장도 정상 숲 자리가 시원허니 좋드그만요."

"나도 찬성허요. 전해오는 말인디 거그에 망루가 있었고 그 밑에 청해대사님이 겨신 기와채가 있었다고 헙디다. 망루에서 천제를 지냈는지 삽질을 허믄 청자제기 파편이 나와요. 긍께 그 자리가 두려왔는지 아무도 손을 대지 못했던 것이요."

사십 대 중년도 나서서 말했다.

"움막 사당 짓는 디 울력에 동참허겄소. 나뿐만 아니라 우리 마실 사람덜 모다 울력에 나설 것이요. 우리 마실 사람덜의 조상님 치고 청해대사님 신세를 안 진 사람이 으디 있겄소."

최씨와 하씨는 천군만마를 얻은 것 같은 기분이 들었다. 주지스님이 법회 때 자신들을 소개시켜 주지 않았다면 불가능한 일이었다. 최씨가 자신도 모르게 울먹였다.

"마실분덜이 요로코름 나서줄 줄은 몰랐그만요. 당제는 농사일이 읎고 괴기 잡이를 허지 않는 정월 보름날에 지내는 것이 으쩔께라우?"

"당제는 원래 정월 보름날에 지내는 것이요. 탐진도공덜은 봄허고 가실 가마 불 때기 전에 지내지만 말이요."

최씨가 흥분한 마음을 가라앉히고 나서는 말했다.

"또 한 가지 말씸드릴 것이 있그만이라."

"우리덜은 당신덜과 한 맴인께 뭣이든 말해부씨요."

"탐진도공에게 장보고 대사님과 정년 장군님 상을 도자기로 맨들어달라고 부탁해 놓고 여그로 왔그만요. 긍께 동짓달에 가서 가져올라고 허그만이라. 움막 사당에 모시고 제사를 지내믄 딱 좋겄지라."

"두 분을 고로코름 모신다믄 금상첨화가 따로 읎겄지라."

박수 소리가 또 쏟아졌다. 주지스님이 분위기를 진정시키고 나서야 가리포마을 사람들이 차분해졌다. 점심공양은 마을 사람들이 각자 가져온 음식으로 했다. 가리포 전복과 게장조림을 가져온 사람이 있어서 밑반찬으로 나왔다. 주지스님은 산채나물만 젓가락질을 했다. 최씨와 하씨는 오곡밥에 전복장조림을 넣고 비벼서 게걸스럽게 먹어 치웠다.

2장

태의 최사전

최사전(崔思全)은 개경에서 탐진으로 내려와 살고 있었는데, 그는 유배형을 받은 죄인이었다. 귀양살이라고는 하지만 본인이 원하면 어디서든 살 수 있는 중도부처(中途付處) 형이었다. 그러니까 개경만 아니면 어디든 가고 싶은 곳을 찾아가서 쉴 수도 있는 유배형이었다. 최사전은 탐진을 선택했다. 증조 이전의 선대가 탐진에서 살았던 것이다. 그가 개경으로 올라와 산 것은 조부 때부터였다. 조부는 상약국에서 종7품 직장으로 일했고, 아버지 역시 어의로서 정4품의 장작감을 지냈다. 최사전도 문종 35년(1081) 열다섯 살에 어의로 들어가서 선종 때 태의(太醫)가 되었고, '왕만 온전히 생각하라'라는 뜻으로 사전(思全)이란 이름을 하사받기까지 했다. 모든 태의들이 부러워했을 만큼 선종이 크게 총애했던 것이다.

　　그가 중도부처라는 유배형을 받게 된 까닭은 예종의 죽음 때문이었다. 등창으로 누워 있던 예종을 태의 최사전이 치료했지만 별 차도가 없었던 것이다. 사실 등창이 나면 죽음을 예고하는 것이나 다름없었다. 죽음을 지연시킬 수는 있으나 등창은 완치할 수 없었다. 결국 예종은 등창으로 피고름을 흘리며 죽었고, 최사전은 인종 1년(1122) 예종의 등창을 치료하지 못했다는 한안인(韓安仁), 문공미(文公美)의 처벌요청으로 2년간 중도부처 유배형에 처해졌던 것이다.

56세로 늙은이가 다 된 최사전으로서는 억울한 일이었다. 그러나 그에게 유배형은 전화위복이었다. 선대가 살았던 탐진 땅을 와 보게 되었기 때문이었다. 최사전은 태의로서 탐진도공들에게도 인술을 베풀었다. 탐진도공들은 병이 나면 최사전이 머물고 있는 초가로 찾아왔다. 그날도 김 도공이 최사전을 찾아와 하소연했다. 벌써 두 번째였다. 지난번에는 그의 아내가 급체로 숨이 넘어가고 있다며 달려왔던 것이다.

"태의 나리, 하나밖에 읎는 아들이 죽어가고 있습니다요!"

"나를 한 번 찾아온 적이 있는 김 도공이 또 왔군."

"아들이 경기가 나서 땀을 삐질삐질 흘리고 있습니다요."

"열은 어떤가?"

"몸이 불땡이멩키로 뜨겁지라우."

"열경기 같네."

최사전은 얼른 청심환 세 개를 호주머니에 넣고 일어났다. 김 도공이 살고 있는 곳은 대숲과 내 사이에 있는 용운마을이었다. 다행히 최사전의 집에서 5리 정도밖에 되지 않는 거리였다. 최사전은 잰걸음으로 뛰듯이 걷는 김 도공을 뒤따라갔다. 징검

다리를 건너자마자 바로 마을 끝에 있는 초가가 김 도공의 집이었다.

여덟 살 된 김 도공의 어린 아들은 부들부들 떨고 있었다. 최사전은 김 도공의 아내에게 찬물을 떠오게 했다. 최사전은 어린 아이의 옷을 벗겼다. 아이가 사시나무처럼 떨자 김 도공의 아내가 오한이 들어서 그런 줄 알고 아이에게 두꺼운 옷을 입혔던 것이다. 최사전이 수건에 찬물을 적시어 김 도공에게 주면서 말했다.

"몸을 닦아주겠나. 그러면 열이 좀 내릴걸세."

김 도공이 찬물을 적신 수건으로 어린 아이의 얼굴과 목, 가슴, 배를 닦았다. 그러자 아이가 놀랍게도 눈을 깜박이기 시작했다. 그제야 최사전이 청심환을 꺼내 잘게 쪼갠 뒤 어린 아이의 입안으로 밀어 넣었다. 숟가락에 물을 떠서 한 방울 한 방울 입안을 적시자 어린 아이가 침을 삼키듯 혀를 움직였다. 최사전이 말했다.

"청심환 한 알을 먹었으니 조금 있으면 아이가 일어날 것이야."

"아이고메, 고맙그만요."

최사전의 말투는 왕실 귀족들이 사용하는 위엄 있는 계급 언어였다. 궁중을 오랫동안 드나들면 말투도 변하게 되어 있었다. 김 도공의 아내는 아이를 내려다보면서 울기만 했다. 방 한쪽에는 청자기물들이 가득 쌓여 있었다. 청자참외모양화병도 있고, 청자사발과 접시, 청자합도 있었다. 최사전이 방 안에 있는 청자들을 둘러보자 김 도공이 말했다.

"나리, 맘에 든 청자가 있으시믄 아무것이나 갖고 가시씨요."

"힘들게 구운 도자기를 사줘야지 그냥 받을 수 있겠는가."

"아니지라우. 나리가 겨시지 않았으믄 지 아들놈은 어처케 됐을지 모르겠그만요."

과연 김 도공의 아들은 고개를 좌우로 흔들더니 일어났다.

"아부지, 손님은 누구신게라우?"

"이놈아, 니를 살린 은인이시여. 얼릉 큰절 올리그라."

아이가 큰절을 하자 최사전이 웃으며 말했다.

"영민하게 생겼구나."

최사전은 김 도공에게 청심환 두 알을 내놓으며 일어섰다.

"어른이든 아이든 혼절하면 물에 개서 먹이게. 그리하면 효과가 있을 것이야."

"아닙니다요. 이 귀헌 알은 정안현에 사는 임 족장님 따님이 드시믄 좋겄그만요."

"임 족장이라니, 누군가?"

"지가 맹근 도자기를 서울에 있는 베슬살이허는 분덜헌테 많이 팔아주신 고마운 은인이시그만요. 근디 족장님 따님도 최근에 혼절을 한 번 했그만요."

"내 호주머니에서 나간 청심환이니 이제 내 것이 아니네. 그러니 자네가 사용하든 누구를 주든 마음대로 하게."

"아이고메, 지가 갖다준들 족장님이 명약이라고 믿어주시겠습니까요."

"그토록 임 족장이 자네한테 고마운 분인가?"

"족장님이 지를 밀어주시지 않았으믄 진작에 가마 일을 때려치우고 탐진을 떠났을 것이그만요. 여그 도공덜도 지맨치로 운이 좋은 사람은 계속 가마 일을 허고, 그렇지 못헌 도공덜은 농사를 짓거나 괴기를 잡음서 살고 있그만이라우."

"방금 얘기한 임 족장의 딸은 직접 보았는가?"

"그라믄요. 나이는 열다섯 살인디 이목구비가 훤칠허고 성격은 남자멩키로 활발허지라우. 근디 시집감서 가마를 타고 혼례청에 들어가서는 갑자기 혼절해 부렀당께라우. 고로코름 돼 부렀는디 어처케 혼례를 치렀겠습니까요. 혼례를 후일로 미루고 족장님 댁으로 돌아와 부렀지라우."

딸을 시집보내는 임 족장의 이름은 임원후(任元厚)였고, 시아버지가 될 사람은 평장사 김인규였으며, 그의 아들은 김지호였다. 임원후는 눈앞이 노래졌고, 김인규는 며느리가 될 처녀가 눈앞에 혼절해 있으니 망연자실했던 사건이었다.

최사전은 인술을 베풀어야 할 태의로서 김 도공의 간곡한 청을 물리치지 못했다. 무엇보다 혼삿길이 막혀버린 임원후의 딸이 안쓰러워 모른 체할 수 없었다.

"자네가 임 족장 집을 안내하겠는가."

"그라믄요. 아무 때나 말씸만 허시씨요. 앞장서겄습니다요."

"알겠네. 며칠 동안은 탐진현 사람들이 내 처소에 찾아와 치료받겠다고 하니 내가 다시 연락하겠네."

"나리, 근디 지가 맹근 청자가 맴에 안 듭니까요? 드리겄다고 허는디도 말씀이 읎으신께 섭섭헙니다요."

"마음에 안 든다고 말하지는 않았네. 어찌 고생해서 만든 청자를 공짜로 가져갈 수 있겠는가. 차라리 내가 대가를 지불하고 주문하겠네."

"고것이 뭣인디요? 말씀만 허시씨요."

"저기 뚜껑과 몸체가 붙어 있는 합이 내 눈에는 약통으로 보이네. 내가 평생 동안 일했던 궁중 상약국에 여러 개를 기증하고 싶네. 다만 다른 청자합과 구별하려면 뚜껑과 몸체에 상약국이란 글씨를 음각으로 서너 벌 새겨줄 수 있겠는가? 글씨를 쓰지 않은 합도 몇 개 필요하네."

"그라믄요. 에럽지 않은 일입니다요."

"만들어주게나."

"가을 가마에 청자합을 많이 구을랍니다요. 긍께 여그다가 상약국이란 글씨만 써주시지라우."

김 도공은 방 선반에서 사각 상자 모양 벼루를 내린 뒤 즉시 먹을 갈았다. 최사전은 붓끝에 먹을 찍어 상약국(尙藥局)이란 글씨를 써주었다. 최사전이 약통으로 쓰일 청자합을 상약국에 보내고 싶은 까닭은 조부와 선친, 그리고 자신까지 3대가 태의를 천직으로 알고 일한 곳이기 때문이었다. 더구나 둘째 아들 최열(崔烈)도 궁중에서 태의로 일하고 있었다.

며칠 후.

김 도공이 최사전이 머물고 있는 초가로 왔다. 김 도공을 보고 나서야 최사전은 며칠 전에 한 김 도공과의 약속을 떠올렸다. 정안현 관산 옥당마을에 사는 임원후 집을 가기로 했던 것이다. 김 도공은 청자항아리를 싼 보자기를 들고 왔다.

"임 족장에게 가지고 갈 청자인가?"

"아니그만요. 나리께 드릴라고 가져온 청자항아리그만요. 이번에는 받으시지라우."

최사전은 김 도공이 가져온 청자항아리를 물리치지 못했다. 또다시 사양한다면 김 도공을 무시하는 처사가 될 수도 있었다.

"허허, 김 도공이 재차 권하니 받기는 하겠네만."

"아이고메, 인자 살겠그만이라우. 맴이 통게통게했그만요."

김 도공은 보자기를 풀었다. 그러자 늘씬한 청자항아리가 드러났다. 최사전은 청자를 품평해 본 적은 없지만 김 도공이 내민 청자항아리는 함부로 범접할 수 없을 만큼 격조가 있었다.

"요로코름 발색이 좋은 청자항아리는 십 년에 하나 나올 둥 말 둥 헙니다요."

"김 도공이 나를 꼼짝 못 하게 하는 재주가 있구먼. 그래, 임 족장 집으로 가보세."

"족장님 따님을 낫게만 해주신다믄 시방 드린 것보다 더한 것이라도 가져올게라우."

최사전은 김 도공에게서 진심을 느꼈다. 임원후를 통해서 개경 벼슬아치들에게 청자를 팔아 부자가 됐으니 은혜를 갚겠다는 것이 김 도공의 마음이었다. 김 도공은 임 족장 둘째 딸의 병을 고치는 것도 보은이라고 생각하고 있었다. 김 도공은 최사전이 선종부터 여러 왕의 병을 치료했던 태의이므로 반드시 임 족장 둘째 딸의 병을 고칠 것이라고 믿었다.

최사전은 김 도공을 앞세우고 정안현 옥당마을로 향했다. 이번에도 최사전이 가지고 가는 것은 청심환이었다. 지난번 김 도공의 아들에게 먹인 청심환과는 약재가 조금 달랐다. 이번의 청심환에는 소의 쓸개즙이 들어가 있었다. 청심환은 상약국의 상비약으로 왕실에서 자주 사용하는 약이었다. 최사전이 처음으로 청심환을 만들어보았던 때는 선종을 알현하기 직전이었다. 궁중으로 들어가기 전에 최사전의 아버지가 제조비법을 알려주었던 것이다. 그러니까 열다섯 살부터 청심환을 만들 줄 알았는데, 선종은 그의 능력을 보고서는 칭찬을 아끼지 않았다. 지금도 최사전은 40년 전의 일인데도 기억이 생생했다. 선종이 태의가 된 어린 최사전을 크게 격려했던 것이다.

"의원은 마땅히 열 번 치료하여 열 번 다 완치시키는 것을 으뜸으로 삼아야 하느니라. 그대는 자질이 충분하니 최고의 의원이 되도록 노력하라."

그러면서 선종은 사전(思全)이라는 이름을 하사하였던 것이다.

한나절 동안 천개산을 넘어 정안현 땅으로 들어선 최사전은 느티나무 그늘에 앉아 다리를 뻗고 쉬었다. 김 도공이 샘물을 떠와 최사전에게 바쳤다. 천개산을 넘어오면서 땀을 많이 흘린 탓에 목이 탔던 것이다. 샘물은 달콤했다. 최사전이 샘물을 맛있게 마시고 나자 김 도공이 물었다.

"나리, 태의 나리께서는 은제 서울에 올라가십니까요? 여그 겨실 분은 아닌 거 같그만요."

"어찌 상경하고 싶지 않겠는가. 허나 나는 서울로 들어갈 수 없는 몸이라네."

"대구소 향리 말씸인디 이자겸 대신이라믄 뭣이든 다 해결헐 수 있다고 허는디, 그분께 줄을 대믄 으쩌겄습니까요."

"허허. 때가 되면 해배가 되지 않겠는가. 그때를 조용히 기다리면 되는 것이네."

"태의 나리는 임금님 옆에 겨셔야 헌다는 얘기를 들었그만요. 긍께 드리는 말씸이지라우."

이자겸(李資謙)은 인종의 외조부이자 자신의 딸 두 명을 인종의 비로 보낸 장인이기도 했다. 그러니 그의 세도는 인종을 좌지우지할 정도였다. 이자겸의 말 한마디면 최사전의 해배는 아무 일도 아닐 터였다.

"임 족장님 말씸인디 서울에 있는 대신덜은 모다 탐진청자를 원헌다고 헙니다요. 임금님 외조부님도 마찬가지가 아니겄습니까요."

김 도공은 이자겸이란 말 대신에 '임금님 외조부님'이라고 했다. 이는 이자겸이 두려움을 주는 인종의 외척이자 장인이기 때문이었다. 이자겸은 권세를 함부로 휘둘렀다. 정령(政令)을 사사로이 내어 도성과 지방의 백성들에게 악행을 저질렀던 것이다.

"나보고 이자겸에게 청자를 선물하라는 말인가?"

"손해 볼 일은 아니그만요."

"허허허. 생각해 보겠네. 그런데 어째서 자네는 임 족장 딸 건강까지 걱정하는가?"

"족장님헌테 들은 얘기가 있어서 그라그만요."

김 도공은 최사전이 묻지도 않았는데 임원후의 둘째 딸 이야기를 했다. 임 족장의 둘째 딸이 태어나던 날의 태몽은 외조부인 이위가 꾸었다. 임원후 집 중문에 황색기가 세워지더니 마침내 그 기의 꼬리가 왕이 정무를 보는 정전 지붕 위까지 뻗어 휘날리더라는 것이었다.

최사전이 아무 말도 하지 않고 들어주니까 김 도공은 또 한 가지 이야기를 마저 했다. 혼례청에서 혼절한 임 족장의 둘째 딸이 깨어나 집으로 돌아온 뒤였다. 임원후는 점을 잘 치기로 유명한 정안현의 복인(卜人)을 찾아갔다. 점쟁이는 임 족장에게 뜻밖의 말을 했다. "근심허지 마씨요. 이 처녀는 귀허게 태어나서 반다시 왕후가 될 것이요"라고 말하며 임 족장을 위로하며 복채를 내놓으라고 요구했다는 것이었다. 임 족장은 둘째 딸의 태몽도 문득 떠오르고 해서 점쟁이가 놀랄 정도로 복채를 놓고 왔다며 김 도공이 우쭐해했다.

"태몽이나 복인 말이 맞는지는 임 족장 둘째 딸 행동거지를 보면 알 수 있을 거네. 내 한번 유심히 살펴보겠네."

"따님이 왕후가 되믄 임 족장님도 베슬 자리를 받지라우?"

"당연한 일이네. 종1품 중서령까지 오를 수 있지. 자네도 청자를 더 많이 팔 수 있을 것이야."

"아이고메, 지 욕심으로 말씸드리는 것이 아니란께요. 지는 그냥 임 족장님이 고마워서 이러는 것이랑께요. 지는 이 정도 사는 것으로 만족헌께라우. 도공은 자기가 맹근 청자가 서울에 가서 인정받으믄 그만 아니겠습니까요."

"이제 자네 마음을 알았으니 앞으로는 어디 가서든 임 족장 둘째 딸 얘기는 하지 마시게. 사람 마음은 알 수 없어. 내가 탐진에서 귀양살이하는 것도 모함에서 비롯됐으니 말이네."

이윽고 두 사람은 옥당마을 초입 시냇물에 얼굴과 손을 씻었다. 시냇물은 천관산 깊은 계곡에서 흘러온 물이었으므로 차갑기 그지없었다. 김 도공이 먼저 임 족장 집으로 가서 최사전의 방문을 알렸다. 임 족장도 최사전이 탐진에 내려와 있다는 소문을 들었기 때문에 반갑지 않을 수 없었다. 둘째 딸의 지병만 근치해 준다면 더 바랄 게 없었다.

임 족장의 차방은 중문 바로 위 안채 끝방에 있었다. 사랑방이 따로 있고 차방은 별실이었다. 한눈에도 임 족장이 정안현은 물론 탐진현에서 대지주임을 알 수 있었다. 차방 별실로 들어간 최사전은 임 족장과 맞절을 했다. 흰머리가 나기 시작한 최사전처럼 임 족장도 귀밑머리가 희끗희끗했다. 임 족장이 먼저 말했다.

"태의께서 직접 와주시다니 큰 영광이그만요."

"김 도공에게 말씀 많이 들었소."

"김 도공이 워낙 성실허고 청자를 잘 맨들어서 쪼깐 도와줬을 뿐이지라."

"족장님의 은혜를 반드시 갚겠다고 하더군요."

"뭣이든 열심히 허는 사람은 하늘이 내려주는 복을 몬자 받지라."

임 족장이 김 도공의 청자를 칭찬하는 동안 임 족장의 둘째 딸이 끓인 찻물을 들고 차방으로 들어왔다. 청자주전자도 김 도공이 만들었음이 분명했다. 임 족장이 말했다.

"아가, 그그 쪼깐 앉그라. 몬자 태의 나리께 인사허고."

"예, 아버님."

최사전은 절을 받으면서 임 족장의 둘째 딸을 유심히 살펴보았다. 이목구비가 또렷하고 피부는 옥빛이 났다. 체격은 십대 중반의 처녀답지 않게 다 성장한 것처럼 다부졌다. 혼삿날 혼절했다는 것이 믿기지 않을 정도였다. 아마도 그것은 심리적으로 이위의 아들을 거부했기 때문에 나타난 몸의 반응일 수도 있었다. 그래도 그런 증상을 보였다는 것은 또 재발할 수 있다는 경고였다.

어쨌든 태몽과 점쟁이의 말은 앞뒤 귀가 맞았다. 관상으로 친다면 임 족장의 둘째 딸은 귀인상이었다. 최사전은 증상이 얼굴에 나타나는 병도 있어서 관상 보는 법을 따로 공부한 적이 있었던 것이다.

"차를 드시지라."

"따님이 예사롭지 않소. 건강을 잘 돌봐야 하오."

최사전은 가지고 온 청심환 열 개를 꺼내 임 족장에게 주었다. 임 족장은 거절하지 않고 고맙게 받았다.

"귀헌 청심환이그만요."

"따님이 체기가 있어 답답하다거나 크게 놀라 정신을 잃을 때 청심환을 들게 하시오. 물에 개면 쉽게 넘어갈 수 있으니 당황하지 마시고 그렇게 하시오."

"태의께서 지 딸까지 신경 써주시니 뭣으로 고마움을 갚을지 모르겠소."

"탐진청자에 대한 자부심이 대단한 김 도공을 앞으로도 더 도와주시기를 바라오."

"그건 두말헐 필요가 읎지라. 지는 태의 나리께 뭣이라도 해드리고 잖소."

"귀양살이하는 사람이 뭣을 바라겠소. 선조님이 사셨던 땅이니 탐진에서 인술을 베푸는 것으로 만족하오."

"참말로 훌륭허신 태의 나리시그만요."

그때 김 도공이 두 사람의 대화에 끼어들었다.

"족장님, 이번에 지 청자는 은제 실습니까?"

"여수에서 조운선이 온다고 허네. 그라믄 그 배에 선적헐라고 부탁해 두었네."

　　김 도공은 더 묻지 않고 미소를 지었다. 작정한 계획이 있다
는 그런 표정이었다. 최사전은 김 도공의 계획이 무엇인지 바로
짐작했다. 임 족장의 둘째 딸은 슬그머니 차방을 나갔고, 임 족장
은 매우 흡족한 얼굴로 발효차를 자꾸 우려냈다.

비색청자

탐진도공들이 가을 가마에 불을 때고 난 뒤였다. 가을걷이가 끝
나자마자 도공들이 여름 내내 만들었던 초벌 기물에 청자유약
을 바른 뒤 가을 가마에 재임했다. 김 도공도 가을 가마에 불을
때고 나서 가마가 식기를 기다렸다. 도공들이 만들어 온 청자를
품평하는 대구소 향리가 최사전을 초대했다. 최사전을 맞이한
장소는 대구소 앞 당전이었다. 최사전은 가능한 한 대구소를 찾
지 않았는데 그 이유는 향리에게 부담을 주고 싶지 않아서였다.
최사전은 귀양 온 몸이지만 그의 큰아들 최변(崔弁)은 정3품 이
부상서를 지내고 있었던 것이다. 대구소 향리는 최사전을 귀한
손님으로 맞이했다.

"태의 나리, 여그서 사심시로 불편허시지는 않는게라우?"

"지지난달에는 정안현 임 족장 댁을 다녀왔습니다."

"탐진도공덜을 많이 도와주시는 어른이지라우."

당전 다탁에는 다기 대신 청자주병과 사발 두 개가 놓여 있
었다. 향리는 최사전에게 술을 대접할 생각이었다. 향리가 먼저

최사전 앞에 있는 사발에 술을 따랐다. 그러자 최사전도 향리 앞에 있는 사발에 술을 부었다. 두 사람은 자연스럽게 대작을 했다. 최사전은 대구소 향리가 어떤 기준으로 청자를 품평하는지 궁금했다.

"향리 나리, 청자를 품평할 때 무엇을 보는 것이오?"

"우선 모냥을 보그만요. 생김새가 더한 것도 읎고 모자란 것도 읎어야겄지라우. 그래야 완벽헌 모냥이라고 허지라우."

"모양을 본 다음에는 무엇을 보는 것이오?"

"탐진의 초여름 산자락 빛깔인지 아닌지를 보그만요. 탐진 바다멩키로 투명헌지 아닌지도 중요허고라우."

"사람으로 치자면 피부색을 보는 것 같소."

"맞그만이라우. 그라고 또 으떤 조각이 있는가를 보지라우."

대구소 향리는 품평기준을 세 가지, 즉 모양과 빛깔과 조각을 꼽는다고 설명했다. 그렇다면 용운마을 김 도공의 솜씨는 세 가지 품평기준과 일치했다. 대구소 향리가 최사전에게 또 술을 권했다.

"예전에는 탐진청자허고 비슷헌 것덜이 여그저그서 나왔는디 인자는 탐진청자가 최고가 돼부렸그만요."

"향리 나리는 어떤 근거로 그렇게 말씀하는 것이오?"

"다른 디 청자가마덜은 다 읎어져 가고 있지라우. 부령이나 고안만 빼고 말이요."

최사전은 대구소 향리가 우물 안 개구리라고 생각했다. 탐진 수준의 청자가 송나라에서도 생산되고 있다는 말을 작은아들 최열에게서 들었던 것이다. 며칠 전 작은아들 최열이 탐진으로 내려와 아버지 최사전과 사흘을 함께 보내면서 개경의 별난 소식을 전해주었는데, 송나라 사신이 인종 1년에 와서 한 달쯤 머무르는 동안 그들이 전한 이야기들이었다. 인종 1년은 자신이 귀양을 떠난 작년의 일이었으므로 최사전으로서는 궁금할 수밖에 없었다. 송나라 사신이 온 이유는 예종의 명복을 빌고 인종의 즉위를 축하하기 위해서였다고 했다.

그런데 송나라 사신 서긍이 만찬석상에서 식탁의 청자그릇들을 보고 감탄했다고 하는데, 최사전은 그 이야기에 관심이 더 갔다. 최사전은 탐진청자의 매력에 푹 빠져 있었기 때문이었다. 만찬석상에서는 대부분 금이나 은으로 도금을 한 그릇들이 나오는데, 서긍은 유독 청자그릇들을 보고 놀라더라는 것이었다. 송나라 사신 일행을 맞이한 접반사 김부식의 역관이 서긍의 말을 직접 듣고 탐진청자를 갖고 있는 개경의 어떤 대신에게 말해주었다는 전언이었다. 서긍은 당나라 도자기술을 고려가 모방했다는 점을 은근히 강조하면서도 눈앞에 보이는 뛰어난 탐진청자를 보고 고개를 절레절레 흔들었다는 후문이었다. 송나라 사신 우두머리 노윤적(路允迪)이 있었지만, 고려의 접반사 일행이 서긍을 주목했던 것은 그가 시서화 삼절인 데다 도자기를 보는 안목이 뛰어나서였다.

대구소 향리도 송나라 사신 일행이 작년에 개경에서 머물다가 간 사실은 알고 있었다.

"송나라 사신 중에 서긍이란 자가 우리 탐진청자를 보고 '저 빛깔을 뭣이라고 하는가?' 하고 물었다그만요."

"탐진에서 달리 부르는 말이 있소?"

"그건 아니그만요. 근디 서울에서 우리 탐진청자를 갖고 있는 분덜은 비색(翡色)이라고 허지라우."

"비밀스럽다고 해서 비색(秘色)이라고 오해하기 쉽겠소."

"비색(秘色)이라고 헌 것은 당나라 월주도공덜이 자기덜이 맹근 청자 빛깔을 누구도 숭내 낼 수 없다고 해서 고로코름 부른 거그만요."

"그러고 보면 탐진청자의 비색(翡色)은 당나라 월주청자의 비색(秘色)을 뛰어넘어 버렸다고 할 수 있겠소."

"태의 나리께서 고로코름 말씸해 주신께 가심이 벅차불그만요."

"서긍의 말에 의하면 송나라 휘종이 지원하는 관요인 여요에서 나오는 청자들도 대단한 것 같소."

송나라 휘종은 통치에 있어서는 암군이었지만 시서화에 능한 정도가 아니라 군계일학의 경지에 오른 황제였다. 도자기에도 안목이 뛰어나 그가 관요인 여요에서 나오는 청자들을 품평하는 것도 그러한 예술적 취향에서 비롯했다. 실제로 휘종은 "궁중에서 사용하는 백자그릇들을 치우고 모두 청자그릇으로 바꾸라"라고 지시하기도 했다.

휘종 황제는 서긍보다 먼저 민간무역을 하는 송나라 상인들이 진상한 고려 비색청자를 보고 "청자는 고려를 뛰어넘을 수 없고 백자는 송나라를 뛰어넘을 수 없다"라고 단언했던 적도 있었다. 그것은 빛깔 때문이었는데, 고려청자는 맑고 옅은 청록색의 비색이었고 송나라 여요청자는 뿌연 빛이 감도는 청회색이었던 것이다. 물론 송나라 여요의 맑은 청회색은 당나라 월주의 탁한 뇌록색 청자에서 한층 발전된 것이기는 했다. 아무튼 미묘한 빛깔의 차이를 감별할 수 있을 정도로 휘종의 안목은 탁월했는데, 서긍도 그에 못지않았다. 그는 귀국해서 휘종에게 올린 보고서「선화봉사고려도경(宣和奉使高麗圖經)」의 도기항아리[陶尊] 조(條)에서 그림을 그리고 설명했던 것이다.

도기의 색이 푸른 것을 고려인들은 비색이라고 한다. 근년에 들어 제작이 공교해지고 광택이 더욱 아름다워졌다. 술항아리[陶尊]의 형태로 참외 모양이 있는데, 연꽃에 오리가 엎드린 모양의 작은 뚜껑이 있다. 또한 사발, 접시, 찻잔, 꽃병, 탕잔도 잘 만들었는데 모두 당나라와 송나라의 일정한 형태를 모방했으므로 생략하여 그리지 않겠다. 그러나 술항아리만은 다른 그릇과 다르므로 특별히 알린다.

또한 도기향로 조에서도 고려의 사자모양뚜껑향로를 소개했다.

산예출향(狻猊出香) 또한 비색이며 위에는 쭈그리고 앉은 짐승이 있고, 아래에는 연꽃이 그것을 받치고 있다. 여러 기물 가운데 이것만이 가장 정교해서 빼어나고, 그 나머지는 월주의 옛 비색(秘色)이나 여주의 새로운 가마의 기물을 본받아 대체로 유사하다.

산예출향이란 사자 모양 입에서 연기가 나오도록 조각한 향로라는 뜻이었다. 또 연례연의(燕禮燕儀) 조에서는 '그릇은 금이나 은으로 도금한 것이 많고 청자는 값진 것으로 하고 있다'라고 밝혔다. 연례연의란 사신들의 식사 혹은 만찬석상을 뜻하는데, 거기에도 최상품의 탐진청자가 나와 눈길을 끌었다는 내용이었다.

서긍의 보고서 「선화봉사고려도경」은 송나라 장사꾼들이 구입해 간 탐진청자들이 황실에서 인기를 누리고 있는 중에 나라의 정식보고서로 인정받은 쾌거였다. 서긍은 송나라 관요인 여요에서 생산하는 청자가 있지만 고려의 청자술항아리나 사자 모양뚜껑향로는 일찍이 본 적이 없는 맑은 비색(翡色)이며, 조각이 정교하고 탁월한데 외국 사신을 접대할 때 식탁이나 만찬석상에 선보이고 있다는 사실을 보고서로 올렸던 것이다. 비색청자는 두말할 것도 없이 탐진에서 만든 청자였다.

대구소 향리는 최사전과 술을 마시며 얘기하는 중에 탐진청자에 대한 자부심과 야심을 드러냈다.

"태의 나리, 탐진청자의 비색 하나만 갖고 송나라 사람덜이 평가를 허는디 지는 불안허그만요. 송나라 도공덜이 은제라도 숭내를 내겄지라우."

"송나라 사람들이 비색청자라고 부를 만큼 인정하는데, 어째서 불안하다는 말이오?"

"지만 그런 것이 아니라 지와 비슷허게 고민허는 여그 도공덜이 있그만요."

최사전은 탐진도공들이 비색청자에다가 무엇을 더 보태려고 하는지는 알 수 없었다. 그러한 고민을 대구소 향리뿐만 아니라 탐진도공들이 함께하고 있다는 것으로 보아 생각이 모아진 듯했다. 그러나 최사전은 전혀 짐작할 수 없었다.

서긍이 휘종에게 「선화봉사고려도경」을 보고한 이후에도 남송 학자 태평노인이 저술한 『수중금(袖中錦)』이란 저서에서도 고려비색, 즉 탐진청자를 언급했다. 『수중금』에는 태평노인이 세상에서 최고인 것만을 소개한 '천하제일' 편이 있는데, 청자는 고려비색, 벼루는 단계의 벼루, 백자는 정요(定窯)의 백자, 낙양의 모란꽃, 건주의 차(茶), 촉의 비단 등을 꼽았음이었다.

최사전과 대구소 향리는 술을 여러 잔 마신 뒤에 탐진차를 마신 덕분인지 대취하지는 않았다. 최사전은 대구소 향리의 술대접을 받고는 몹시 흐뭇했다. 뿐만 아니라 대구소 향리는 개경으로 가는 물건이 있으면 자신에게 부탁하라고 말하기까지 했다.

"청자 운반선이나 조운선이 뜰 때가 있응께 은제든지 말씸만 허씨요."

"개경으로 가는 배가 언제 있소?"

"도공덜이 가을 가마에서 기물을 꺼내믄 바로 뜰 거그만요."

대구소 향리의 말은 가을 가마에서 기물을 꺼낸 뒤 바로 조운선이 개경으로 갈 것이라는 뜻이었다. 대구소 향리가 말했다.

"서울(개경)로 보낼 물건이 있는게라우?"

"아들에게 보낼 청자술잔과 청자합이 있고, 선물할 청자항아리가 있소."

"고것뿐이라믄 아무 탈 읎이 서울까지 보내드리겄습니다요."

"향리 나리, 고맙소."

"무신 말씸인게라우. 태의 나리께서 탐진 사람덜이 아프믄 어디든 달려가시어 치료해 주신다는 얘기를 들었그만요. 긍께 고마워허실 것은 읎지라우. 배가 뜨기 전에 대구소나 미산포로 기물들을 보내주시믄 처리허겄습니다요."

"향리 나리, 궁금한 것이 하나 있소."

"말씸해 보시지라우."

"우리나라는 땅이 넓은데 어째서 탐진에서만 청자를 만드는 것이오?"

"원래는 바다가 있는 서쪽 여러 곳에서 청자를 맨들었지라우. 개경 부근이나 인주(인천), 부령, 고안 등 여러 곳에서 맨들었지라우."

실제로 고려 초기에는 개경 부근에도 청자가마들이 있었

다. 왕실의 그릇이나 고려 태조(太祖)를 비롯해 선왕들을 제사 지내기 위해 건립한 태묘(太廟)에서 사용할 제기를 만들기 위해 만들어진 가마들이었다. 그런데 개경 부근 가마들에서 생산한 청자들은 대부분 황갈색으로 비색이 아니었다. 성종 12년(993)에 도공 최길회(崔吉會)가 만든 제기인 항아리도 청자라고 보기 어려울 정도로 빛깔이 황갈색이었다.

"그런데 어째서 지금은 탐진에서만 청자를 만들고 있소?"

"시방도 부령이나 고안에서 맨들고는 있지만 다른 디는 다 읎어져 부렀지라우. 이유는 탐진의 태토만 비색을 내기 따문이지라우. 또 탐진은 신라 때부터 토기를 맨들어온 고장이라 흙을 다루는 기술이 다른 디보다 훨씬 뛰어나그만요."

대구소 향리의 말은 애향심에서 나온 과장이 아니었다. 탐진에는 도기를 빚는 기술이 축적돼 있었고, 무엇보다 청자의 비색을 내는 태토가 산재해 있기 때문에 다른 지방을 압도했다. 개경 왕실에서도 이제는 탐진가마들을 관요로 인식할 정도였다.

최사전은 대구소 향리가 내준 말을 타고 집으로 돌아왔다. 모처럼 문식이 있는 대구소 향리와 술과 차를 주고받았기 때문인지 마음이 한껏 충만했다. 귀양살이하면서 처음으로 지적 갈증을 마음껏 풀었다는 기분이 들었다. 최사전은 들뜬 기분으로 벼루에 먹을 갈았다. 개경으로 청자를 보내는 김에 큰아들 최변에게 편지도 부칠 셈이었다. 최사전은 일필휘지로 단숨에 써 내려갔다.

변(卞)아 보아라.

관직생활은 공명정대하게 잘하고 있느냐? 이 아비는 조상님들이 살았던 탐진에서 인술을 베풀며 마음 편히 살고 있으니 걱정하지 말거라. 일전에 네 동생 열이가 내려와서 서울 소식들을 여러 날 동안 들은 뒤로는 비록 탐진에 살고 있지만 서울에 사는 것 같은 기분이 드는구나.

청자합을 여러 개 보내니 하나는 네 어머니에게, 또 하나는 네 아내에게, 또 하나는 네 동생 아내에게 주거라. 화장품합으로 좋을 것이니라. 상약국이란 명문이 있는 합은 상약국에 약통용으로 기증하거라. 상약국에 보내는 까닭은 조부 때부터 네 동생까지 4대 태의 집안이니 자연스러운 일이니라.

연꽃 뚜껑이 있는 청자항아리는 이 아비가 보냈다며 이자겸 대인에게 전해주거라. 하인에게 심부름시키지 말고 네가 직접 들고 가야 한다. 세상인심이 각박하고 험악해서 아비의 진심이 왜곡될 수 있으니 하는 말이다.

너는 과거급제한 뒤 이제 이부상서에 올랐고, 동생은 집안의 가풍을 이어 태의가 됐으니, 어머니를 잘 봉양한다면 이 아비는 더 바랄 것이 없겠다.

탐진에서 아비 씀.

최사전은 붓을 놓고 큰 대자로 드러누웠다. 세상에서 부러울 것이 하나도 없었다. 등창으로 죽은 예종 때문에 모함을 받아

비록 귀양살이를 하고 있지만, 누군가는 책임을 져야만 했던 일이라면 역대 왕에게 총애를 받았던 자신이라도 달게 받아야 한다고 생각했다. 그것도 은혜를 갚는 보은이 아닐까 싶어서였다. 어느새 최사전은 귀양살이의 외로움과 고달픔을 떠나 달관하고 있었다. 더구나 인술을 베푸는 일은 궁중과 지방이 달라서는 안 된다고 생각하자 마음이 한결 편안해졌다.

이튿날.

김 도공이 보따리 하나를 메고 최사전의 적거(謫居)로 찾아왔다. 귀양살이하는 초가를 적거라고 불렀다. 김 도공의 표정은 환했다. 최사전은 김 도공의 얼굴을 보고 그의 가을 가마 기물들이 잘 나와서 그럴 것이라고 짐작했다. 최사전이 예상한 대로였다.

"태의 나리, 이번 가마에서 나온 청자 빛깔이 연헌 갈맷빛 산자락멩키로 참말로 좋그만이라우. 마치 물총새 깃털 같아라우."

"내가 부탁헌 합도 그러고?"

"합도 잘 나왔어라우. 젤 좋은 칸에 넣었그만요. 불대장은 옆집 도공이 맡아쳤그만요."

"가마 어디가 좋은 칸인가?"

"봉통에서 가차운 첫 번째 칸은 고온으로 올리기가 수월허지 않고, 마지막 시 번째 칸은 귀뚝이 붙어 있은께 유약과 태토가 잘 녹지 않지라우. 긍께 가운데 칸이 젤로 잘 나오지라우. 태의 나리께서 부탁허신 합은 모다 가운데 칸에 재임했지라우."

"어서 한번 보고 싶네."

김 도공이 보따리를 풀었다. 과연 청자합 모두가 광택이 살아 있고 투명한 연둣빛이었다. 그윽한 청록색의 비색이었다. 최사전은 상약국이라고 쓰인 합부터 조심스럽게 만져보았다. 유리질이 잘 녹아 감촉도 그지없이 좋았다. 화장품합보다 통이 깊고 커서 희귀한 약재 약통으로 안성맞춤이었다.

"자네는 탐진에서 행수도공이라고 해도 이상할 것이 없겠네."

"지는 아직 멀었그만요. 도자기 성형도 잘허지만 그림까지 잘 그리는 도공이 있그만요."

"틈틈이 배워두게."

"탐진에도 나전칠기를 맨들었던 도공이 있는디 향리 나리께서 가끔 탐진도공덜을 대구소로 불러 그 도공헌테 버드나무나 새, 구름, 학 그리기를 배우게 허고 있그만요."

"왜 그런가?"

"향리 나리께서는 탐진청자가 참말로 천하제일이 될라믄 그림이 들어가야 헌다고 그란디 지 생각은 쪼깐 다르그만요."

"어떻게 다르다는 말인가."

"송나라 화가덜이 그림을 잘 그리는디 어처케 지덜이 더 잘 그리겠습니까요."

순간 최사전은 대구소 향리가 지금보다 더 뛰어난 도자기를 만들기 위해 도공들과 머리를 맞대고 있다고 한 말이 떠올랐다. 나전칠기를 만들었던 도공이 탐진 비색청자에 어떤 영감을 불어넣을지도 몰랐다. 이층장이나 팔각함 같은 목기(木器)에 청록 빛깔을 띤 전복껍데기로 화려한 문양을 만들어 상감한 공예품을 나전칠기라고 불렀다. 나전칠기는 원래 당나라에서 들어왔으나 지금은 고려에서 송나라로 보낼 만큼 유명한 상감목기였다. 서긍의 「선화봉사고려도경」에도 소개가 되었을 정도였다.

"지는 청자에 붓으로 그림을 그리기보다는 나전칠기 기법으로 문양을 넣으면 으쩔까 생각 중이그만요."

"다른 도공도 자네와 같은 생각을 하고 있는가?"

"그라지라우. 그림을 그린다고 해도 어처케 화상맨치로 잘 그리겠습니까요. 긍께 구름이나 학 같은 문양이 익숙해지믄 성형헌 도자기에 칼로 파서 거그를 백토 같은 것으로 메꾸믄 낸중에 그대로 문양이 나오겄지라우."

최사전은 방으로 들어가 일전에 김 도공이 선물한 청자항아리를 들고나왔다.

"대구소로 가는 길에 청자합과 청자항아리를 향리 나리에게 전해주게. 이 편지도 함께 말이네. 향리 나리가 조운선에 실어 보내준다고 약속했네. 이건 내 마음이니 받아주게."

"아이고메, 요것이 뭣이다요?"

"내가 주문한 청자합을 가져왔으니 대가라고 생각하게."

김 도공은 두 손을 저으며 최사전이 내민 은 열 냥을 뿌리쳤다.

"지 마누라허고 아들을 살려준 분헌테 받으믄 되겠습니까요. 그래도 주신다믄 다시는 태의 나리께 오지 안 겄습니다요."

"허허허. 할 수 없네. 나는 또 자네에게 빚을 졌네."

김 도공은 보따리를 주섬주섬 싸더니 줄행랑을 놓듯 최사전의 초가를 빠져나갔다. 최사전은 사라지는 김 도공의 뒷모습을 보다가 하늘을 올려다보았다. 기러기 떼가 줄을 지어 만덕산 너머에서 천개산 쪽으로 날아오고 있었다.

충신과 권신

인종 2년(1122).

　　최사전은 귀양살이 2년 만에 인종의 조서를 받고 해배가 되었다. 최사전에게 탐진청자를 선물받은 이자겸이 인종을 움직였는지 아니면 인종이 배려해 결정했는지는 알 수 없었다. 이자겸은 자기 집에서 성장한 14세의 어린 인종이 즉위하는 데 결정적인 역할을 한 인물이었다.

　　그런데 즉위한 지 8개월 만인 12월, 한안인과 문공미 등이 인종의 숙부인 대방공 왕보(王俌)를 왕위에 추대하려고 모의했다. 이를 사전에 알아차린 이자겸은 역모에 가담했거나 동조한 50여 명을 죽이거나 귀양 보냈다. 인종 2년 2월에는 이자겸 일파를 꺼리는 최홍재(崔弘宰) 등도 제거하였다. 이로써 이자겸은 확고하게 권력을 잡고 자신의 자식과 친족들을 요직에 앉혔다. 아들인 승려 의장(義莊)을 수좌(首座)로 삼아 승려 세력과도 밀착했다. 한안인과 문공미의 제거는 최사전이 다시 궁중 내의(內醫)로 들어갈 수 있는 기회가 되었다. 예종이 죽자 최사전을 귀양 보내야 한다고 모함한 사람이 바로 그들이었던 것이다.

　조운선을 타고 개경으로 돌아온 최사전은 아내가 차린 저녁상을 보고 눈물을 흘렸다. 상에는 쌀밥과 된장국이 올라 있었다. 2년 만에 보는 쌀밥과 된장국이었다. 탐진에서는 쌀밥 대신에 조밥을, 국은 된장국 대신에 소금으로 간을 맞춘 국물을 먹었던 것이다. 최사전만 그런 것이 아니라 탐진도공들도 마찬가지였다. 왕이 일반 백성들에게는 쌀밥과 된장국을 먹지 못하도록 금지시켰기 때문이었다. 물론 향리나 부자들은 눈치껏 쌀밥과 된장국을 먹었지만 도공이나 농사꾼들은 그러지 못했다. 큰아들 최변이 말했다.

　"아버지, 많이 드시라요. 그동안 고생 많으셨습네다."

　"오랜만에 가족하고 함께하니 감개무량하구나."

　작은아들 최열은 개경까지 타고 온 배편을 궁금해했다.

　"저는 아버지를 뵙고 올라올 때 뱃멀미를 심하게 했습네다. 아버지도 그러셨습네까?"

　"나는 초마선을 타고 왔다. 배가 느리기는 하지만 흔들림이 덜해 편하더구나. 뱃멀미는 없었느니라."

　초마선(哨馬船)이란 1천 석을 실을 수 있는 대형 조운선이었다. 최열이 탄 배는 아마도 2백 석 정도 실을 수 있는 배 밑바닥이 평평한 평저선(平底船)이었을 터였다. 청자 운반선은 작은 세곡선 정도의 크기인데 길이는 어른 걸음으로 십여 보, 넓이는 대여섯 보, 깊이는 한 걸음 반 정도에다 돛이 하나밖에 없는 배였다.

최사전의 아내가 말했다.

"이야기만 하지 마시고 음식을 드시라요. 시장하시지 않습네까?"

"아버지, 된장국이 맛있습네다. 어서 드시라요."

최사전은 쌀밥을 먼저 먹은 다음에 된장국을 후루루 마셨다. 반찬을 먹지 않아도 밥 자체가 꿀맛이었다. 순식간에 밥 한 그릇을 비운 최사전은 큰아들 최변에게 물었다.

"청자항아리는 네가 전해주었지?"

"예, 아버지. 이 공(公)의 집사를 만났습네다."

"이 공이 뭣이라고 하드냐?"

"공을 직접 뵙지는 못했습네다. 이 공의 퇴궐이 늦어 대문 앞에서 초저녁까지 기다리다가 집사에게 전해주고 왔습네다."

"그렇다면 확실하게 전해졌는지는 알 수 없겠구나."

큰아들 최변은 이부(吏部)에서 회의를 일찍 마치고 이자겸 사택으로 가서 해가 질 때까지 그를 기다렸다. 그런데 이자겸의 귀가가 늦어져 횃불을 들고나온 이자겸의 집사에게 청자항아리를 맡겼는데, 그 뒤는 알지 못했다. 그날따라 이자겸에게 뇌물을 바치려는 사람들이 웅성웅성 모여 있었으므로 어떤 이가 무엇을 주었는지 집사가 헷갈릴 수도 있을 것 같았다.

"제가 기다리다가 직접 전해주었어야 했는데 잘못한 것 같습네다."

"아니다. 해배가 됐으니 이제 상관없는 일이니라."

그때 밖에서 말이 진저리 치는 소리가 났다. 작은아들 최열이 나갔다. 잠시 후 최열이 인종을 시종하는 승지가 왔다고 희소식을 전했다. 사립문 밖에는 인종의 지시를 받은 승지가 말을 타고 와 있었다. 승지는 말에서 내려 말고삐를 잡은 채 최사전을 기다렸다. 최사전이 사립문 밖으로 나가자 승지가 말했다.

"어명을 받으시오. 내일부터 당장 궁중 내의로 들라는 어명이오."

"알았소."

승지가 돌아간 뒤 큰아들 최변이 말했다.

"폐하께서 아버님을 잊지 않으신 것입니다. 탐진 최씨 가문의 경사가 아니겠습네까? 가운(家運)이 돌아온 것 같습네다."

"호사다마라는 말을 들어봤을 것이다. 이럴 때일수록 말을 삼가고 겸손해야 하느니라."

"명심하겠습네다."

"청자합은 상약국에 전해주었느냐?"

"제가 전해주었습네다. 상약국 태의들이 모두들 좋아했습네다."

궁중 태의로 들어간 최열이 대답했다. 탐진의 김 도공이 만든 청자합을 몇 달 전에 뜬 청자 운반선에 보냈던바, 최사전은 작은아들 최열의 답변을 듣고 흡족해했다. 최사전은 다시 두 아들에게 물었다.

"그동안 집안에 무슨 일은 없었느냐?"

두 아들이 말을 꺼내지 못하고 쭈뼛거렸다. 그들을 어린 시절부터 돌봐주었고 이제는 집안의 허드렛일을 도맡아서 하는 유모에 관한 이야기였기 때문이었다. 두 아들이 말을 못 하자 최사전의 아내가 말했다.

"당신이 탐진으로 떠날 때 자식들에게 주라던 금 술잔 두 벌이 속을 썩이고 있습네."

"선왕 폐하께서 하사하신 금 술잔 두 벌을 내가 변이와 열이에게 주라고 한 것은 언제나 나라의 은혜를 잊지 말라는 뜻이었는데 그것이 왜 속을 썩인단 말이오."

"유모가 한 벌을 훔쳐 간 모양입네."

"유모라고 했소? 그럴 리가 있소!"

유모를 누구보다도 신뢰했던 최사전은 충격을 받았다. 그러자 큰아들 최변이 아버지를 위로했다.

"아버지, 제가 반드시 유모가 감춘 금 술잔을 찾아내갓습네다. 그러니 걱정 마시라요."

작은아들 최열은 형과 달리 말했다.

"유모는 아버지께서 굳게 믿어왔던 분입네. 이제는 우리 가족이 그분의 생계를 책임져야 할 처지인데, 유모를 몰아세우면 우리 집에서 나가라는 말과 다르지 않갓습네까?"

"유모를 두둔하는 동생 말도 일리는 있네. 허지만 계집종이 유모가 금 술잔을 감추는 것을 보았다고 말하니 어찌 모른 체할 수 있다는 말인가?"

"형님, 이렇게 하면 어떠갓습네까? 남아 있는 금 술잔은 형님의 몫으로 하고 저는 갓지 않갓습네다. 그러면 굳이 남은 금 술잔을 찾을 필요가 없지 않갓습네까?"

두 형제의 의견을 다 듣고 난 최사전이 한마디 했다.

"공과 사를 구분할 줄 아는 형의 말이 옳다. 또 유모의 은혜를 저버리지 않으려는 동생의 효성과 인덕도 옳다. 그러니 유모의 일은 더 이상 거론하지 말고 넘어가는 것이 좋겠느니라."

아버지 최사전의 판단을 두 형제는 모두 존중했다. 그래서 가족들은 더 이상 사라진 금 술잔을 찾지 않기로 했다. 최사전이 유모를 불러 탐진에서 가져온 청자합을 선물하면서 형제간 언쟁은 바로 그쳤다. 그런데 그날 밤 최사전이 거처하는 사랑방 마루에 금 술잔 한 벌이 놓여 보름달 달빛에 반짝거렸다. 유모가 한밤중에 아무도 몰래 놓고 간 금 술잔이었다.

다음 날.

최사전은 태의 복장으로 인종을 알현하기 위해 궁중으로 들어갔다. 2년 만에 보는 개경의 궁궐은 별로 달라진 것은 없었다. 왕이 정무를 보는 정전이 있고, 그곳으로 들어가는 여러 개의 문이 있고, 왕비와 후궁 및 궁주들이 머무는 별궁이 있으며, 연못과 정자가 있었다. 인종은 머리에 복두를 쓰고 붉은색이 가미된 황색의 자황포(柘黃袍) 차림이었는데, 정전에서 최사전을 맞이했다. 최사전이 엎드려 큰절을 하자 인종이 옥좌에서 내려와 그의 손을 잡아끌었다.

"과인이 작년에 한안인, 문공미의 삿된 말을 듣고 그대를 멀리 보내는 벌을 내렸소. 미안하오. 그자들은 그것도 모자라 역모를 꾸미다가 극형을 받았소. 사필귀정이오. 나는 이제 그대를 내 곁에 둘 것이오."

"폐하, 옥체를 보존하소서. 분골쇄신하겠사옵니다."

"허나 요즘은 중서령 때문에 잠을 이루지 못하고 있소."

"폐하, 불면증에는 자귀나무 차가 효험이 있사옵니다. 소신이 자귀나무 차를 만들어 오겠사옵니다."

"마음이 불안하니 잠을 자지 못하는 것이오."

"자귀나무 차를 하루에 세 번만 마시면 편안하게 침소에 드실 수 있을 것이옵니다."

"과인은 중서령만 생각하면 가슴이 답답하고 불안해지니 큰일이오."

중서령이란 이자겸이 추증받은 종1품의 벼슬이었다. 그러니까 인신지극(人臣之極), 신하로서 최고위 관직이었다. 이자겸이 무소불위의 권력을 휘두르고 있다는 사실을 큰아들 최변에게 들은 바 있으므로 최사전은 그가 궁궐에 있는 한 인종의 불면증은 가시지 않을 거라고 판단했다. 자귀나무 차는 근치가 아닌 응급처방일 뿐이었다.

인주(인천) 이씨는 문종 때 이자연(李子淵)이 세 딸을 문종의 후비로 보낸 이래 인종 때까지 7대 80여 년 동안 외척으로 크게 세력을 떨쳤는데, 그들은 왕실과 중복되는 혼인관계를 맺어 후비와 귀인을 거의 독점했다. 따라서 그 당시의 왕자나 왕녀들은 대부분 그들의 외손이었다.

인주 이씨 세력 가운데 가장 대표적인 인물이 이자겸이었다. 이자겸의 둘째 딸이 예종의 왕후로 들어가 원자(인종)를 낳으면서 세력을 크게 떨치기 시작했다. 이자겸은 여기에 그치지 않고 자신의 셋째 딸과 넷째 딸을 강제로 인종의 비로 삼게 함으로써 자신의 권력 기반을 확고히 했다. 급기야 이자겸의 권력은 왕권을 흔들게 되었고, 인종은 그가 두려워 마음속으로 멀리하게 되었다.

인종 4년(1126) 2월.

인종의 불안한 마음을 알아차린 내시지후 김찬(金粲)과 내시녹사 안보린(安甫鱗)이 동지추밀원사 지녹연(智祿延), 상장군 최탁(崔卓)과 오탁(吳卓) 그리고 대장군 권수(權秀), 장군 고석(高碩)과 함께 이자겸 등의 권신을 제거하고자 인종에게 아뢨다.

그러자 인종은 내시지후 김찬을 이자겸의 6촌 형제인 평장사 이수(李壽)와 이자겸의 처남인 전 평장사 김인존(金仁存)에게 보내 마음을 떠보도록 했다. 그런데 그들은 거사를 찬성했지만, 이자겸 세력이 날뛰고 있으니 때를 더 기다리자고 조언했다. 그러나 인종은 더 기다릴 수 없었으므로 김찬 등에게 지시했다. 선봉대 상장군 최탁은 즉시 군사들을 거느리고 궁궐로 들어가 병부상서 척준신(拓俊臣, 척준경 아우)과 내시 척순(拓純, 척준경 아들) 등을 살해한 뒤 시체를 궁궐 밖으로 내던졌다.

이에 거사 소식을 전해 들은 이자겸과 척준경(拓俊京) 등은 급히 따르는 신하들을 소집했다. 그러나 그들은 모두 당황할 뿐 어쩔 줄 몰랐다. 그러자 성격이 급한 척준경은 시랑 최식(崔湜) 등 수십 명을 거느리고 궁궐 신봉문(神鳳門)까지 가서 고함쳤다. 이에 지녹연, 최탁 등은 이자겸 일파의 군사가 공격해 오는 것으로 착각하고는 제대로 활을 쏘지 못한 채 성문 위에서 갈팡질팡 했다.

이자겸의 아들인 승려 의장(義莊)이 현화사(玄化寺) 대중 3백 여 명을 데리고 궁궐 밖에 와 있다는 소식이 인종에게 전해졌다. 인종은 마음을 굳게 다잡고 신봉문으로 나와서 척준경의 군사 들에게 내탕(內帑)의 은폐(銀幣)를 나누어 주고는 무기를 버리도 록 달랬다. 그러나 척준경은 활 공격으로 맞섰고, 이자겸은 배반 자들을 내어놓으라고 소리쳤다.

잠시 후 척준경 등은 궁궐에 불을 질렀다. 그런 뒤 궁궐에서 저항하던 오탁, 최탁 등 반대파의 우두머리들을 살해하고 지녹 연과 김찬 등을 귀양 보냈다. 결국 이자겸 세력을 제거하려던 거 사는 이자겸과 척준경의 반격으로 실패했고, 오히려 궁궐이 불 타버리는 비극을 맞고 말았다. 결과적으로 이자겸은 더욱더 득 세했다. 인종을 자신의 사택인 중흥택(重興宅)에 가두고는 일거 수일투족은 물론 수라상까지 간섭했다. 이자겸은 더 나아가 자신이 왕이 되고자 독 묻은 떡으로 인종을 두 번이나 독살하고자 했다. 그때마다 인종은 이자겸의 넷째 딸인 왕비의 도움으로 목숨을 겨우겨우 지켰다.

인종은 살아 있어도 산목숨이 아니었다. 차라리 왕위를 이자겸에게 넘기고 목숨을 보장받고자 했다. 마침내 인종은 왕위이양의 조서를 내렸다. 이때 군기소감 최사전은 인종을 급히 알현한 뒤 눈물을 흘리며 간언했다.

"삼한(三韓)은 삼한의 삼한이지, 폐하의 삼한에 그치는 것이 아니옵니다. 선왕이신 태조께서 부지런히 힘써서 이룩한 것이옵니다. 청컨대 소홀히 하지 마옵소서."

인종도 최사전 앞에서 한참을 울었다. 그런 뒤 말했다.

"그대가 만약 이 고난을 회복시킬 수 있다면, 생사를 같이한 피붙이와 같을 것이오."

이자겸은 대신들의 반발이 두려워서 인종이 내린 조서를 감히 응낙하지 못했다. 더구나 이자겸과 6촌 형제인 평장사 이수가 "폐하께서 그런 조서를 내렸다고 해도 이 공이 어찌 감히 이럴 수 있느냐!"라고 힐책했다. 결국 이자겸은 조서를 반납하고 말았다.

그러는 동안 이자겸과 척준경 사이에 불화가 싹텄다. 이자겸의 아들 이지언의 사내종이 척준경의 사내종에게 궁궐을 불태운 죄를 힐난했는데, 이 말이 척준경의 귀에 들어갔던 것이다. 척준경은 이자겸이 시킨 일이라며 몹시 불쾌하게 생각했다. 이를 눈치챈 인종은 왕실내의 최사전을 불러 논의했다.

"척준경을 찾아가 이자겸은 신의가 없는 사람이니 과인은 믿을 수 없다고 전하시오."

"폐하, 지금 바로 척준경을 찾아가 폐하의 말씀을 전하겠사옵니다."

척준경은 최사전에게 인종의 마음을 듣고는 충성을 약속했다. 인종은 바로 이자겸을 치라는 교서를 작성하여 척준경에게 보냈다. 그러나 척준경이 망설이자 김부일(金富佾)을 정전으로 불러 이자겸 제거를 독촉했다. 그제야 척준경은 자신의 군사를 동원하여 이자겸과 그의 가족들을 전격적으로 체포했다. 인종 4년 5월의 일이었다.

인종은 이자겸과 그의 아내 최씨, 아들 이지윤(李之允)을 영광으로 귀양 보냈다. 다른 아들과 측근들도 각각 먼 곳으로 격리했고, 인종의 왕비였던 이자겸의 셋째 넷째 딸들은 모두 폐비시켰다. 이자겸이 그해 12월 유배지 영광에서 죽고 측근들까지 모두 정리되자 궁궐은 다시 평화를 되찾았다. 그때 인종은 병부상서 추충위사공신(推忠衛社功臣) 최사전을 침전 별궁으로 불러 말했다.

"삼한을 다시 바르게 하고 사직과 태묘를 받들어 편안하게 한 것은 모두 공의 힘이오."

"폐하, 어찌 모두 소신의 힘이겠사옵니까? 폐하께서 생살을 도려내듯 결단한 위업이옵니다."

"과인은 공에게 지금 바로 조서를 내리겠소."

인종이 최사전에게 내린 조서는 개국공신의 등급인 삼한후벽상공신(三韓後壁上功臣)으로 삼겠다는 것과 자손에게 벼슬을 주어 관리가 되게 하라는 내용이었다. 또한 최사전을 깊이 신뢰했으므로 왕비의 간택을 권했다.

"과인이 부덕하여 왕비가 모두 폐비가 돼버렸소. 그러하니 공이 새 왕비를 간택해 주시오."

"예, 폐하. 염두에 둔 처녀가 정안현에 있사옵니다. 임원후의 둘째 딸인데 소신이 직접 만나 살펴보았기 때문에 자신 있게 말씀드리옵니다."

인종은 최사전의 말이라면 무조건 믿었다. 마침 왕비 두 명이 모두 폐비가 됐기 때문에 새로운 왕비를 빨리 들이고 싶었다. 인종은 바로 승지를 정안현으로 보내 임원후의 둘째 딸을 불러 연덕궁주로 맞아들였다. 최사전의 한마디가 인종의 마음을 움직였던 것이다. 연덕궁주는 인종의 마음을 사로잡았다. 인종 5년에 첫아들을 낳았던 것이다. 인종은 득남의 기쁨에 최사전의 공을 생각하지 않을 수 없었다. 그래서 또 수태위주국 문하시랑 평장사(守太尉柱國 門下侍郎 平章事)라는 벼슬을 주었다.

연덕궁주의 첫아들이 바로 인종의 왕위를 이은 18대 의종이었다. 이로써 연덕궁주는 인종 7년에 정식으로 왕비가 되었고, 정안현은 왕비가 탄생한 고을이라고 하여 영암군 소속 정안현에서 장흥부로 승격했다. 아무튼 왕비 임씨의 세 아들은 훗날 18

대 의종, 19대 명종, 20대 신종이 되었다. 왕비 임씨는 세 명의 왕과 네 명의 공주를 낳았던바 공예태후로 봉해졌고, 이는 관상을 볼 줄 아는 최사전의 공도 적잖았다.

한편, 척준경은 추충정국협모동덕위사공신(推忠靖國協謀同德衛社功臣)에 책봉된 후 역시 이자겸처럼 권력을 휘둘렀다. 그러나 인종 5년 3월에 좌정언 정지상(鄭知常) 등으로부터 탄핵을 받아 암타도에 유배되었다가 곡주로 이배되었다. 이때 최사전은 벼슬자리에서 물러나려고 인종을 알현했다.

"최 공이 과인을 찾다니 무슨 일이오?"

"폐하, 이제는 몸도 마음도 늙어 물러나려고 하옵니다. 허락해 주시옵소서."

"과인은 공의 충심을 의심해 본 적이 없소. 허락은 하겠으나 과인이 부르면 언제든지 궁으로 오시오. 이 궁에는 공의 충심을 따를 자가 없으니 하는 말이오."

"폐하의 은혜를 늘 생각하며 살겠사옵니다."

인종 7년(1129) 최사전의 나이 63세 때의 일이었다. 불법(佛法)을 공경하고 욕심 없이 살았으며 본향 탐진을 사랑했던 최사전은 이로부터 10년 뒤 73세에 노환으로 눈을 감았다. 1년 뒤에는 후손들이 시신을 화장하여 뼈를 성남(城南) 장미산 와곡에 장사 지냈다. 이에 인종이 내린 시호는 장경(莊景)이었고, 훗날 인종의 묘정에 배향했다.

청자 선물

도공들이 탐진 땅으로 속속 들어와 이 골 저 골에 가마를 지었다.
누구 가마든 빛깔이 탐진의 산자락과 바다처럼 투명한 청자만
나오면 판로는 걱정하지 않아도 되었다. 장보고가 청해진에서
피살당한 이후 250여 년 만의 일이었다. 처음에는 큰 사찰에서
굽이 없는 청자사발(발우)과 다기(茶器), 손잡이가 달린 청자정병
을 구해 갔지만 나중에는 개경의 귀족들이 청자향로나 청자항
아리에 만족하지 않고 청자벼루나 청자베개까지도 만들어달라
고 부탁했다. 다기 중에서 발효차 찻잔은 스님들의 밥그릇인 발
우보다 반쯤 작았는데, 개경의 왕실원찰에서 꾸준하게 주문이
오곤 했다. 특히 왕실에서는 꿀이나 술을 담는 꽃병처럼 생긴 청
자항아리들을 원했는데, 왕족들이 보기에도 송나라 청자 수준
에 조금도 떨어지지 않았던 것이다.

　　지난가을 가마에서 나온 청자사발과 접시들은 선종사찰인
무위사, 실상사, 태안사, 쌍봉사, 보림사 등에서 다 가져갔다. 선
찰을 후원해 오던 개경 귀족들이 탐진 청자사발과 접시들을 각

별하게 부탁했던 것이다.

따라서 탐진청자는 미리 주문하지 않으면 구하기가 어려워졌다. 그러자 대신들은 자신의 집사를 탐진으로 내려보내거나 직접 조운선 등을 타고 찾아왔다. 귀족의 가족이 직접 탐진을 찾는 경우는 마음에 드는 청자를 고르기 위해서였다. 10여 년 전에 작고한 최용의 부인 강릉 김씨가 탐진으로 내려온 것도 귀한 청자를 구하고 싶어서였다. 강릉 김씨의 막내딸이 예종 16년(1121) 1월에 입궁하여 장신궁주가 되었다가 인종 7년(1129) 2월에 숙비(淑妃)로 봉해졌던바, 강릉 김씨가 구매하는 청자들은 왕실에 보낼 선물들이었다.

강릉 김씨의 남편이었던 최용은 종3품의 대경(大卿)에 이른 명문귀족가문 인물로 유명했다. 증조부가 중서령 문헌공 최충이었고, 조부는 중서령 문화공 최유선이었으며, 아버지는 평장사 양평공 최사제였던 것이다. 대구소 향리는 탐진에 내려와 이틀째 머물고 있는 작고한 최용의 부인 강릉 김씨에게 극진하게 예를 갖추었다.

"여그 있는 청자덜은 대구소에서 행수도공덜이 품평을 마친 최상품이그만요."

"모두 서울로 보낼 것들이오?"

"예, 미산포에 청자 운반선을 대기시켜 놨그만요."

강릉 김씨가 이틀 뒤에야 대구소 도자기 창고에 들른 것은 극심한 뱃멀미 후유증 때문이었다. 이틀 동안 당전 객사에서 휴식을 취하자 겨우 몸이 가뿐해졌던 것이다. 선주문을 받아 개경으로 보낼 청자기물들은 모두 미산포 도자기 창고에 있었다. 미산포 도자기 창고에는 접시와 사발, 합, 항아리, 꽃병 등이 선적을 기다리고 있었다. 짚이 든 나무상자에 최상급 청자항아리 등을 넣은 별도의 방법이 있었고 접시나 사발, 발우들을 차곡차곡 쌓은 뒤 긴 막대기 네 개에다 새끼줄로 고정시킨 일반적인 방법이 있었다.

강릉 김씨는 대구소 도자기 창고에 보관된 청자기물들을 보고 놀랐다. 집사와 사병노비들은 강릉 김씨가 걸음을 뗄 때마다 한 걸음 뒤에서 움직였다. 강릉 김씨가 손가락으로 가리키면 집사가 재빨리 다가와 귀를 기울였다.

"저게 무엇인가요?"

"마님, 밥그릇은 아닌 것 같습네다."

강릉 김씨의 말에 집사가 고개를 갸웃거렸다. 그러자 대구소 향리가 말했다.

"용도가 다양하그만요. 약을 넣으믄 약합이 되고라우, 패물을 넣어두믄 패물합이 되지라우. 또 부인덜 화장품을 넣으믄 화장품합이 되겠지라우."

대구소 향리가 말하는 합(盒)은 무늬가 다양했다. 모란이나 학, 연꽃, 용, 구름 등이 음각되어 있었다. 합의 모양은 뚜껑과 몸체가 반원형과 원통형이 대부분이었다. 뿐만 아니라 뚜껑과 몸체를 세로 줄무늬 골로 정확하게 맞춘 단정한 합도 있었다. 강릉 김씨는 앙증맞게 작은 합 앞에서 눈길을 떼지 못했다. 숙비가 된 막내딸과 이미 시집간 딸들에게 주고 싶어서 그랬다. 대구소 향리가 말했다.

"여그 있는 청자합 중에서 최상품입니다요."

"합은 몇 개까지 살 수 있나요?"

"여그 있는 합덜을 다 가져가실 수 있지라우."

강릉 김씨가 집사에게 눈앞에 있는 합을 다 사라고 눈짓으로 말했다. 대구소 향리가 또 말했다.

"다 둘러보시고 나서 말씸해도 상관읎습니다요."

대구소 향리가 이번에는 참외 여러 개를 세워놓은 것 같은 청자화병을 가리켰다. 그러나 강릉 김씨는 청자참외모양화병보다는 귀엽게 생긴 벼루 앞에서 걸음을 멈추었다. 벼루의 몸체는 개구리 같기도 하고 두꺼비처럼 보이기도 했다. 강릉 김씨가 대구소 향리에게 물었다.

"개구리인가요? 두꺼비인가요?"

"예, 두깨비 모냥 베루입니다요."

"듣고 보니 두꺼비 같군요."

강릉 김씨가 웃으며 말했다. 집사도 웃고 뒤에 선 사병들도 웃음을 참았다. 그만큼 두꺼비의 생김새가 우스꽝스러웠다. 눈동자는 청록색 바탕에 짙은 갈색 철사점(鐵砂點)을 찍어 선명했고, 둥근 눈은 음각 선으로만 그려 툭 튀어나올 듯했다. 또한 입은 가는 선으로 물결무늬처럼 새기어 두툼한 입술을 연상시켰고, 앞발은 몸체에 바짝 붙여 웅크린 모습이었지만 곧 엉금엉금 기어갈 것 같은 자세를 취하고 있었다. 한편 두꺼비 등은 타원형으로 도톨도톨하게 파였는데, 먹물이 앞쪽으로 고이게끔 경사가 져 있었다.

"두께비라고 짐작허는 것은 몸에 찍은 꺼멓고 흐건 점덜이 있기 따문입니다요."

두꺼비 몸에는 짙은 갈색과 하얀 점들이 찍혀 있었다. 대구소 향리는 두꺼비 몸에 돋은 융기들을 탐진도공이 그렇게 표현했다고 말했다.

"이 그릇들은 뭔가요?"

굽 없는 사발들이 서너 개씩 포개진 채 긴 널빤지 위에 가지런히 놓여 있었다.

"예, 스님덜 발우입니다요. 바리때라고 부르기도 허그만요."

대구소 향리는 강릉 김씨에게 긴장을 풀고 편하게 설명했다. 강릉 김씨 역시 알고 싶은 것이 있으면 망설이지 않고 물었다.

"서울 귀법사, 보제사에서 본 것이 기억납니다."

귀법사는 광종이 창건한 국찰이었다. 제위보(濟危寶)를 설치하여 각종 법회와 재를 열었는데, 숙종 때의 주지는 숙종의 아들인 견성적소(見性寂炤) 수좌 현응이었다. 강릉 김씨는 귀법사에서 스님들이 공양할 때 발우를 보았던 것이다. 지금의 왕인 예종은 귀법사보다는 보제사를 더 좋아했다. 따라서 일찍이 최용과 강릉 김씨도 보제사로 가서 왕을 친견하였는데, 그때 왕이 최용의 어린 막내딸을 처음 보았던 것이다. 당시 보제사 주지는 담진(曇眞)이었다. 담진은 화엄학의 대가로서 왕사(예종 2년)에 이어 곧 국사(예종 9년)가 되었던바 2년 뒤 왕은 직접 보제사로 행차해서 담진의 설법을 듣고 만발공양을 했던 것이다. 강릉 김씨는 눈앞에 있는 발우들도 샀다.

"숙비가 된 딸이 스님들을 초대해 공양 올릴 때가 있을 것입니다."

"맞습니다요. 귀족분들이 발우를 가져가는 것을 보믄 벨궁에서도 스님덜께 공양을 올리는 모냥입니다요."

"여기 있는 이것뿐인가요?"

"아닙니다요. 미산포 창고에 발우뿐만 아니라 다른 청자덜이 까득 있지라우."

"거기 청자들도 구경할 수 있나요?"

"있고 말고라우. 은제든지 안내허겠습니다요."

"내일 아침에 가보고 싶군요."

"예, 오늘은 객사에 머무시고 낼도 지가 나서겠습니다요."

대구소 향리 수하의 군사가 다가와 말했다.

"향리 나리, 당전에 찻자리가 준비돼 있그만요."

"알았다. 손님을 모시고 갈랑께 몬자 가 있그라."

당전은 대구소 앞에 있는 객사였다. 타지에서 귀한 손님이 오면 차와 술을 접대하는 대구소의 부속 건물이었다. 당전의 이름을 딴, 대부분 도공들이 사는 당전마을의 집들이 길쭉하게 들

어서 있고, 당제를 지내는 푸조나무는 당전마을 앞 들녘에 있었
다. 당전에서는 해묵은 고목인 푸조나무가 내려다보였다.

"쩌그서 도공덜이 당제를 지내그만요."

"당제라고요?"

"예, 쩌그 푸조나무 아래서 도공덜이 정월 보름날에 제사를
지냅니다요."

"당제는 도공들만 지내는가요?"

"전통이그만요. 원래는 도공덜이 봄 가실 가마에 불 때기
전, 길일을 간택해서 장군상을 모셔놓고 제사를 지냈는디 시방
은 정월 보름날에 도공 선조님(陶祖) 위패를 써놓고 당제를 지내
그만요."

"장군상이라고요?"

"신라 때 월주청자 기술을 들여온 장보고 장군입니다요."

청자사발로 발효차를 두 잔 마신 강릉 김씨는 다시 청자들
을 구경하고 싶다고 말했다.

"차를 마셨더니 피로가 풀리는군요. 다시 청자들을 보고 싶
군요."

"예, 다시 안내허겠습니다요."

대구소 창고 문들을 다시 열자, 컴컴했던 내부가 환하게 밝
아졌다. 햇살이 일시에 밀물처럼 밀려들어 창고 안에 쌓인 청자
기물들을 반짝거리게 했다. 발우에 음각된 국화와 모란 무늬가
선명해졌다. 물론 무늬가 없는 발우도 많았다.

강릉 김씨는 내심 초조했다. 최상급 청자들을 구입하여 하루라도 빨리 개경으로 보내고 싶기 때문이었다. 인종 7년(1129)에 두 궁주(宮主)가 동시에 왕비가 됐는데, 상대에게 조금이라도 밀리고 싶지 않아서였다. 상대는 귀비(貴妃)가 된 진한공 왕유의 장녀였다. 왕족 왕유는 신분에서 작고한 최용보다 특별하므로 강릉 김씨는 고급 선물로 왕족들의 마음을 사로잡으려고 했다. 고급 선물이란 왕족 모두가 갖기를 원하는 탐진청자였다.

강릉 김씨는 대구소 도자기 창고 안을 둘러보며 왕의 가족에게 보낼 청자들을 골랐다. 청자항아리, 청자주병, 청자사발과 청자접시, 청자베개, 청자밥그릇, 청자국그릇 등은 물론이고 왕실에서 사용할 청자벼루, 청자주전자, 청자화병, 청자향로를 집사에게 지시하여 사들이도록 했다.

"최 집사, 이것은 무슨 용도인가요?"

"예, 마님. 향로입네다."

"이런 향로는 처음 보는 것 같소."

"저도 처음 봅네다."

향로의 둥근 몸체에는 세 개의 사자다리가 붙어 있고, 반반한 뚜껑 위에는 사자가 조각돼 있었다. 사자상은 거칠고 파격적이었다. 일(一) 자로 벌어진 큰 입, 위로 향한 콧구멍 두 개, 송곳니 사이로 튀어나올 듯한 혀, 날카로운 눈매, 머리 뒤로 붙은 두 귀, 머리에 음각으로 새겨진 갈기, 목에는 방울이 달려 있으며, 세운 앞다리와 앞으로 내민 뒷다리 사이에 보주(寶珠)가 있고, 꼬리는 등 뒤에서 힘차게 치켜세워져 있었다.

몸체에 향을 넣고 태우면 사자 입으로 연기가 뿜어져 나올 터였다. 강릉 김씨는 사자 입에서 연기가 내뿜어진다면 집안에 들어오려던 악귀도 물러설 것만 같았다. 그렇다면 부귀영화를 바라는 막내딸의 개인 사물로 안성맞춤일 것 같았다. 사자모양 뚜껑향로는 지금 보고 있는 것이 가장 위엄이 있었다. 옆에도 사자모양뚜껑향로가 있지만 사자가 왠지 유순하게 보였다. 그런 사자는 악귀를 쫓아내지 못할 듯했다.

"이 향로도 사고 싶군요."

"죄송합니다요. 이 못생긴 사자 향로는 미리 주문헌 분이 있 그만요."

대구소 향리가 뒷머리를 긁적이며 말했다. 그러자 강릉 김 씨는 삽살개처럼 귀엽게 생긴 사자모양뚜껑향로를 골랐다.

"그렇다면 이걸로 주세요."

"원허시는 것을 드리지 못해 죄송합니다요."

"괜찮아요. 손잡이가 달린 청자주병을 여러 개 샀으니 흡족 해요."

"그렇다면 참으로 다행입니다요."

강릉 김씨가 청자주병을 여러 개 산 것은 속셈이 있었다. 숙종과 예종의 왕자들을 염두에 두었던 것이다. 숙종은 모두 8명의 왕자를 두었는데, 징엄과 현응은 출가했으므로 청자주병이 필요 없었다. 또한 예종의 왕자 4명 중에 훗날 인종이 되는 해(楷)

만 청자주병을 주려고 생각했다. 각로, 각관, 각예 등은 이미 출가를 해버렸기 때문이었다.

강릉 김씨는 왕실의 공주들에게 줄 선물도 잊지 않았다. 집사가 가지고 온 은전을 헤아리며 걱정할 정도였다. 강릉의 부호 김상기의 딸인 강릉 김씨는 마음에 든 청자기물들을 가능한 한 많이 사려고 했던 것이다. 강릉 김씨를 따라다니고 있던 집사가 에둘러 말했다.

"마님, 필요하신 것이 있다면 내일 고르셔도 되갔습네다."

"모레는 떠나야 하니까, 내일은 탐진에 있는 절에 가서 쉬려고 오늘 이렇게 서두르는 것이오."

"서울에 가실 때 배편은 취소했습네다."

"잘했어요. 여기 올 때 뱃멀미로 죽는 줄 알았소."

강릉 김씨는 개경에서 올 때 소형 조운선으로 왔지만 뱃멀미로 고생했기 때문에 상경할 때는 가마를 빌려 타고 갈 생각이었다. 데리고 온 사병들도 뱃멀미를 할 정도로 몇 군데 바다는 조류가 험악했던 것이다. 특히 손돌목과 안흥량, 울돌목을 지날 때 격렬한 파도와 소용돌이치는 와류는 끔찍할 만큼 두려웠으므로 다시는 그곳을 지나고 싶지 않았다. 시일이 좀 걸리더라도 사병들을 가마꾼 삼아 가마를 타고 상경하는 것이 편할 듯했다.

"훈련을 받은 사병들도 멀미를 했으니 마님께서 오죽하셨 갔습네까?"

멀미를 전혀 하지 않았던 집사는 배편이 빨라서 좋았지만 강릉 김씨의 비위를 맞추며 말했다. 그때 대구소 향리가 끼어들었다.

"낼 절에서 푹 쉬실라믄 오늘 미산포 창고 청자들까지 구경하시겠습니까요?"

"그게 좋겠소."

집사가 미간을 약간 찌푸렸지만 강릉 김씨는 막무가내였다. 탐진에 또 언제 오겠느냐는 심사였다.

"탐진에는 여러 절이 있습니다요. 그중에도 쉬시기에 가장 좋은 절은 아마도 쌍계사일 것입니다요. 쌍계사가 여그 당전에서 가장 가찹습니다요."

대구소 향리의 말이 떨어지자마자 군사들이 여러 마리의 말을 대구소 마당에 대기시켰다. 강릉 김씨가 대구소 창고를 나오자 말들이 앞발을 구르며 갈기를 흔들었다. 집사는 강릉 김씨의 청자 구경 욕심에 혀를 내둘렀다. 청자 선물을 사러 오기는 했지만 이 정도인 줄은 몰랐던 것이다.

강릉 김씨와 대구소 향리, 집사는 말을 탔고 대구소 군사와 강릉 김씨의 사병들은 걸었다. 미산포마을은 조용했다. 말발굽 소리가 또각또각 마을 고샅길 너머로 울려 퍼졌다. 미산포 별장이 일행을 맞이했다. 대구소 향리가 다소 근엄하게 말했다.

"서울에서 오신 귀한 분이시네. 창고에 든 청자덜을 다 보여주소."

"예, 향리 나리."

미산포 도자기 창고는 포구 안쪽에 있었다. 대구소 도자기 창고보다 두 배쯤 규모가 컸다. 창고 앞에서 경계를 서고 있던 군사들이 별장의 손짓을 보고 창고 문을 열었다. 강릉 김씨는 창고 안에 든 청자들을 보자마자 손으로 입을 가렸다. 숨이 막힐 정도였다. 대구소 도자기 창고는 수량 면에서 아무것도 아니었다. 선적할 청자 수만 점이 차곡차곡 쌓여 있었다. 특히 눈에 띄는 기물은 청자발우들이었다. 대구소 향리가 말했다.

"서울로 젤로 많이 올라가는 청자는 발우지라우."

"대구소 창고에서 보았던 발우와 똑같군요."

"아닙니다. 자세히 들여다보시믄 약간썩 다릅니다요."

대구소 향리는 정성을 다해 안내했다. 과연 발우는 조금씩 달랐다. 모란이나 국화 무늬를 음각으로 넣은 것도 있고, 무늬는 없지만 청자 빛깔이 최상급인 발우들이 있었다.

"무늬가 있는 발우는 대개 왕실이나 귀족덜에게 가고, 무늬를 새기지 않은 단순헌 발우는 절로 갑니다요."

발우는 세 개 혹은 네 개가 포개져 한 묶음을 이루고 있었다. 발우 사이마다 짚을 넣고 네 개의 긴 막대기를 이용해 새끼줄로 단단히 동여맨 상태였다. 발우 사이에 짚을 넣은 까닭은 운송 과정에서 파손을 방지하고자 그런 것이 분명했다. 세 개 묶음 39개, 네 개 묶음 8개인 총 47개의 묶음이 창고 입구 한쪽에 놓여 있었다.

왕이 특별한 날에 스님들을 불러 궁에서 보시하는 공양을 만발공양이라고 불렀다. 또는 왕이 왕실원찰인 귀법사나 보제사로 행차해서 만발공양을 베풀기도 했다. 해마다 2월이면 연등회를 성대하게 개최하였고, 외적의 침략으로부터 국가의 안녕을 빌기 위한 인왕도량이나 국왕의 생일을 축하하는 축수도량 등 특별한 날에 왕이 만발공양을 베푸는바, 이때 많은 발우를 이용했을 터인데 행사를 치를 때마다 발우가 더 필요했던 것이다.

만발공양을 다른 말로는 반승(飯僧)이라고 했다. 현종 9년(1018)에는 현종이 전국 10만 명의 스님에게 대규모로 공양을 올린 적이 있었다. 그러나 보통의 경우 왕이 궁궐로 초대할 때는 1만여 명, 지방에서는 2만여 명 규모였다. 이때 왕은 공양을 베푼후 고승들에게 발우를 선물로 주기도 했으므로 왕실이나 지방의 사찰에서 늘 대구소에 발우를 주문했던 것이다.

강릉 김씨는 대구소 도자기 창고에서 이미 발우를 샀기 때문에 구경만 했다. 사실 미산포 도자기 창고에 있는 청자들은 모두 주인이 정해진 것들이었다. 도자기 묶음마다 목간이 매달려 있었다. 목간에 적힌 글자는 개경에서 수취할 주소와 이름들이었다.

'탐진역재경대정인수(耽津亦在京隊正仁守)'
탐진에서 서울에 사는 대정(종9품의 하급군관) 인수에게 보냄.

'재경안영호부사기일(在京安永戶付沙器一)'

서울에 사는 안영 집으로 청자 한 꾸러미를 보냄.

그런데 말단 군관에 불과한 대정 인수나 어떤 관직명도 붙지 않은 안영이 왕족과 귀족의 전유물인 청자를 구매했을 리는 없었다. 그들은 청자를 납품받아서 인도하는 개경의 중간상인이거나 왕족과 귀족의 집사 노릇을 하는 사람이라고 봐야 옳았다. 대구소 향리가 웃으며 말했다.

"걱정허지 마십씨요. 마님께서 주문허신 물품에 매달 목간은 이미 지가 최대경댁상(崔大卿宅上)이라고 써놓았그만요."

최대경댁상이란 '최대경 댁으로 보냅니다'란 뜻이었다. 이름 뒤에 호(戶)라고 쓰지 않고 댁상(宅上)이라고 한 것은 작고한 최용이 종3품의 대경이란 높은 벼슬아치였기 때문이었다.

청자 운반선 침몰

강릉 김씨가 개경으로 떠난 뒤 탐진도공들은 비상이 걸렸다. 개경에 있는 왕실원찰에서 지금까지 한 번도 만들어본 적이 없는 향로를 주문했기 때문이었다. 청자 운반선은 이미 스님의 발우 묶음들과 두꺼비모양벼루, 사자모양뚜껑향로 등 청자기물 2만 7천여 점을 모두 선적한 상태였는데, 왕실원찰에서 특이한 향로를 뒤늦게 부탁했던 것이다. 왕실원찰의 주문은 사실상 왕이나 왕비가 지시한 것으로 봐야 옳았다. 대구소 향리는 청자 운반선의 출발을 지연시켜 놓고 탐진도공들을 독려했다.

"서울의 화원이 향로 그림을 그려 보냈응께 다행이네. 근디 도공 한 명이 해결헐 일은 아니네. 여러 명이 수십 개를 맨들어 봄 가마에 불을 때고 나서 최상품을 골라불세."

"왕실에서 우리덜을 많이 도와주었응께 이번에는 우리가 갚을 차례지라우."

"수십 개를 맨들어 불을 때 보믄 최상품 서너 개는 나오겄제잉."

"맨들기는 허겄는디 가마 불이 우리덜을 도와줘야겄지라우."

화원이 그린 향로대로 성형은 하겠지만 유리질 광택이나 비색청자 빛깔은 가마 불에 달려 있다는 말이었다.

"탐진 비색청자를 송나라 태평노인이 천하제일이라고 했다는디 이 향로를 잘 맨들기만 헌다믄 천하제일의 보물이 될 거 같으네."

행수도공이 된 김씨가 말했다.

"지덜 탐진도공덜이 향로 그림대로만 맨든다믄 이 시상에 둘도 읎는 귀물이 되겠지라우."

"암은, 그라고 말고."

대구소 향리 앞에 모인 도공들이 고개를 크게 끄덕거렸다. 개경 왕실원찰에서 보낸 향로 그림을 보고 있던, 인주에서 나전칠기를 만들다가 탐진으로 내려와 도공이 된 이씨가 말했다.

"향로 그림대로 만들더라도 전복껍데기로 상감하기는 불가능할 거 같습니다. 향로 그림이 워낙 정교합니다요."

그가 놀란 대로 향로 그림은 몸체에 얹힌 뚜껑의 공예가 정교하기 짝이 없었다. 몸체는 세 개의 사자다리뿐이었는데 뚜껑은 관세음보살 좌상으로 그려져 있었다. 그림은 정면과 측면, 후면까지 세 부분으로 자세하게 표현돼 마치 실물 같았다. 뚜껑의 맨 하단은 연꽃잎이 아래로 향한 좌대였다. 그 연화좌대 위에 공작새 한 마리가 앉아 있었다. 공작새의 목은 직각으로 길게 세웠고, 머리 깃은 약간 뒤로 누운 채 길었으며, 눈동자는 선명했다. 또한 공작의 몸에는 접은 깃이 촘촘했다. 공작 위에는 세 겹의 연꽃잎이 위로 향하는 좌대가 또 하나 더 있었고, 관세음보살이 바로 그 앙련좌대(仰蓮座臺) 위에 반가부좌를 틀었는데 자연스럽기 그지없었다.

관세음보살의 표정 또한 살아 있는 듯 생생하고 자애로웠다. 반가부좌한 자세였으므로 오른발만 흘러내린 하의 옷자락 사이로 슬쩍 보였다. 상의는 왼쪽 어깨에만 걸치고 오른쪽 어깨와 가슴은 그대로 드러났고, 오른팔은 편안하게 오른쪽 다리 위에 놓았는데 엄지와 검지로 길쭉한 열매를 쥐고 있었다. 왼손은 가슴까지 올린 채 가늘고 짧은 여의봉을 들고 있었다. 열매는 중생의 배고픔을 해결해 주고 여의봉은 중생의 소원을 들어주는 것일 터였다.

반개한 눈은 중생을 굽어보듯 아래를 내려다보고 있으며, 머리는 곱슬머리였다. 그리고 그 곱슬머리 위에는 부처가 새겨진 작은 관(冠)이 얹혀 있었다. 귀에 걸린 귀걸이의 장식인 세 가닥 실은 가슴까지 내려와 두드러졌다.

측면 향로 뚜껑의 그림은 관세음보살 등 뒤의 광배를 잘 표현하고 있었다. 등 바로 뒤는 타원형의 민무늬이고, 얼굴 바로 뒤도 역시 둥근 민무늬였다. 그 민무늬에서부터 밖으로 새 겹의 연꽃과 가장자리에 화염이 그려져 있었다. 그리고 관세음보살의 양쪽 손목에 찬 동그란 팔찌도 눈에 잘 띄었다.

후면 향로 뚜껑의 그림은 밑에서 앙련좌대까지 흘러가는 구름이 겹겹이 포개져 있고, 구름 위에는 여섯 그루·다섯 그루·

네 그루 식으로 세 겹의 나무들이 그려져 있었다. 나무들 위의 타원형 광배는 민무늬였는데, 그것은 끝이 없는 하늘을 상징하는 듯했다.

대구소에 모인 도공들이 고개를 절레절레 흔들었다. 처음에는 만들어보겠다고 마음을 냈지만 차츰 향로 그림의 정교함에 기가 질려 뒷걸음질 쳤다. 인주에서 온 이씨가 말했다.

"향리 나리, 이 향로를 만들어볼 사람은 그림이 한 장밖에 없으니 당전마을 대구소 가마로 와서 흙을 만져야 하겠습니다."

"그림이 하도 까다로운 데다 한 장밖에 읎응께 돌려감시로 봐야겄제. 긍께 이 도공 말대로 여그 와서 그림을 봄시로 맨들어야겄제."

대구소 향리 말에 몇몇 도공은 포기했다. 자기 가마를 떠나 당전마을까지 와서 만든다는 것은 몹시 불편한 일이었던 것이다. 그래도 몇몇 도공은 왕실원찰의 향로를 만드는 것은 자신의 능력을 개경에 알리는 일이므로 포기하지 않았다. 날마다 당전마을로 내려와서라도 만들겠다고 결심했다.

"에럽겄지만 지가 한번 해볼라요."

"지는 가을 가마 청자덜이 그런대로 나왔응께 여유가 쪼깐 있그만요. 시안을 남시로 맨들어볼께라우."

"한번 해보고는 짚은디 지는 워낙 손재주가 읎어서 에럽겄그만이라우."

대구소 향리는 안도했다. 도공들 모두가 기가 질려 손을 뗄 줄 알았는데 몇몇이 동조해 주었기 때문이었다. 봄 가마에 불을 때기까지는 차갑고 궂은 날씨가 잦은 겨울이므로 그렇게 여유가 있는 것은 아니었다. 그렇다고 기물을 성형하고, 손질하고, 물질하고, 말리는 시간이 아주 부족한 것도 아니었다. 겨울에 성형했다가 따뜻한 봄바람에 말리면 얼마든지 시간은 맞출 수 있었다.

보름 후.

공작관음향로를 만들겠다는 탐진도공은 세 명으로 줄어들고 말았다. 향로가 너무 정교하기 때문에 그림을 볼수록 겁이 났고 엄두가 나지 않았던 것이다. 그나마 남은 세 명은 쌍계사를 오르내리며 기도의 힘으로 버티었다. 행수도공이 된 김 도공도 포기했다. 대구소 향리를 찾아가 하소연했던 것이다.

"향리 나리, 지는 손재주가 읎는개비라우. 지금까지 열 개를 맨들어봤는디 다 모냥이 이상해서 버렸그만요. 명색이 행수도공인디 한참 후배보다 못헌께 자존심도 상허고라우."

"자네가 맨든 청자항아리는 다 알아주는디 향로는 아닌가 보네. 긍께 자네 맘대로 허소."

"지가 잘허는 것만 헐라요. 뱁새가 황새 숭내 내다가 다리가 찢어져 불겄그만요."

"그런 소리 마소. 자네는 뱁새가 아니여. 자네 청자를 서울 사람덜이 을매나 좋아허는디 그런가."

"시방 향로를 맨드는 최씨, 조씨, 이씨는 잘허고 있는 거 같그만이라우."

"수십 명에서 인자 시 명만 남았는디 앞으로는 가마 불이 심 판허겄제잉."

"불이 좋지 않으믄 아무리 공들여 봤자 물거품이지라우."

행수도공마저 빠지자 남은 도공 세 사람은 잠시 흔들렸다. 그러나 대구소 향리가 틈나는 대로 그들을 찾아와 격려했으므로 마음을 다잡았다.

"자네덜도 대구소 군사에게 지급허는 거멩키로 보리쌀과 조를 주겄네. 향로를 맨들러 여그 오는 날짜대로 말이네. 긍께 끼니 걱정 말고 잘 맨들기만 허소."

"인자 감이 잽히는그만요. 인주에서 온 아재가 도와준께 그라제 지덜 재주로는 택도 읎지라우."

인주에서 나전칠기 목기공예품을 만들다가 탐진으로 내려와 도자기를 굽는 이씨가 연꽃이나 구름 등의 문양을 음각하는 방법을 알려주기 때문에 공작관음향로를 만들고 있다는 도공 조씨의 고백이었다.

미산포 포구에는 청자 운반선이 벌써 네 달째 기다리고 있었다. 탐진도공들이 만든 청자를 선적한 채 작년 가을부터 지금까지 빈둥거리며 대기했다. 선원들이 타지에서 가지고 온 젓갈류도 남김없이 보리쌀과 조, 감자 등과 물물교환해 버렸기 때문에 따로 특별히 할 일도 없었다. 선장은 가끔 대구소로 올라와 향리와 술을 마시기도 하고 당전마을로 내려가 도공들이 만드는 공작관음향로를 구경하기도 했다. 대구소에서 관리하는 가마에 공작관음향로를 재임하기 전날이었다. 선장은 대구소 향리에게 말했다.

"향리 나리, 포구에 정박한 지 네 달이 됐십니더. 인자는 출발해야 다음 행선지를 정할 수 있십니데이."

"낼 기물덜을 재임헌께 메칠만 지다리믄 되겄지라."

"이왕 늦어졌으니께 왕실원찰에서 주문한 향로가 잘 나왔으믄 좋겠십니데이."

"도공덜이 당산나무 아래서 청해대사 장군상을 모셔놓고 제사 지내고, 또 일부는 쌍계사로 올라가 도공 선조님께 제사를 모셨응께 잘 나오겄지라."

대구소 향리가 주관하여 공작관음향로를 만들어왔으므로 누구보다도 그가 가장 긴장하고 있는지 몰랐다. 실제로 대구소 향리는 봄 가마에 불을 땐 다음 날부터 쌍계사는 물론 만덕사, 성문사(현 금곡사), 무위사, 월등사(月燈寺)에 가서 하룻밤씩 묵으며 기도했던 것이다. 법당 불단에는 청자정병이 놓여 있었다. 대구소 향리는 어느 절에서나 꼭두새벽에 샘물을 길어 청자정병에 담아 불단에 올리는 정성을 들였다. 백제 때 창건한 월등사에서는 당나라 것으로 보이는 청동정병이 대구소 향리의 눈길을 오래도록 끌었는데, 그 정병의 금사입과 은사입한 문양이 신비로웠던 것이다. 금과 은으로 문양을 만들어 새겨 넣은 정병을 난생처음 보았기 때문이었다.

대구소 향리는 월등사에서 말에 올라 서둘렀다. 당전마을 대구소 가마에서 향로와 그 밖의 청자기물들을 꺼내는 날이기 때문이었다. 그런데 대구소로 오던 중 자드락길에서 말이 헛발을 디딘 탓에 낙마해 허리를 다쳤다. 골절 같은 큰 부상을 당하지는 않았지만 허리가 결려 한동안 일어나지 못했으므로 한나절을 산속에서 허비했다.

대구소 향리가 가마에 도착했을 때는 기물들을 이미 다 꺼내놓고 도공들이 웅성거리고 있었다. 청자 운반선 선장과 선원들도 와서 청자기물들을 구경 중이었다. 그런데 도공들의 표정이 모두가 어두웠다. 이 도공은 울상을 짓고 있었다. 대구소 향리는 공작관음향로가 실패했다고 직감했다. 한 도공이 대구소 향리에게 다가와 말했다.

"향리 나리, 면목이 읎그만요."

대구소 향리도 실망하여 혼잣말로 중얼거렸다.

'말에서 떨어진 것이 불길헌 징조였그만.'

과연 한데 모아놓은 공작관음향로의 빛깔은 하나같이 황갈색이거나 잿빛의 뇌청색이었다. 공작의 눈동자 하나가 불길에 지워져 버린 향로도 있었다. 비색을 내지 못한 향로는 하품이라고 할 수밖에 없었다. 이제는 비색이 아니면 탐진청자라고 할 수 없었으므로 망치로 조각조각 깨서 버려야 했다. 그러나 대구소 향리는 도공들에게 황갈색 공작관음향로를 깨지 말라고 지시했다.

"가실 가마가 있으니 실망허지 말게. 향로는 깨지 말고 각자 하나씩 가져가 모냥을 눈으로 익히게. 이번에 한 번 맨들어 봤응께 가실에는 더 나아질 것이네."

그러자 옆에 있던 선장이 깜짝 놀란 표정으로 말했다.

"향리 나리, 선원덜은 여그서 가실까지 지다릴 수가 읎십니더."

"으쩔 수 읎응께 인자 떠나씨요. 서울에 가시믄 가실쯤에 향로를 보내겠다고 알려주씨요."

대구소 향리의 말이 떨어지자마자 선장과 선원들은 지체 없이 대구소 가마를 떠났다. 선원들은 향로만 나오면 바로 떠날 준비를 하고 있었던 것이다.

실제로 청자 운반선은 인종 9년(1131) 늦은 봄날 오후 늦게 미산포를 떠났다. 그런데 향로는 선원들에게 특별한 기물은 아니었다. 대구소 향리가 붙들었기 때문에 항해를 지연했을 뿐이었다. 청자 운반선에 선적한 청자만 해도 2만 7천여 점이었으므로 어마어마한 양이었던 것이다. 그 청자 꾸러미들은 대부분 목간이 붙어 있었다. 주인이 정해져 있거나 중간 인수자 내지는 중간상인이 표시돼 있었던 것이다.

탐진바다를 빠져나온 청자 운반선은 가리포에서 북쪽 흑수바다로 접어들었다. 먼바다로 나가지 않고 해안을 따라 항해하는 것이 바닷길을 놓치지 않고 개경까지 올라가는 항해비법이었다. 선장이 우두머리 돛잡이에게 물었다.

"시방 울돌목 조류는 으쩐지 말해보이소."

"어둑어둑해지믄 썰물로 바뀌어 항해가 쪼깐 심들지라. 근디 마파람이 뒤에서 밀어준께 다행이그만요."

신시(申時, 오후 5시~7시)부터 바닷물이 북서쪽에서 남동쪽으로 빠지는 썰물이므로 개경으로 올라가는 청자 운반선이 느려지겠지만 계절풍인 마파람을 돛에 받으니 다행이라는 돛잡이의 말이었다. 그래도 울돌목은 바다가 좁아 물살이 빠르고 양쪽 가장자리는 언제나 소용돌이치는 와류가 있어 조심해야 했다. 더구나 와류가 흐르는 가장자리 바다 밑에는 뾰쪽한 갯바위들이 솟아 있었다. 때문에 배가 좌초할 수도 있었던 것이다.

"저녁 끼니는 어데쯤에서 하는 기 좋을까?"

"울돌목에서 쪼깐 더 올라가믄 장산도, 보화도가 나오지라. 보화도 가믄 캄캄헐 것이지라. 긍께 장산도가 좋겠그만요."

선장은 돛잡이 말을 신뢰했다. 바람을 누구보다 잘 알고 바닷길을 환히 꿰뚫고 있기 때문이었다. 돛잡이는 조운선을 탈 때 개경까지 수십 번 드나들었던 노련한 선원이었던 것이다.

그의 말대로 청자 운반선은 장산도에서 저녁 끼니를 해결하고 휴식을 취하기 위해 정박했다. 선원들은 모두 열한 명이었다. 선실은 청자를 차곡차곡 쌓은 창고였으므로 선원들은 갑판에서 생활했다. 돛대 바로 밑에도 작은 선실이 있었는데, 선장이 잠을 자고 취사도구들을 챙겨놓은 곳이었다. 밥그릇과 숟가락, 젓가락은 모두 청동제품이었다. 선원들이 청자밥그릇과 청자수저, 청자반찬그릇을 사용하지 않는 까닭은 풍랑이 거친 바다에서는 실용성이 떨어지기 때문이었다. 청동그릇들은 청자그릇에 비해 배가 심하게 요동칠 때도 서로 부딪치어 깨지는 일이 없었다. 선원들 중에 닻잡이가 선장에게 말했다.

"장산도에서 하룻밤 푹 자고 낼 새복에 떠나자는 선원들이 많그만요."

"탐진에서 많이 쉬었데이. 그라니까네 자정에 출발할 기라. 가는 둥 마는 둥 하다가 늦장마 태풍이라도 만나믄 큰일인 기라."

"밤중에 바닷길이라도 잃으믄 더 늦어지지 않을게라우?"

"자네는 하나만 알고 둘은 모르는 기라. 자정부터 밀물이 시작되니까네 그 심으로 쪼메라도 빨리 올아가야 한데이."

계절풍인 마파람까지 만나면 더 좋겠지만 바람이 잠잠하면 밀물의 힘을 빌려서라도 항해 속도를 내야만 20일 안팎에 개경까지 올라갈 수 있었다. 선장의 지시나 결정은 바뀌는 일이 드물었다. 청자 운반선이 자정에 출발한다고 선장이 말하자 선원들은 장산도 바닷가에 즉시 임시로 솥을 걸고 솔방울로 쌀이 들어간 조밥을 했다. 반찬은 가리포 전복젓갈과 탐진에서 구한 더덕장아찌를 꺼냈다. 가능한 한 빨리 먹고 승선해 갑판 한쪽에서 토막 잠이라도 자두려고 그랬다.

다음 정박지는 영광 법성포라고 하니 이른 아침에야 그곳에 닿을 수 있을 터였다. 잠이 부족하면 영광 법성포에서 한나절 동안 푹 잘 수 있었다. 영광에 이를 때쯤 썰물이 시작되므로 굳이 항해하지 않을 수도 있었다. 청자 운반선은 배 밑이 평평하기 때문에 썰물 동안 갯벌 위에 얹혀 있어도 안전했으므로 선원들은 걱정 없이 자거나 쉴 수 있었다.

청자 운반선은 선장이 생각한 대로 항해했다. 차질 없이 해안 바다를 따라 북쪽으로 항해했다. 군산도에서는 섬에 내려 송나라 사신을 영접하는 누각에 오르는 등 여유를 부리기도 했다. 몇 년 전 접반사 김부식 등이 송나라 사신 일행을 누각으로 초대해 접대한 일이 있었던 것이다.

청자 운반선의 돛이 바람을 한가득 받아 속도를 낼 때는 선원들의 사기가 더 올라갔다. 선장은 돛대 밑의 선실로 들어가 안심하고 낮잠을 잤고, 선원들은 갑판에서 조약돌에 차(車)나 포(包) 등 글씨를 쓴 장기알과 장기판을 갖다 놓고 장기를 두곤 했다.

"장군 받아부러!"

"멍군인디 으쩔래!"

훈수를 두는 선원들이 어어어! 하고 더 흥분했다. 그런데 청자 운반선이 군산도에서 이틀을 머문 뒤 충청도 태안 안흥량에 이르렀을 때였다. 늦장마 먹구름이 순식간에 몰려오더니 대낮이 한밤처럼 캄캄해졌다. 잠시 후에는 천둥번개가 쳐댔고 장대비가 물동이로 물을 퍼붓듯 쏟아졌다. 그런 뒤였다. 격렬한 돌풍이 청자 운반선을 삼킬 듯 높다란 파도를 끌고 왔다.

선원들은 돌변한 날씨에 당황했다. 선장이 고함을 지르자 돛잡이는 돛을 내렸다. 청자 운반선은 갈피를 못 잡고 파도를 타고 오르내렸다. 선장이 계속 소리쳤다.

"갑판에 엎드려라! 파도에 쓸리몬 죽는데이!"

"선장님! 이물에 물이 차고 있어라우!"

"모다 이물로 가서 물을 푸그래이!"

"선장님! 고물에도 물이 차고 있십니더!"

돛잡이가 울면서 선장에게 소리쳤다.

"인자 끝났어라우. 배를 버려야 살 수 있어라우."

안흥량 주변에는 조류 변화가 심한 데다 암초가 곳곳에 숨어 있기 때문에 더 이상 배는 안전한 곳이 아니었다. 선원들이 여전히 갑판 위에서 갈팡질팡했다. 이윽고 선장이 결단을 내렸다.

"선원들은 배를 버리그래이! 바다로 피신하그래이!"

"하늘이 원망스럽그만요."

"우짜든지 살아야 또 만날 수 있데이!"

선장은 울고 있었다. 선원들이 바다로 다 뛰어내린 것을 확인하고는 배를 버렸다. 그 순간 청자 운반선은 왼쪽으로 기울었다. 그러다가 다시 떠올라 오른쪽으로 잠겼다. 그러기를 몇 번 반복하더니 그대로 쑥 바닷속으로 사라졌다. 바다가 삼켜버린 듯 청자 운반선이 잠긴 자리에 흰 포말이 한동안 떠 있었다. 그러나 큰 파도가 달려오더니 흰 포말마저 흔적도 없이 지워버렸다. 어느새 선원들은 단 한 사람도 보이지 않았다.

하루 뒤.

안흥량 바다는 순하게 바뀌었고 하늘은 푸르렀다. 어제 대낮에 무슨 일이 일어났는지 알면서도 시치미를 떼고 있는 것처럼 보였다. 안흥량에 파견 나온 군사들이 수색을 했지만 청자 운반선의 널빤지 한쪽도 발견하지 못했다. 청자 운반선이 통째로 바닷속으로 침몰해 버렸기 때문이었다.

남송에 간 고려 사신

한족이 세운 북쪽의 송나라는 군사강국은 아니었다. 거란족의 요나라와 수차례 전쟁을 했지만 승리하지 못한 채 국력만 낭비 했다. 북송은 여진족의 금나라와 연합하고 나서야 요나라를 멸 망시켰다. 그런데 금나라 태종은 동맹을 파기하고 북송을 공격 하기 시작했다. 결국 2년 만에 금나라 군사는 북송 수도 변경(汴京, 개봉)을 함락하고 태상황제였던 휘종과 당시 황제인 흠종 및 황후와 궁녀, 신하 등 3천여 명을 포로로 잡아가 만주 오국성에 연금시켜 버렸다.

그때 휘종의 아홉 번째 아들이자 흠종의 이복동생인 강왕(康王)은 건강(建康, 남경)으로 도망가서 송 황조를 재건해 남송의 고종 황제로 등극했다. 고종 황제는 고려 인종 7년(1129) 임안(臨安, 항주)에 임시 도읍을 삼았고, 3년 뒤에는 임안을 남송의 수도로 삼았다.

고려는 요나라부터 금나라 때까지 송나라와 등거리 외교를 폈다. 송나라가 군사동맹을 맺자고 요청해도 들어주지 않았다.

고려는 요나라, 금나라와 국경을 맞대고 있었기 때문이었다. 강대국인 북방의 요나라, 금나라와 조공관계를 유지하는 척하면서 송나라와도 눈치껏 교류를 해왔던 것이다.

송나라는 고려의 태도를 못마땅하게 여겼지만 그렇다고 위협을 가할 수도 없었다. 고려가 바닷길을 터주면 금나라가 바로 공격해 올 수도 있었던 것이다. 그러니 고려 사신이 송나라에 가기만 하면 큰 환대를 받곤 했다. 바로 이런 관계를 이용한 고려는 금나라의 은과 모피, 말 등을 송나라에 중계무역하여 이익을 챙겼다. 고려로서는 기회를 잘 활용하기만 하면 그만이었다. 거기에다 고려 사신들은 송나라가 북송에서 남송으로 바뀌자 오히려 오가기가 수월해졌다. 북송의 수도 변경을 가려면 한 달 이상이 걸려야 했는데 남송의 수도 임안은 훨씬 더 가까웠다.

인종 10년(1132) 2월.

정6품의 예부원외랑 최유청(崔惟淸)과 정7품의 합문지후 심기(沈起) 등은 개경의 벽란도에서 남송의 명주로 떠났다. 남송 고종 황제에게 주청할 일이 있어 떠난 진주사(陳奏使)였다. 고종 황제에게 주청할 주요 내용은 고려 사신을 의심하지 말고 예전과 같이 환대해 달라는 것이었다. 몇 년 전부터 고종 황제가 고려 사신을 멀리하는 듯했던 것이다.

실제로 인종 7년에 고려 사신이 남송에 가려고 했을 때였다. 고종 황제는 사신이 온다는 보고를 받고는 시종하는 신하 여

신호에게 말했다.

"상황(上皇)이 내신과 궁녀 각각 2인씩을 보냈는데, 그들이 조공하는 고려 사신을 따라서 올 것이라는 소식을 들었다. 짐은 이 소식을 듣고 슬픔과 기쁨이 겹치는구나."

상황은 북송의 흠종이었다. 여신호가 고종 황제에게 고개를 숙이며 아뢨다.

"폐하, 이것은 필시 금나라 사람의 뜻일 것이옵니다. 그렇지 않다면 고려로서는 필연코 그런 일을 감히 하지 못하옵니다. 우리의 허실을 정탐한 뒤 금나라에게 보고하지 않을 것이라고 어떻게 알겠사옵니까?"

"알겠다. 짐은 고려 사신이 오는 것을 조서를 내려 중지시키겠노라."

고종 황제의 조서는 대략 다음과 같았다.

왕은 오랫동안 왕업(王業)을 지켜 옛날부터 문자와 역사(車軌)가 우리와 똑같았으며, 뗏목을 탄 사신에게 명령하여 조공하는 예를 계속 지키게 해왔소. 그 충성이 변함없는 것이야말로 신명(神明)에게 물어도 부끄러움이 없을 터. 마침 사신이 온다는 소식을 듣고 정말 기쁘게 여겼소. 짐의 만년에 실로 변고가 많아 온 백성들이 강적인 금나라의 침입을 받았소. 그들은 이미 국경을 깊숙이 짓밟고서도 병사를 일으켜 침입을 중지하지 않고 있어 무기와 군사를 잠시 강호로 이주시켰소. 만약 이때 사신이 정말 온다면 우리 관원이 고려 사신의 신변을 경호하지 못할까 염려스러우니 변방의 난리가 그침을 기다려 빙문(聘問, 예를 갖춰 방문함)할 시기를 다시 정하시오. 사신의 수레를 들여놓기 위하여 진관(晉館)을 무너뜨림을 후회하지 않을 것이며, 빗장을 닫고서 조공을 거절한 것은 전례를 따른 것이 아니오. 평소 고려의 마음을 헤아리건대 짐의 뜻을 이해하리라 믿소.

남송은 작년에도 고려 사신을 거절하였다. 고려 사신을 의심한 예부시랑 유약이 "사명(四明, 명주)이 무너진 뒤로 황폐하고 미약하므로 침입할 마음을 품을까 염려스러우니, 마땅히 많은 군사들을 주둔시켜 고려 사신이 오는 것에 대비하여야 합니다" 하고 주청하자 고종 황제는 고려 사신 일행을 받기보다는 오히려 유약 등의 신하를 사신으로 보내려 했다.

그러니까 최유청과 심기 일행은 인종이 밀어붙여서 가는 형국이었다. 사신 일행을 태우고 명주로 가는 고려의 장삿배는 풍랑이 거셌지만 계절풍인 북풍을 받아 속도가 빨랐다. 군산도와 흑산에서 1박씩 하며 필요한 식량과 물을 구한 뒤 순조롭게 항해했다. 특히 흑산 무심사에서는 청자기물들을 선실 창고에 가득 실었다. 사신의 왕래를 대비해서 청자 운반선이 탐진과 흑산을 미리 오갔던 것이다. 물론 송나라 상인 송상과 왜국 왜상들이 직접 탐진 미산포를 오가며 청자를 사가기도 했지만 최상품은 아니었다. 최상품 청자는 개경 왕실에서 반출을 엄하게 제한했기 때문이었다. 배가 흑산을 지났을 때 심기가 최유청에게 말했다.

"황제 폐하가 후대는커녕 박대하면 어찌할 것입니까?"

"그럴 리가 있소. 두 번씩이나 우리 사신이 가는 것을 거절하였는데 말이오."

"원외랑 나리께서는 황제 폐하가 왜 거절했다고 보십니까?"

"금과 송이 직접 교역하는 것을 우리 폐하께서 막으시니까 그런 줄 알고 있소. 그것이 좋기는 하겠지만 그러다가 금과 송이 동맹을 맺으면 우리 고려는 어떻게 되겠소? 그러니 난색을 표하는 것이 아니겠소? 이때 우리가 금과 송 사이에서 중계무역을 하면 우리 이문을 불리는 이점도 있고 말이오."

조회 같은 의례를 담당해 온 합문(閤門)의 관원인 심기는 외교 관계를 잘 모르고 있다가 최유청의 설명을 듣고는 고개를 끄덕였다.

"또한 황실 재정이 넉넉지 않으니까 사신 일행의 신변보호를 위해 군사를 동원할 수 없다는 핑계로 거절한 적도 있소."

"사신 일행에게 무슨 호위군사가 필요하다는 것인지 이해를 못 하겠습니다."

"우리가 황제 폐하만 알현하러 가는 것은 아니지요. 폐하께 조공하는 물건 말고 내가 사적으로 가지고 가는 진귀한 물건들은 교역하기 위해서라오. 송나라 관원이나 상인들이 우리가 오기만을 기다리고 있으니 좋은 기회가 아닐 수 없소."

이번에 고종 황제에게 조공하는 진상품은 금 1백 냥, 은 1천 냥, 비단 2백 필, 인삼 5백 근 등이었다. 그 밖의 것은 최유청이 교역하기 위해 가지고 가는 물건이었는데, 탐진 청자항아리나 청자 향로, 청자벼루와 나전칠기, 화문석 방석, 인삼, 합죽선, 종이, 붓, 먹 등도 있었다. 모두 합쳐서 조공품의 3분의 1 정도나 되었다. 황제를 알현한 뒤 객관에 머물면서 송 관원의 협조를 얻은 뒤 교역할 수 있었던바, 그것을 사행무역(使行貿易)이라고 했다. 사행무역은 송나라 사신 일행도 마찬가지였다. 송나라의 의복, 상아, 물소뿔, 옥제품, 술, 새[鳥], 차, 옻칠제품, 악기 등을 개경으로 가지고 와서 교역했던 것이다.

날이 어두워지면서 풍랑이 좀 더 거세졌다. 배는 아직도 흑수바다를 지나고 있었다. 최유청과 심기는 선실로 들어가 몸을 뉘었다. 돛잡이와 궁사들이 교대하는 시간이었다. 그들은 하루에 2교대를 하고 있었다. 노잡이들은 노를 잡지 않고 있을 때는 취사를 준비한다든지 갑판 청소를 한다든지 잡일을 했다.

두 사람은 뱃멀미 탓에 잠들지 못하다가 자정 무렵에야 토막 잠을 잤다. 그러다가 이른 새벽에 우두머리 행수궁사의 고함 소리에 일어났다. 궁사들이 갑판 위를 쿵쿵 뛰어다니며 경계를 강화하고 있었다. 최유청도 갑판으로 나가 상황을 살폈다. 행수 궁사가 말했다.

"송구들이 나타났다가 우리가 고함을 치니까네 사라졌습네다."

"아직도 여기 바다에 해적이 있는가?"

"가끔 장삿배를 상대로 해적질을 합네다."

송구(宋寇)란 송나라 해적을 말했다. 그러나 고려 상인들이 더 두려워하는 것은 금나라 해적이었다. 금나라는 항해술이 자못 발달해 언제 흑수바다나 백수바다를 휘젓고 다닐지 몰랐다. 때문에 언젠가는 금나라 해적이 출몰할 것이라고 봐야 옳았다. 그러나 아직까지는 금나라 군사나 해적이 고려 사신을 괴롭힌 적은 없었다.

고려 사신이 송나라 명주를 드나드는 것은 금나라가 알지 못하는 기밀이었다. 금나라는 요나라 땅이었던 중원을 평정하는 데만 힘을 쏟았지 아직은 송나라로 가는 바닷길의 편리함은 모르고 있었다. 만약에 바닷길을 안다면 언젠가 남송을 침공하거나 차츰 해상무역을 장악해 버릴 터였다. 최유청이 행수궁사에게 점잖게 말했다.

"정작 우리가 두려워해야 할 무리는 따로 있소."

"나리, 어떤 무리입네까?"

"금나라 사람들이오. 금나라 동쪽에는 참으로 넓은 바다가 있소. 그래서인지 항해술이 우리 못지않게 뛰어나다고 하오."

"앞으로 큰일입네다."

"괜찮소. 금나라는 중원 땅에서 저항하는 요나라 절도사들과 싸우는 데 정신이 없소."

"다행입네다."

그때 심기가 나와 말했다.

"원외랑 나리, 무슨 일이 있었습니까? 갑판이 시끄러워서 나와보았소."

"해적들이 나타났다가 사라진 것 같소. 바다에는 해적, 육지에는 도적 떼가 날뛰는 세상이오."

"우리가 가는 명주에도 도적 떼가 있다는 말입니까?"

"숙소에 가면 얼마 동안 묵는데 도적들이 우리가 가지고 가는 조공품을 훔쳐 갈 수도 있소. 그래서 황제의 군사들이 와서 경계를 서는 것이오. 군사들에게 들어가는 경비가 여의치 않으니까 황제 폐하가 우리 사신이 오는 것을 거절했던 적이 있다오."

보름 후.

사신을 태운 배는 백수바다로 진입했다. 백수바다로 들어섰다는 것은 명주가 가까워졌다는 말과 다름없었다. 명주의 백수바다는 바다 밑이 보일 정도로 맑았다. 갯벌이 없는 수심이 깊은 바다였다. 실제로 한나절 동한 남서쪽으로 항해하자 명주 도시가 보였다. 개경 벽란도를 떠날 때부터 입을 꾹 다문 채 긴장했던 선장이 처음으로 환하게 웃었다. 돛잡이 요수, 닻잡이 정수, 노잡이 방인, 키잡이 타공, 궁사들도 마찬가지였다. 모두 갑판으로 나와 만세라도 부를 기세였다.

배가 포구에 정박하자, 명주성 압아가 두 명의 군관을 대동하고 올라와 검색을 시작했다. 최유청은 역관을 앞세워 통역을 시켰다. 최유청이 압아에게 말했다.

"나는 고려 사신이오. 황제 폐하를 알현하러 왔소."

"멀리서 오느라고 수고했소. 배 안 선실부터 검색하겠소."

압아가 군관을 선실로 내려보냈다. 그런 뒤 최유청에게 물었다.

"고려에서 여기까지 얼마나 걸렸소?"

"보름하고 닷새가 지났소. 순한 북풍을 만나 도움을 크게 받았소."

"해적은 보지 못했소?"

"백수바다로 들어오기 전에 보기는 했으나 우리를 공격하지 않고 사라졌소."

"궁사들을 보고 달아났을 것이오."

압아는 차갑게 물었지만 고압적이지는 않았다. 최유청은 개경을 떠날 때 김부식이 송나라 관리를 만나면 선물을 주라고 한 말이 떠올라 얼른 선실로 내려가 비색청자벼루 한 개를 가지고 올라왔다. 비색청자벼루를 압아에게 주자, 그의 표정이 좀 전과 달리 부드러워졌다. 그가 군관에게 지시했다.

"고려 사신 분들을 고려사관으로 안내하라."

고려사관(高麗使館)은 15년 전에 고려 사신과 상인들을 위해 명주성 안에 지은 숙소였다.

"예, 호마를 대기시켜 놓겠습니다."

비색청자벼루 한 개의 위력에 최유청은 적잖이 놀랐다. 북송 때부터 송나라를 여러 번 드나들었던 역관에게 송나라 관원들이 좋아하는 물건들 중에 비색청자가 으뜸이라고 들었지만 이 정도인 줄은 몰랐던 것이다.

군관이 하선한 뒤 바로 명주성 군사들이 호마 세 마리를 끌고 왔다. 한 마리는 압아가 탔다. 최유청과 심기는 두 마리의 호마에 올랐다. 명주성 군사들이 명주관청으로 들어가는 성문에도 도열해 있었다. 사신 일행은 명주 성문을 지나 무역사무를 보는 시박사무청(市舶事務廳)과 과세를 관장하는 시박사(市舶司) 건물을 지나면서 눈이 휘둥그레졌다. 명주성 안에는 월호라는 둥 그런 호수까지 있었다. 명주지주(明州知州)가 공무를 보는 명주관청은 성 안쪽 끝에 있었다. 고려사관은 명주관청 앞뜰 왼편에, 아라비아 상인의 숙소인 파사관(波斯館)은 오른편에 있었다.

명주성에서 고려 사신 일행의 접빈 책임자는 명주지주였다. 그런데 그는 오만하기 짝이 없었다. 압아가 고려 사신이 고려사관에 들었다고 보고하자 시큰둥하게 말했다.

"오랑캐들 중에 고려 사신 일행은 그나마 예의가 있는 자들이니 섭섭하지 않게 대해주게."

"요나 금의 사신들과는 조금 다른 것 같습니다."

"나보다 훨씬 전에 명주지주를 지낸 증공(曾鞏)이 말했네. 고려는 오랑캐 중에서는 문학에 통달하여 지식이 대단하므로 덕으로 품어야지 힘으로 굴복시키기는 어렵다고 말이네."

그들끼리 있을 때는 고려 사신을 오랑캐라고 불렀다. 그래도 몽골이나 거란, 여진, 왜국 사신들과 달리 예의가 있고 문학에 소양이 깊다며 인정해 주기는 했다.

최유청 등이 고려사관에 머무는 동안 명주지주가 의례적인 연회를 한 번 베풀어주었다. 최유청은 답례로 비색청자주전자를 선물했다. 그 역시 압아처럼 사신들을 무시하던 태도를 슬며시 바꾸었다. 다음 날 명주관청 앞의 당전으로 최유청과 심기를 불러 술과 차를 대접했다. 명주지주가 호탕하게 웃으며 말했다.

"고려 비색청자가 천하제일이라는 말만 들었는데 직접 내 눈으로 보니 틀림없는 사실이오. 휘종 황제 폐하 이래 관요인 여요에서 나는 청자는 황실과 귀족만 사용할 수 있다오. 그런데 고려 비색청자는 여요청자를 능가하는 것 같소."

"지주 나리, 과찬의 말씀이오."

"난 거짓말을 하지 못하는 사람이오. 고려 비색청자는 파사관에 머물고 있는 아라비아 상인들 손에는 들어가지 말아야 할 것 같소. 여요청자는 이미 그들 손에 들어갔지만 고려 비색청자는 천하제일의 보물이니 우리나라에만 있어야 하오. 천하제일의 보물은 황제 폐하께서만 가지고 계셔야 하오. 나는 즉시 황제 폐하께 주청을 드릴 것이오."

"비색청자를 귀하게 여겨주시니 고려 사신으로서 새삼 자부심이 느껴지오."

"일찍이 휘종 황제께서 '청자는 고려 비색청자이고 백자는 송의 정요백자'라고 말씀하신 바 있소."

"저희 인종 폐하 1년에 사신으로 고려에 온 서긍이란 분이 비색청자를 보고 크게 놀라신 적이 있습니다."

"그뿐만 아니오. 서긍 사신이 고려의 나전칠기, 붓, 먹, 종이, 합죽선 등을 보고 그린 그림책이 전해지고 있소."

"지주 나라께서 환대해 주시니 고향에 온 듯 마음이 편안합니다."

"신주(神舟)가 마련되면 곧 황도로 출발할 것이니 늘 준비는 하고 있어야 하오."

송 고종 황제가 있는 임안은 운하와 수로를 통해서 갈 수 있는 곳이었다. 사신 일행이 타고 갈 관선(官船) 신주가 여의치 않아 출발이 지연되고 있었던 것이다. 송나라에서는 사신들이 1백 명 이상 타는 배를 신주라고 불렀다. 고려 사신 일행도 모두 50명이 넘었으므로 신주를 타야 했다.

그런데 황도 임안으로 갈 신주가 예정보다 빨리 마련되어 최유청 일행은 명주항을 떠났다. 임안까지는 사흘이 걸렸다. 윤4월에야 임안에 도착한 고려 사신 일행은 접반사의 안내로 황궁 앞의 객관에서 여장을 풀었다. 조공품은 미리 객관 우두머리 관원에게 바쳤다. 최유청은 자신이 개인적으로 가지고 온 청자기물까지 더 보냈다. 황실의 관원들이 조공품의 내용을 확인한 뒤 친견 날짜를 정해주기 때문이었다.

황실에서 조공품이 마음에 들었는지 사흘 후 고종 황제를 친견할 수 있도록 날짜를 잡아주었다. 진주사 최유청은 황제에게 주청할 말을 마음속으로 복기했다. 임안 천도를 축하한다는 인종의 조서를 올린 뒤에 바로 주청하려고 했다. 주청할 내용은 고려 사신을 의심하여 거절하지 말고 예전과 같이 환대해 달라는 것이었다.

사흘 후.

최유청과 심기는 예부상서의 안내로 황실에 들어갔다. 조회를 여는 정전으로 가지 않고 후전(後殿) 앞에서 대기했다. 잠시 기다리자 고종 황제가 그들을 불러들여 접견했다. 고종 황제가 먼 길을 오느라고 고생했다며 위로의 말을 했다.

"먼 길을 오느라고 고생했소. 천하제일 비색청자를 보니 짐은 고려인들의 충성이 변함없음을 알겠소."

"황제 폐하께서 고려에서 온 소신들의 마음을 알아주시니 감읍할 따름이옵니다."

"황도에서 편안하게 몇 달이고 심신을 추스른 뒤에 돌아가시오. 그대들에게 날마다 고기와 술을 하사하겠소."

"황제 폐하, 성은이 망극하옵니다."

"짐은 그대들을 또 부를 것이오. 대연회를 베풀어 반드시 그대들을 위로할 것이오. 오늘은 아직 조회가 끝나지 않았으니 이해를 해주시오."

고종 황제는 바로 최유청과 심기에게 금대(金帶) 두 개를 하사하는 동시에 고려 사신을 후하게 대접하라는 조서를 내렸다.

고종 황제는 후전에서 서둘러 나갔다. 최유청과 심기도 후전을 바로 나와 객관으로 갔다. 몇 달이고 머물면서 편안하게 심신을 추스르라는 고종 황제의 말에 크게 감동을 받아 다리가 조금 휘청거리기도 했다. 최유청은 객관에 머무는 동안 가지고 온 청자를 비롯해서 고려의 물건들을 교역할 궁리부터 했다.

3장

의종과 공예태후

청자기와

양이정(養怡亭)

대구소 향리, 개경에 가다

의종과 공예태후

사십 대 후반의 공예태후는 별궁 마루에 앉아 지는 석양을 바라보고 있었다. 석양은 벽란도 산자락에서 옅은 빛을 뿌리며 기우는 중이었다. 석양을 볼 때마다 지나간 세월이 아물지 못한 내상처럼 아프게 떠올랐다. 탐진현 옆의 정안현에서 올라와 18세에 연덕궁주로 입궁했다가 인종의 첫아들을 낳고 몇 년 뒤 숙비가 되었으며, 인종이 병으로 40세에 죽자 첫아들이 의종으로 즉위했고 자신은 공예태후로 봉해졌던 것이다. 남편인 인종이 젊은 나이에 병사했다고는 하지만 어린 십대 때에는 외척인 이자겸에게 농락당했고, 서른이 되기 전에는 서경의 묘청대사와 개경의 김부식에게 휘둘렸던 것이다. 그런 모욕과 수모를 남편인 인종과 함께 겪어왔기 때문에 지금 자신이 살아 숨 쉬는 것조차 실감 나지 않을 때가 많았다.

20세 어린 나이로 즉위한 아들 의종 역시 아버지 인종이 개경의 문신세력들 때문에 괴로워했던 모습을 자주 보았으므로 반감이 크지 않을 수 없었다. 따라서 의종은 문신들에게 젖어 있는 유교 풍속도 의식적으로 외면했다. 불도(佛道)나 선풍(仙風)을 좋아했고 개경에 눌러 있기보다는 서경에 자주 나들이했다. 개경의 유교 풍속을 버리고 싶었고, 신라 때부터 있어 왔던 낭가(郎家, 화랑도)나 불도에 마음이 기울었기 때문이었다. 이런 의종의 태도는 공예태후의 마음을 조마조마하게 했다. 공예태후가 의종을 별궁으로 부른 것도 그 때문이었다. 의종은 조회가 끝나자마자 승지를 앞세우고 태후 별궁으로 왔다. 공예태후는 별궁 마당까지 나와서 의종을 맞이했다.

"폐하, 정사로 바쁘신데 불러서 언짢지는 않으신지요?"

"태후마마, 어머니가 아들을 부르는데 어찌 언짢겠습니까? 조회를 끝내고 왔습니다."

"그렇다면 다행이오."

"무슨 일이 있습니까? 그러고 보니 태후마마를 뵌 지 한 달이 넘었습니다."

"별실로 드시지요."

"태후마마께서 우려주시는 탐진차를 오랜만에 마셔보겠군요."

"탐진 발효차는 심신을 편안하게 하지요."

별실 다실은 크지 않고 작았다. 다관이나 찻잔, 수구 등은 모두 비색청자였다. 공예태후는 고향을 잊지 않겠다며 탐진에서 구해 온 청자다기들을 사용했다. 탐진은 인종 때부터 장흥부의 속현이 되어 공예태후의 고향이나 다름없었다. 태후 별궁 궁녀가 찻물을 끓여 와서 발효 찻잎이 든 다관에 뜨거운 물을 부었다. 그런 뒤 왕과 태후의 찻잔에 차를 따라놓고 다실을 나갔다. 공예태후는 이십 대 후반의 의종이 차를 다 마실 때까지 기다렸다가 말했다.

"격구를 하다가 다쳤다는 말을 듣고 놀랐습니다."

"낙마한 탓에 발목이 결리기는 합니다만, 내의에게 치료를 잘 받아 이젠 괜찮습니다."

격구란 말을 타고 채로 공을 치는 경기였다. 의종은 무신이나 환관들과 편을 갈라서 격구를 즐기곤 했는데, 한번 경기를 시작하면 화급한 정사도 밀쳐두기 일쑤였다. 따라서 의종을 비난하는 문신들이 적지 않았다. 그런 비난이 공예태후에게도 들려왔다.

"앞으로는 격구를 하시되 다칠 정도로 해서는 안 될 것입니다. 무엇이든 지나치면 사고가 나는 법이니까요."

"태후마마, 걱정을 끼쳐드려서 송구합니다."

공예태후가 격구를 하되 지나치게 하지는 말라고 하자 의종은 선선히 받아들였다. 천성이 착하고 섬세한 의종은 어머니 공예태후의 말을 거역한 적이 단 한 번도 없었다.

"폐하는 음률(音律)에 능하고 시문(詩文)에도 탁월합니다. 그러니 문무를 겸하시어 반드시 명군이 되셔야 합니다."

"저를 알아주는 분은 태후마마뿐입니다. 아직도 개경에는 역모를 꾸미는 문신세력이 있어 항상 신변의 위협을 느끼고 있습니다만, 태후마마께서 계시니 울타리처럼 든든합니다."

"슬픈 현실입니다. 왕권이 실추된 지 오래됐고, 이웃 금나라는 선왕 때보다 더 강성해져 우리를 위협하고 있으니 정신을 바짝 차리셔야 합니다."

"태후마마, 제가 무신이나 환관들과 격구를 하는 것은 저를 지지하는 세력을 만들어 문신세력을 견제하고자 함입니다. 문신들의 농간으로 아바마마께서 곤욕을 치르시다 돌아가신 것을 제 눈으로 똑똑히 보았습니다. 태후마마께서도 겪지 않으셨습니까?"

공예태후가 의종의 찻잔에 탐진 발효차를 또 따라주었다. 찻잔의 크기는 사발에 가까웠다. 그것을 따로 다완(茶碗)이라고 불렀다. 공예태후에게 훈계조의 말을 듣던 의종이 화제를 바꾸었다.

"태후마마께서는 탐진청자만 좋아하십니다. 여기 다기들 모두 탐진청자 같습니다."

"고향을 떠난 지 서른 해가 지났어요. 연덕궁에 들어온 뒤로 한 번도 가지 못했습니다. 고향이 그리울 때마다 탐진청자를 보면서 그리움을 달래지요."

"아, 그렇습니까? 저는 태후마마께서 그러신 줄 몰랐습니다. 태후마마, 요즘 민가를 헐고 있습니다. 정자를 짓고 연못을 파려고 합니다."

"격구 하시는 것을 줄이신 뒤 정자에서 차분하게 책을 읽고 옛 성인들의 유훈을 받드는 것도 왕화(王化)를 부흥하는 일입니다."

"태후마마 말씀대로 정자에서 옛 성인의 가르침을 받들겠습니다.”

"그리하시면 실추한 왕권이 머잖아 되살아날 것입니다.”

"왕권이 되살아나면 가장 먼저 신음하는 백성들을 위해 통치하겠습니다.”

"참으로 현명하신 생각이십니다. 폐하가 이런 궁리를 하고 있다는 것을 몰랐습니다.”

"어떤 문신은 제가 나약한 줄 압니다. 그러나 저는 그렇지 않습니다. 개경의 문신들이 아바마마를 어떻게 능멸했는지 제 눈으로 보았기에 그들을 멀리했을 뿐입니다. 대신에 왕권을 바로 세우고자 일찍이 현릉과 창릉을 참배했던 것입니다. 뿐만 아니라 작년에는 우리나라의 중흥을 위해 서경에 중흥사(重興寺)를 중창했습니다. 앞으로 개경에서 가까운 백주(白州, 황해도 연백)에 중흥별궁도 지을 생각입니다.”

김부식 등이 서경에서 시작한 묘청의 혁명과 서경 출신의 문신들을 무자비하게 제압한 뒤, 인종에 이어 의종이 즉위하고 나서도 왕을 흔들어댔던 것은 사실이었다. 이에 의종은 공예태후의 조언을 들어가며 살얼음을 걷듯 왕권강화를 위해 고심하지 않을 수 없었던 것이다. 그 고심 중의 하나가 태조 왕건의 능인 현릉과 태조의 아버지 왕륭의 능인 창릉 참배였다. 능을 참배할 때는 문신은 물론이고 무신까지 대동했다. 고려의 건국이 어디서부터 비롯되었는지 환기시키고 그 은혜를 잊지 말라는 참배였다.

"우리나라를 중흥시키려는 폐하의 꿈은 지당합니다."

"음률에나 빠져 있고 시문이나 즐기는 왕이라고 소문을 퍼뜨리는 고약한 문신들이 있는 줄 압니다만, 저는 선왕의 뜻을 받들고자 좀 더 진력한 뒤에 낡은 것을 버리고 새것을 권장하는 신령(新令)을 반포할 것입니다."

"오늘따라 폐하가 아들이라는 것이 자랑스럽습니다. 다만 폐하, 지근거리에 두고 있는 신하들을 항상 조심하셔야 합니다. 믿는 도끼에 발등 찍힌다는 말이 있지 않습니까? 달콤한 감언은 삼키시지 말고 늘 뱉어내야 합니다. 문신들이 역겹다고 환관이나 무신들을 너무 가까이해서도 안 됩니다."

"태후마마 말씀을 명심하겠습니다. 그동안 태후마마를 잘 모시지 못했으니 앞으로는 더 잘 모시겠습니다. 제가 민가를 헐어 정자를 짓고 연못을 파겠다는 것도 사실은 태후마마를 위로하기 위해서입니다."

"민가를 헐어 정자를 짓고 연못을 판다면 어찌 마음이 즐겁겠습니까? 민가를 헌다면 백성들의 원성이 어찌 없겠습니까? 그러니 폐하가 이 어미를 위로하는 것은 고마운 일이나 부당합니다."

"아닙니다, 태후마마. 백성들의 동의를 받아 도모하는 일입니다. 가서 보시면 아시겠지만 민가 주인들은 지금보다 더 나은 택지와 집을 받아 가는 것이니 모두가 찬성했습니다."

"그렇다면 할 말이 없습니다만."

"지금 저와 함께 나가시어 둘러보셔도 좋습니다."

"폐하와 함께 바람을 쐬는 일은 더없이 좋은 일입니다. 갑자기 평장사 최 공이 생각나는군요."

공예태후는 의종이 밖으로 나가자고 제의한 말에 자못 들떴다. 정궁에서 들려오는 수상쩍은 소문에 늘 시달리고 불안해했던 것이다. 그런데 그때마다 생각나는 사람이 인종 7년(1129)에 눈을 감은 태의 출신의 평장사 최사전이었다. 최사전은 자신을 도성으로 불러 입궁케 했고, 남편인 인종 측근으로서 혼신의 힘을 다해 보필했음이었다. 인종이 이자겸의 횡포 때문에 너무 고통스러운 나머지 왕위를 내려놓으려고 했을 때도 울면서 만류했던 사람이 최사전이었다.

"평장사 최 공이 폐하 옆에 있다면 큰 힘이 되었을 것입니다."

"최 공의 미담을 저도 어린 시절부터 들어서 알고 있습니다."

"충성스러운 최 공은 탐진을 누구보다도 사랑했던 사람이었지요. 그에게 탐진청자를 언제부터 좋아했느냐고 물어본 적이 있습니다. 탐진에서 귀양살이할 때 도공들을 만나면서 좋아하게 됐다는 것이 그의 대답이었습니다."

"탐진 사람들이 탐진청자를 좋아하는 이유가 있습니까?"

"탐진청자에 고향의 산자락과 바다가 어려 있기 때문이지요. 탐진청자를 보고 있으면 고향을 보고 있는 것 같은 기분이 듭니다."

"태후마마 말씀을 듣고 보니 수긍이 갑니다."

"그렇지요. 개경의 벼슬아치들은 탐진청자가 천하제일이라고 해서 소장하려고 하지만 나는 고향의 빛깔인 까닭에 좋아합니다."

"태후마마께서 고향을 이처럼 그리워하시는지 몰랐습니다."

그제야 의종은 공예태후가 금잔, 은잔이 있고 금사입, 은사입한 청동주전자가 있지만 왜 탐진에서 올라온 청자다기들만 사용하는지를 이해했다. 의종이 말했다.

"태후마마, 이제부터 왕실에서는 청자그릇들만 들이도록 지시하겠습니다. 이 또한 태후마마를 위로하는 일이 아니겠습니까?"

"선왕 때도 그런 일이 있었지요. 탐진청자의 가치를 모르고 있다가 송나라 서긍이란 사신이 알려주었지요. 송나라 청자보다 탐진 비색청자가 더 아름답다고 찬사를 한 까닭에 왕실에서도 차츰 금제품, 은제품이 사라지고 비색청자로 바뀌었지요. 그런데 송나라 풍속이면 무엇이든 따르려는 문신들은 우리 청자의 가치를 모르지요."

의종은 공예태후에게 송나라 풍속을 추종하는 문신들에 대한 섭섭함이 있다는 것도 비로소 알았다. 공예태후에게는 탐진청자가 곧 고향이나 다름없는 듯했다.

"태후마마, 제가 개경의 문신세력을 경원하는 것은 바로 그때문입니다. 우리에게 송나라보다 더 뛰어난 것들이 많은데 왜 그들의 문화를 무조건 좇아야 합니까?"

"송나라가 금나라보다 문화가 융성한 것은 사실입니다. 그러니 받아들일 것은 받아들이고 보내야 할 것은 보내야 합니다.
선왕 때 진주사 최유청이 탐진청자를 가지고 간 것은 좋은 선례
입니다."

의종은 청자찻잔을 들고 빙빙 돌려가며 눈으로는 비색 빛
깔을 보고 손으로는 매끄러운 감촉을 느꼈다. 공예태후에게 탐
진청자의 이야기를 듣고 보니 청자다기들이 달리 다가왔던 것
이다.

"태후마마, 제가 개경의 문신보다 서경의 문신들을 더 신뢰
하는 까닭은 그들은 송나라 것을 받아들이기도 하지만 우리 낭
가나 불도를 소중하게 여기기 때문입니다. 그래서 저는 작년에
서경의 중흥사를 중창했고, 언젠가 기회가 되면 계림(서라벌)에
가서 낭가의 흔적을 찾아보려고 하는 것입니다."

"폐하는 참으로 현명합니다. 그런 생각에 변함이 없다면 왕
권은 다시 회복될 것이고 우리나라는 융성할 것입니다."

의종이 밖에 어른거리는 호위군사 그림자를 보고 소리쳤다.

"어마(御馬)와 가마를 대령하라."

의종은 가능한 한 왕의 수레인 대가(大駕)를 이용하지 않고
어마를 탔다. 격구에 능한 의종에게는 잘 길들인 어마가 있었던
것이다. 두 개의 창문에 보석주렴을 늘어뜨린 탈것은 공예태후
전용 가마였다. 가마 창문을 열어도 보석주렴 때문에 밖에서는
안이 보이지 않았다. 그러나 가마 안에서는 보석주렴 사이로 밖
의 동태를 환히 살필 수 있었다.

"태후마마, 정자를 짓고 연못을 팔 곳으로 가서 직접 보시지요."

"폐하 조용히 가보시지요. 궁중악대를 불러 공연히 민폐를 끼쳐서는 안 될 것입니다."

궁중악대가 왕의 거둥을 알리면 도성 백성들은 하던 일을 멈추고 그 자리를 떠날 수 없었다. 왕의 행차를 멀리서 봐야지 절대로 가까이 다가가서는 안 되었다.

공예태후는 우두머리 궁녀 하나만 데리고 별궁을 나와 궁문인 창합문에서 대기했다. 창합문에서 저잣거리로 가는 동안은 가마를 타야 했기 때문이었다. 잠시 후 창을 든 호위군사들이 창합문에 도열했다. 수문장이 수문지기 군사를 시켜 창합문을 열자, 의종과 격구를 자주 했던 수비대장이 군마를 타고 어마 앞에 대령했다. 의종의 어마 바로 뒤에는 공예태후가 탄 가마가 대기하고 있었다. 접빈을 잘하여 합문의 승선을 오랫동안 겸직해 왔던 이부상서 김거공(金巨公)은 행차의 후미에 섰다. 김거공은 인종 20년(1142)에 고려 사신으로 금나라 동경(東京)을 다녀온 적이 있는 언행이 신중한 신하였다. 호위군사들이 어마와 가마를 에워쌌다. 공예태후의 제안대로 궁중악대는 보이지 않았다.

공예태후는 가마 창문을 열고 궁궐 밖의 공기를 들이마셨다. 궁궐 밖은 대부분 초가들이었다. 비좁은 골목 좌우로 초가들이 무리 지어 옹기종기 모여 있었다. 초가들 공터에서 놀고 있는 아이들은 왕의 행차 같은 것은 거들떠보지 않았다.

의종 행차가 궁궐 뒷산의 산자락 밑에 있는 초가마을에서 멈추었다. 특이하게도 궁궐 안이 들여다보이는 마을이었다. 의종이 수비대장을 시켜 이부상서 김거공을 불렀다.

"김 공, 이 마을의 초가를 철거하려고 하오."

"폐하, 민가에서 궁궐 안이 보인다는 것은 있을 수 없는 일이옵니다."

"나는 이미 호부에 지시하여 이 마을 양민들에게 더 좋은 터에 집을 지어 주라고 했소."

"백성들이 폐하의 덕을 우러를 것이옵니다."

이부상서 김거공이 보기에도 궁궐 밖의 마을 터가 명당 같았다. 작은 개울물이 하나 흐르고 있고, 산자락 아래인데도 평평하고 바람이 오가는 땅이었다. 정자가 들어선다면 봄·여름·가을 아무 때라도 몸을 편안하게 누일 수 있는 장소 같았다.

"정자와 연못을 조성한다면 궁에서 멀지 않은 이곳이 합당할 것 같사옵니다."

"나도 그렇게 생각하오."

"정자의 이름은 생각해 두셨사옵니까?"

"물론이오. 이미 태자에게 태평정(太平亭)을 써두라고 말했소. 정자 이름은 태평정이 될 것이오."

의종은 정자 이름을 두고 몇 날 며칠 고심하다가 태평(太平)이란 말을 생각해 냈다. 태평이란 태평성대를 꿈꾸는 의종의 소원이기도 했다.

"태평성대란 백성들이 몹시 평안하여 아무 걱정할 일이 없는 세상이 아니겠소."

"성스러운 군주가 다스리는 시대를 태평성대라 하옵니다."

"과인에게 꿈이 있다면 그것은 오직 나라에 혼란이 없고 백성들이 풍족하게 사는 것이라오."

호위군사들이 임시로 의종과 공예태후가 앉아서 쉴 수 있는 자리를 마련했다. 공예태후는 궁궐 밖을 나온 것만으로도 답답했던 마음이 가시는지 입가에 미소를 머금고 있었다.

"태후마마, 이곳에 정자를 지으려고 합니다."

"방금 전해 들었습니다. 태평정, 참으로 좋은 이름입니다."

"태평정 좌우로는 화초를 심고 진기한 과수를 심을 것입니다. 눈을 즐겁게 하는 기이한 바위도 진열하려고 합니다."

"정자 하나만 짓기에는 터가 넓습니다."

"태평정 남쪽으로 연못을 파서 개울물을 들이고 그곳에도 정자를 짓겠습니다."

"그 정자 이름은 무엇인가요?"

"백성들이 정자에서 쉬면서 연못의 잔잔한 물결을 보고 근심을 푸는 곳이었으면 좋겠습니다. 그러니 특별한 이름보다는 '잔잔한 물결을 본다'라는 관란(觀瀾)으로 하면 어떠하겠습니까?"

"정자 이름이야 시문에 능한 폐하가 지으셔야지요."

"태후마마께서 그리 말씀하시니 관란정으로 하겠습니다. 하하하."

의종이 호쾌하게 웃었다. 그러나 공예태후는 의종의 웃음을 마음속에서 토해내는 신음소리로 들었다. 어쨌든 궁궐 밖으로 나와서 짧은 시간이지만 모자가 함께 유유자적하고 있다는 것은 더없이 상쾌한 일이었다. 의종은 공예태후가 생각하지 못한 뜻밖의 제안을 했다.

"저의 꿈이 서린 정자와 백성을 위한 정자를 짓겠다는 생각만 했습니다. 그러나 그것은 자식의 도리를 다하지 못한 처사입니다."

"무슨 말씀을 하려고 그러시는 것입니까?"

"태후마마를 위해서도 정자를 하나 지어야겠습니다."

"폐하, 고맙기는 하지만 문신들 사이에서 이상한 소문이 돌 것입니다."

"자식이 효도하는 것을 두고 누가 비난한단 말입니까?"

"지금은 무엇이든 조심해야 할 때입니다."

"그자들은 눈만 뜨면 공맹의 도리를 말합니다. 충은 효에서 나오는바 할 말이 없을 것입니다."

의종은 잠시 뜸을 들이더니 공예태후를 깜짝 놀라게 하는 말을 했다.

"태후마마께서는 고향을 잠시도 잊지 못한다고 저에게 말씀하셨습니다. 저는 응당 태후마마를 고향에 한 번이라도 행차시켜 드려야 하지만 그럴 형편이 아닙니다. 다만 탐진청자를 보시며 향수를 달랜다고 하시니 저에게 좋은 방도가 하나 떠올랐습니다."

"그것이 무엇입니까?"

"태평정과 태후마마를 위한 정자를 탐진 청자기와를 가져와 짓는 것입니다. 정자에 앉으시면 고향에 온 듯한 기분이 들 것입니다."

"…"

공예태후는 말문이 막혀버렸다. 의종은 순간 공예태후를 위한 정자 이름을 양이정(養怡亭)이라고 지었다. 공예태후가 '마음을 잘 돌보고(養) 마음을 늘 즐겁게 가지라(怡)'라는 발원을 담았다. 의종은 그 자리에서 바로 이부상서 김거공에게 탐진에 관원을 보내 탐진가마에서 청자기와를 굽도록 하라고 지시했다.

청자기와

청자 운반선은 인종은 물론 의종이 즉위한 뒤에도 개경 벽란도
와 탐진 미산포를 자주 오르내렸다. 개경의 관원들은 공무로 먼
지방을 갈 때 가끔 청자 운반선을 이용하기도 했다. 공부(工部)
소속인 장작감(將作監) 우두머리 판사(判事)도 탐진을 가려고 청
자 운반선을 탈 계획이었다.

　그런데 장작감 판사는 청자 운반선을 승선하려고 했다가
이틀 전에 포기했다. 궁궐 밖의 민가를 헐고 정자와 연못의 조성
을 감독해야 했기 때문이었다. 판사 밑에 감(監)이나 소감(少監),
주부(主簿) 등의 벼슬아치가 있지만 실제로 건축과 토목 일을 하
는 구실아치는 장작(將作)과 산사(算士)였다. 벼슬을 제수받지 못
한 그들은 대부분 목수 출신이었다.

　이틀 전이었다. 장작감 판사는 구실아치인 장작과 산사를
불렀다. 판사가 두 사람에게 말했다.

　"둘이서 탐진에 갈 것이니 준비하시게."

　"언제 떠납네까?"

"내일 떠나시게."

"알갓시다. 근데 어케 빵지 갑네까?"

"폐하께서 원래는 나를 지명하셨으나 나는 궁에 남아 감독할 일이 있네. 자네들도 들었겠지만 궁궐 밖에 정자와 연못을 가능한 한 이른 시일 안에 조성하라고 하니 나는 여기 남아서 감독해야겠네."

수리에 밝은 산사가 말했다.

"판사 나리, 연못은 흙만 판다고 되지 않네. 그러니까니 2년은 잡아야 할 것입네."

"2년 안에만 조성할 수 있다면 다행이네. 정자는 짓는 데 얼마나 걸리겠는가?"

장작이 답변했다.

"팔각지붕이라믄 세 달은 걸립네. 사모지붕은 더 빠릅네."

"장작감에서 짓는 정자인데 팔각지붕은 되어야지. 폐하께서 2년 안에 조성하라고 하셨네."

"날씨만 받쳐주면 연못까지 개까스로 마치겠습네."

"그래서 자네들을 탐진으로 급히 보내는 것이네. 마침 청자 운반선이 모레 벽란도에서 뜬다고 하니 준비하게."

그러면서 장작에게 장작감 판사 이름으로 된 공문서를 건네주었다. 공문서의 수신자는 장흥부사와 대구소 향리였고, 어명으로 내려가 일하는 관원들이니 무엇이든 협조하라는 내용이었다.

"판사 나리, 저희가 탐진에서 하는 일이 무엇입네까?"

"아참, 가장 중요한 것을 빠뜨렸네. 청자기와 정자 두 동을 지으려고 하네. 도공들을 울력시키어 청자기와를 구워서 가지고 올라오게."

"왕실 팔각정자이니까니 최소 다섯 평 정자는 돼야갓습네다. 그라믄 정자 한 동에 청자기와가 2천5백 장 정도 들갓습네다."

판사가 놀랐다. 수리에 달통한 산사가 금세 암산하여 장작의 말에 힘을 실어주었다.

"더 들어갔으믄 더 들지 덜하지 않습네다."

"청자 운반선이 청자기와장만 싣고 올라오겠군."

"청자기야장 묶음 무게가 있으니 기야말로 그럴 것입네다."

판사는 비록 구실아치이기는 하지만 탐진에 내려가면 몇 달은 있다가 올라올 장작과 산사에게 비상금으로 은전 한 꾸러미씩을 주었다. 그러자 두 사람은 머리가 떨어질 정도로 꾸벅 숙였다. 묵직한 은전 꾸러미는 태어나서 지금까지 단 한 번도 받아보지 못했던 것이다. 두 사람은 집으로 돌아가 아내에게 맡겼다. 장작의 아내는 놀란 나머지 반닫이에 숨겼다가 다시 밤중에 꺼내 무명천에 둘둘 말아서 장롱 깊숙이 넣었다.

청자 운반선은 예정대로 벽란도에서 출발했다. 청자 운반선은 송나라 명주까지 다닐 정도로 장거리도 마다하지 않는 장삿배였다. 선원들이 명주까지 가는 까닭은 송나라의 얼후나 비파 같은 악기 및 상아와 물소 뿔, 옥제품 등을 사가지고 와서 부령이나 고안, 탐진 등에 가서 은밀하게 청자와 물물교환하려고 그랬다. 청자로 바꾸기만 하면 송나라에 갈 때 사무역이라도 몇 배의 이문을 남길 수 있기 때문이었다. 장작감의 두 구실아치들은 판사의 지시를 받고 탐진으로 가고 있었는데, 장작감은 궁궐의 건축과 수리, 도성의 토목 공사 등을 주관하는 관아였다.

열흘 뒤.

청자 운반선을 탄 장작감 구실아치들은 무사히 탐진 미산포에서 하선했다. 미산포 별장에게 장작감 판사 명의의 공문서를 보여주자마자 검문을 생략했다. 바로 군사에게 명하여 군마 두 마리를 끌고 와서 두 구실아치를 태워 대구소까지 안내하도록 조치했다. 장작과 산사는 마치 큰 벼슬아치라도 된 것처럼 수염을 쓸면서 대구소로 가는 동안 고개를 홰홰 저으며 탐진의 풍광을 즐겼다. 탐진은 도성인 개경과 달리 산들이 왕릉처럼 둥글둥글했고, 산에 둘러싸인 바다는 호수처럼 잔잔하면서도 투명했다. 때마침 햇살에 반짝거리는 탐진바다는 은가루를 뿌려놓은 듯했다. 두 구실아치의 길잡이를 하고 있는 군사가 말했다.

"나리, 탐진에 오신 것을 환영헙니다요."

"별장이 친절하니까니 수하의 군사도 똑같지비."

"서울에서 오셨응게 이양이면 성근지게 모셔야지라우."

"탐진 인심이 개경보다 무똥 좋시다."

"서울은 으쩐디라우?"

"눈 뜨고 있어도 코 베가는 곳이라우."

이윽고 미산포 군사가 대구소 당전 앞에서 두 구실아치를 기다리게 한 뒤 대구소로 들어갔다. 바로 대구소 향리가 잰걸음으로 나왔다. 그러자 장작이 장작감 판사 이름으로 된 공문서를 내밀었다. 대구소 향리는 선 채로 공문서를 보고 난 뒤 두 손으로 장작과 산사의 손을 차례로 덥석 잡았다. 어명으로 내려온 개경의 구실아치 관원을 환대하겠다는 표시였다.

"폐하께서 탐진에 일을 주셨는디 이보다 더한 영광이 으디 있겄소잉."

"향리 나리께서 영광이라니께 안심이 됩네다."

대구소 향리를 따라서 두 구실아치는 당전으로 들어갔다. 당전 안에는 아무도 없었다. 문소리가 나자 그제야 여종이 나와 찻잔을 들고나왔다. 대구소 향리가 말했다.

"귀허신 분들이 오셨응께 술잔을 내오그라. 먼 디서 오신 손님은 술로 대접해야 허느니라."

"배로 오는 동안 술을 마시지 못했시다. 술이 고픕네다. 허허허."

"하하하. 을매든지 마셔불고 오늘은 푹 쉬시지라."

"감사합네다."

"궁궐 옆에 정자를 지슬라고 허는 모냥인디, 거그 들어갈 청자기야는 우리 탐진도공덜이 잘 구울 거그만요. 긍께 걱정 마시고 양신 마시지라."

"계산해 보니까니 청자기야가 생각보다 몽두루 들어갑네다. 만만찮습네다."

"여러 가마에서 굽는다믄 아무리 많은 수량이라도 대줄 수 있겠지라."

"토기야라믄 모르지만 청자기야를 한 번도 사용해 본 적이 읎으니까니 그럽네다."

대구소 향리는 아무렇지 않게 말하고 있었지만 두 구실아치는 안심을 못 했다. 여러 궁을 짓고 수리해 온 장작감에서 청자기와 정자를 짓기는 처음이기 때문이었다. 더구나 탐진에서 구워서 올라가는 청자기와의 크기와 길이, 개수가 잘못되면 한 해를 더 기다려야 할지도 몰랐다. 무엇이든 처음으로 부딪히는 일은 긴장과 두려움이 따르지 않을 수 없었다.

"사당마실 가마에서 구우믄 직접 눈으로 볼 수도 있고 감독 헐 수도 있응께 실수는 읎을 거지라."

대구소 왼쪽으로 미산포 가는 길에 있는 마을이 사당마을이었다. 대구소 향리는 사당마을 가마를 염두에 두고 있었다.

"탐진에 가마가 많습네까?"

"탐진 천태산 골째기마다 있지라. 개울물을 따라 냇가에도 많고라."

"가마가 많다는 것은 찾는 수요가 있으니까니 그라지 않갓습네까?"

"탐진 양민덜은 천신을 못 허지라. 서울에서 다 가져간께라. 청해대사 이후 지금맨치 청자가 잘된 적은 읎지라. 지금은 비색 청자 시상이 돼부렀그만요. 탐진청자가 서울은 말헐 것도 읎고 인자 송나라에서도 천하제일이라고 헌갑습디다."

대구소 향리는 청자기와 수준에 대해서는 조금도 걱정을 안 했다. 탐진도공들이 무엇이든 얼마든지 구워낼 수 있을 것이라고 믿었다. 술이 몇 잔 들어가자 대구소 향리의 얼굴이 불콰해졌다. 목소리가 더 커졌다.

"장작감 나리, 지가 책임지겠당께라. 가마를 여러 번 때다보믄 성공허겄지라. 긍께 긴장허지 마시고 탐진 막걸리를 양신 마셔부시씨요."

"향리 나리, 워낙 첨 하는 일이라서 그러니까니 이해해 주시라요."

산사가 대구소 향리의 비위를 살살 맞추면서 말했다. 어쨌든 대구소 향리는 흔쾌하게 두 가지를 약속했다. 첫 번째는 두 구실아치가 언제라도 감독할 수 있게끔 당전에서 가까운 사당마을 가마에서 청자기와를 굽겠다는 것이고, 두 번째는 청자기와가 뒤틀리거나 표면이 터지는 일이 생기면 최상의 청자기와가 나올 때까지 반복해서 작업하겠다는 것이었다. 더 확실한 약속은 없을 듯했으므로 두 구실아치는 비로소 안심했다.

초저녁에야 세 사람은 헤어졌다. 대구소 향리는 비틀거리면서 대구소로 갔고, 두 구실아치는 여종을 따라서 당전 객사 대방에 입실했다. 객사 대방은 개경의 벼슬아치나 타지방의 부호들이 찾아오면 내주는 널찍한 방이었다.

두 구실아치는 청자 운반선을 타고 오는 동안의 여독에다 대구소 향리가 권하는 대로 술을 마셨기 때문에 큰 대자로 누워 순식간에 코를 골았다. 두 구실아치의 코 고는 소리가 동창을 넘어 여종이 자는 골방까지 들릴 정도였다.

다음 날 두 구실아치는 아침 해가 동창에 비칠 때쯤 일어났다. 그것도 여종이 깨우는 바람에 홑이불 속에서 겨우 나왔다. 여종이 깨울 수밖에 없었던 것은 사당마을의 행수도공 최씨가 당전으로 찾아왔기 때문이었다. 도공 최씨가 대방 밖에서 문안 인사를 했다.

"장작감 나리, 최 도공이그만요. 향리 나리께서 새복에 지를 불러 나리분덜을 잘 모시라고 지시했그만요."

"당전 안에 들어가 지다리비."

"예, 그랄라요."

두 구실아치는 서둘러 상의를 걸치고 당전 안으로 갔다. 당전 여종이 두 구실아치를 보더니 두 손을 앞으로 모으고 말했다.

"나리, 아칙은 어처케 뭣을 준비헐께라우?"

"아침은 찾아온 사람을 만난 뒤 정할라네."

두 구실아치는 최 도공이 앉아 있는 곳으로 갔다. 두 사람이 앉자마자 여종이 재빨리 찻잔을 가져왔다. 여종 역시 대구소 향리에게 잘 모시라는 지시를 받았음이 틀림없었다. 산사가 말했다.

"나는 장작감에서 온 산사라고 헙네다. 탐진에 온 까닭은….."

"새복부터 향리 나리께서 신신당부를 허시드그만요."

도공 최씨가 두 구실아치들이 무슨 이유로 탐진에 내려왔는지를 다 알고 있다며 고개를 주억거렸다.

"지는 최 도공이라고 헌디 잘 부탁헙니다요."

"행수도공이라고 들었습네다. 청자 맨드는 실력이 최고이갓시다."

"아이고메, 지보다 잘 맨드는 도공이 을매나 많은디요. 가마 헌 지가 오래되다 봉께 행수도공이라고 불러줄 뿐이그만요."

"경험이 스승입네다. 경험 이상의 스승은 읎시다."

"서울 나리라서 달라부요잉. 나맨치 촌구석에 사는 도공을 추켜새와 주시는 나리는 첨이그만요."

"청자기야만 잘 맨들면 서울 구경도 할 겁네다."

"아이고메, 말씸만 들어도 심이 나그만요. 심 닿는 대로 나리분덜 맴에 쏙 들게 맨들어볼랍니다요."

여종이 뜨거운 찻물을 가져왔다. 최 도공이 찻물을 발효 찻잎이 든 다관에 부었다. 청자찻잔의 발효차 빛깔이 황금색으로 바뀌었다. 장작의 관심사는 차보다는 청자기와였다. 장작이 참지 못하고 물었다.

"청자기야는 언제 만들갓습네까?"

"틀을 짜기만 허믄 바로 성형헐 수 있지라우."

"그것이 수월하지 않습네까?"

"틀은 에럽지 않은디 암막새나 수막새를 어처케 맨들지 궁리를 해봐야지라우. 민무니보다는 인동초 덩굴무니는 암막새에, 연꽃무니는 수막새에 음각으로 들어가는 것이 좋겄지라잉."

최 도공은 청자기와를 처음 만들어보는 사람답지 않게 나름대로 구상을 하고 있었다. 수년 전부터 인주에서 내려온 나전칠기장인 도공 이씨가 탐진도공들을 상대로 구름과 학, 인동초 덩굴, 연꽃, 버드나무 등의 문양을 가르쳐주었기 때문에 청자기와에도 응용할 수 있었다.

두 구실아치는 최 도공의 얘기를 듣고 감탄했다. 청자기와에 문양이 들어간다는 것은 상상을 못 했기 때문이었다. 문양이 들어간다는 것은 청자의 가치를 올리는 일이었다. 인동초 덩굴은 겨울을 이겨낼 뿐만 아니라 덩굴을 이루면서 끊임없이 뻗어나가기 때문에 장수와 후손이 대(代)를 이어가는 것을 상징했다. 또한 연꽃 문양은 불교에 심취하여 사찰행차가 빈번한 의왕을 기쁘게 할 것이었다.

"어케 인동초와 연꽃을 생각했소?"

"탐진도공덜은 문양을 어처케 청자그럭에 넣을지 수년 전부텀 고민해 왔지라. 최근에는 음각만 헐 것이 아니라 나전칠기멩키로 상감까지 허는 것이 으쩌냐는 시도가 많아지고 있지라우."

"궁에서 은사입한 청동주전자는 보았습네다만 상감한 청자주전자가 나오믄 멋지갓시다."

"백토나 자토를 상감허믄 문양은 선명허겄지라우."

"허나 그보다는 청자기야를 얼뜬 맨들어야 헙네다."

"향리 나리 지시를 지가 어처케 어기겠습니까요. 청자기야를 몬즘 맨들어야지라우."

여종이 세 사람의 찻자리로 오더니 아무 말도 않고 되돌아갔다. 최 도공이 눈치를 채고 말했다.

"아칙 드시라고 저런 것 같그만요. 지는 또 당전에 올 텐께 잘 드시씨요."

"최 도공을 곰새 보고 잪으니까니 얼뚱 오시라우."

"예, 서울 나리."

두 구실아치는 여종으로부터 아침상을 받았다. 아침상에는 개경에서 한 번도 먹어보지 못한 장류들이 올라와 있었다. 장작은 전복게장으로, 산사는 민물 토하젓으로 오곡밥 한 그릇을 말끔하게 비웠다.

잠시 후 도공 최씨가 당전으로 다시 찾아왔다. 두 구실아치는 도공 최씨를 따라서 사당마을 가마로 갔다. 가마는 도공 최씨의 개인 소유였다. 그러므로 무슨 기물이든 도공 최씨가 마음대로 운용했다.

가마는 세 칸짜리 오름가마였다. 두 구실아치는 개경 부근에서도 가마를 자주 보았기 때문에 생소하지는 않았다. 다만 최도공의 가마는 길이가 개경 부근의 것보다 길고 컸다. 개경 부근에 있는 가마들은 칸으로 나누어져 있지 않은 통가마였던 것이다. 통가마는 땔감을 적게 들이고도 온도를 쉽게 올리지만 불을 가둘 수 없는 단점이 있었다. 청자는 불을 오래 가두어야만, 불이 불을 태워야만 비색이 나오고 투명한 유리질의 광택이 났다. 그렇지 못한 개경 부근의 가마에서는 청자 태토를 사용해도 황갈색으로 나오기 일쑤였다. 연둣빛 맑은 비색은 기대하기가 불가능했다. 탐진이나 부령이 아니면 비색청자를 볼 수 없었던 것이다.

두 구실아치는 가마를 구경한 뒤 도공 최씨의 작업장인 동막으로 갔다. 동막 벽에는 그가 그려놓은 인동초 덩굴 문양과 연꽃 문양이 붙어 있었다. 아마도 눈에 익히려고 그런 듯했다. 도공 최씨가 말했다.

"청자기야를 향리 나리께서는 지헌테만 맨들라고 허시는디, 혹시나 잘못될 수도 있응께 다른 도공헌테도 맡기믄 으쩌겄습니까요?"

"탐진에 온 지 이틀밖에 안 된 사람이 무얼 알갓습네까?"

"참말로 재주가 뛰어난 도공덜이 탐진에 많그만요."

"그래도 향리 나리가 최 도공을 소개한 것을 보믄 믿는 바가 있지 않갓습네까?"

"암만 생각해도 지는 모르겄그만요. 어차든지 향리 나리와 약속했응께 틀부텀 맨들어보겄습니다요."

"최 도공이 당전에서 가찹게 있으니까니 우리는 좋시다."

청자기와를 만드는 과정을 수시로 볼 수 있고, 최 도공이 실수가 있다면 바로잡을 수가 있기 때문이었다. 두 구실아치는 최 도공이 청자기와 틀을 짜는 동안 대구소 향리 주선으로 탐진 구경에 나섰다. 그러나 두 구실아치는 쌍계사나 만덕사, 성문사(현 금곡사), 멀리 무위사나 월등사 등 어디를 가든 오직 청자기와만 생각했다. 어명을 받아 자신들에게 지시한 장작감 우두머리인 판사를 한시도 잊을 수 없었다.

두 달 뒤.

마침내 두 구실아치는 최 도공이 성형한 암막새와 수막새를 볼 수 있었다. 장작 구실아치가 반가운 나머지 성형한 암막새를 덥석 만졌다. 그러자 최 도공이 말했다.

"나리, 덜 말라서 깨져불 수 있그만요."

함부로 만지지 말라는 말이었다.

"암키야 수키야는 맨들기가 수월허지만 두께는 에러울 거 같그만요. 두꺼우면 터져불고 얇으믄 찢어져 분께라우."

"두께를 달리해서 여러 장 구워보면 좋갓시다."

"당연헌 말씸이그만요. 그라믄 답이 나오겄지라우. 낸중에 드릴 말씸이기는 헌디, 청자기야가 각각 을매나 필요허겄습니까요?"

암산에 뛰어난 산사 구실아치가 이미 계산을 하고 있었던 듯 자세하게 설명했다. 그가 계산한 다섯 평 정자 한 동에 들어가는 기와는 다음과 같았다.

'암키와 1천5백 장, 수키와 1천 장, 암막새 150장, 수막새 150장, 망와(귀면와) 8장, 연봉 150개, 절병통 1개.'

연꽃이 오므리고 있는 형상의 연봉은 수막새 위에 꽂아 흘러내리는 것을 방지하는 장식물이었다. 그리고 지붕 꼭짓점에 올리는 여러 개의 항아리를 포개 놓은 듯한 장식물은 절병통이라고 불렀다.

최 도공은 조급한 두 구실아치와 달리 서둘지 않았다. 욕심을 부리지 않고 마음을 비운 채 시험 가마부터 불을 뗐다. 그런데 천우신조라고나 할까. 시험 가마부터 상품의 청자기와가 쏟아졌다. 암막새, 수막새의 음각 문양은 그윽하고 선명했다. 뿐만 아니라 암키와, 수키와는 두께가 알맞은 덕분에 뒤틀리지도 찢어지지도 않았다. 청자기와들은 비록 연둣빛 비색에는 미치지 못했지만 한여름 탐진의 산자락처럼 싱그러운 청록색이었다.

양이정(養怡亭)

작년 9월 공예태후의 친정아버지 정안공 임원후가 유명을 달리했다. 송악산에 붉고 노란 단풍이 물들고 있을 때였다. 임종을 보지 못한 공예태후는 탐진 청자찻잔에 차를 따라놓고 눈물을 흘렸다. 개경 왕실에서 고향 장흥부는 너무 멀리 떨어져 있었다. 의종이 공예태후의 비통한 마음을 모를 리 없었다. 의종은 장흥부 임원후 집에 장흥부사와 도감현 감무, 탐진현 치소 수령을 시켜 조문하도록 지시했다. 그래도 마음이 개운치 않았으므로 의종은 10월 을해일에 궁궐 선경전(宣慶殿)에서 대장경을 모시는 법회, 즉 장경도장(藏經道場)을 베풀었다. 의종이 친히 대장경에 향을 올리는 행향례(行香禮)를 하자 신하들은 일제히 엎드려 절을 했다.

현종 이후부터 매년 봄가을 두 차례 이어져 온 장경도장이지만 이번의 경우는 달랐다. 의종은 대장경을 올린 단(壇)에 송나라에서 구해 온 침향을 올렸으며, 공예태후의 아버지 정안공의 위패를 봉안했던 것이다. 뿐만 아니었다. 임오일에는 내전(內

殿)에서 승려 5백여 명을 불러 만발공양, 즉 반승(飯僧)을 베풀었다. 공양을 받기 전에 5백여 명의 승려들은 일제히 정안공의 명복을 빌었는데, 공예태후는 큰 위로를 받았다.

의종의 효도는 거기서 그치지 않았다. 공예태후가 좋아하는 탐진 청자기와로 정자를 지어 효도하고자 했다. 이 세상에 단 하나밖에 없는 청자기와 정자가 몇 달 후면 개경에 세워질 터였다. 청자 운반선이 청자기와를 싣고 북풍이 잦아들기를 기다린다는 보고를 장작감 판사에게 들었던 것이다. 탐진 사당마을 가마에서 구운 청자기와를 선적한 채 날씨를 살피고 있다는 보고였다. 의종은 그 소식을 듣고 기쁨을 감추지 못했다. 의종은 또다시 정월 경진일에 목친전(睦親殿)으로 나아가 친동생인 승통 충희(沖曦) 등 2백여 명의 승려를 불러서 청자 운반선의 무사항해를 위해 재를 올리고 복을 빌었다.

의종이 큰 재를 지내자 장작감 판사는 내심 초조해졌다. 사실대로 보고해야 마음이 놓일 것 같아서 내전으로 들어가 의종을 알현했다.

"폐하, 청자 운반선이 늦어지는 것은 계절풍 때문이옵니다."

"계절풍이 어쨌다는 것이오?"

"지금처럼 삭풍이 불 때는 배가 떠밀려 개경으로 오지 못하고 명주 쪽으로 표류할 수 있사옵니다."

"그렇다면 언제 온단 말이오?"

"삭풍이 잦아드는 이른 봄 이월에는 올라올 수 있을 것이옵니다.”

“그때 온다면 정자는 언제쯤 볼 수 있소?”

“2월에 시작하면 횃불을 켜고라도 밤낮으로 일한다면 4월에는 볼 수 있을 것이옵니다.”

“나는 판사 말을 믿고 기다리겠소.”

“폐하께서 반승을 여러 차례 베푸셨으니 배는 무사히 항해할 것이옵니다.”

“작년에 베푼 장경도장이나 내전에서 가진 반승은 정안공의 명복을 빌기 위한 것이었고, 올 정월에 베푼 반승은 청자 운반선의 무사항해를 위한 것이었소.”

“폐하의 뜻을 여러 호법신(護法神)들이 지켜줄 것이옵니다.”

이 밖에도 의종은 절에 자주 행차하여 어떤 때는 한 달을 묵고 돌아오기도 했다. 궁을 비운다는 신하들의 불만이 있었지만 아랑곳하지 않았다. 정월 신묘일에도 국청사에 참배 갔다가 곧 경천사로 행차했다. 그때 승지가 “폐하께서 거처하는 장소가 협소하니 사관을 다른 곳으로 보내면 어떠하겠사옵니까?”라고 아뢰니 의종이 “사관이란 나의 말과 행동을 기록하는 것이니 잠시라도 내 곁에서 떠날 수 없소” 하고 허락하지 않았다. 그만큼 의종은 절에서 복을 빌고 스님들의 법문 듣는 것을 떳떳하게 여겼다.

이윽고 매화가 꽃을 피우는 이른 봄이 왔다. 매화꽃을 보고 가장 반기는 사람은 장작감 판사였다. 마파람이 기지개를 켜고 삭풍이 잦아들면 탐진 미산포에서 청자 운반선이 뜰 것이기 때문이었다. 그의 예상은 정확했다. 청자 운반선이 곧 개경으로 올라올 것이라는 소식을 탐진에 내려가 있던 장작 구실아치가 전했다. 산사 구실아치의 어머니가 별세하여 청자 운반선에 승선하려던 계획을 포기하고 미리 올라왔던 것이다. 장작 구실아치가 장작감 판사를 찾아와 소식을 알렸다.

"판사 나리, 산사 어머니가 돌아가시어 만침 올라왔습네다."

"안됐네. 탐진에서 고생이 많았네."

"대구소 향리와 도공들이 도와주어 청자기와를 잘 맨들었시다. 청자 운반선이 개경으로 올라올 일만 남았습네다."

"배는 언제 올라올 것 같은가?"

"바다가 잔잔해졌으니까니 봄바람을 타고 지금쯤 떠났을 것 같습네다."

"잘됐네. 매화꽃을 본 뒤 희소식을 들을 것만 같았다네. 대구소 향리는 어떤 사람이던가?"

"탐진도공들한테 존경을 받고 폐하께서 원하는 일임을 알고 정성을 다했던 사람입네다."

"탐진에 그런 향리가 있다니 그것은 탐진 사람들의 복이네."

"제 눈으로 봐도 탐진 사람들의 복입네다."

"특히 무엇을 보고 그렇게 생각하는가?"

"향리 도움으로 도공들이 최상품 청자를 맨들기 때문입네다."

장작감 판사는 청자 운반선이 곧 출발할 것이라는 보고를 듣고 비로소 안도하는지 미주알고주알 물었다. 장작 구실아치가 볼 때는 탐진에 뿌리박고 사는 토성의 유지들이 서로 돌아가며 향리를 맡기 때문에 다른 토성의 향리 업적에 지지 않겠다는 경쟁 심리에다 애향심까지 더해져 그러한 것 같았다. 뿐만 아니라 탐진 도공들은 하나같이 양민 출신으로 문식이 있고 나름대로 천하제일의 청자를 만든다는 자부심이 대단했다. 생활 수준도 농사짓는 농사꾼들보다 훨씬 앞섰다. 농사꾼들은 거친 잡곡밥만 먹지만 도공들은 봄가을 가마를 때는 시기나 명절 때는 쌀밥에 돼지고기 등을 즐기며 살았다. 도공들 생활 수준은 개경의 웬만한 벼슬아치 못지않았다.

"청자기와 정자가 들어서고 나면 폐하께 자네의 공을 반드시 알리겠네."

"고맙습네다."

"구실아치를 그만둘 때도 됐어. 이제 특진해서 품계를 받을 때가 된 것 같네."

"판사 나리, 소인은 구실아치로 살면서 현장에 있는 것이 즐겁습네다. 소인을 생각해 주시는 것은 고마우나 소인은 마음 편하게 살갓습네다."

"허허허. 다른 구실아치들은 서로 벼슬하려고 애를 쓰는데 자네는 다르구먼."

장작 구실아치의 말은 진심이었다. 장작감 안에서 탁상공론하는 것보다 현장에서 궁을 짓고 수리하며 땀 흘리는 것이 그의 성격에 맞았다. 더구나 장작감 벼슬아치들은 대부분 겸직이었다. 태의나 군관들이 있었는데, 소속된 관아에서 마땅한 벼슬을 받지 못하고 장작감의 한 자리를 겸직했던 것이다. 그러니 장작감 본래의 일은 구실아치인 장작이나 산사가 하기 일쑤였다. 장작과 산사 두 구실아치가 탐진에 내려갔던 것도 바로 그런 이유 때문이었다.

청자 운반선은 열하루 만에 개경 벽란도에 도착했다. 새끼줄로 친친 감은 청자기와 묶음들은 즉시 개경 궁궐 밖까지 수십 대의 수레에 실려 조심스럽게 옮겨졌다. 청자기와 운반 총책은 공부상서가 맡았다. 장작감 판사의 직속상관인 공부상서가 책임자가 된 것은 의종의 뜻이었다. 경비군사들을 거느리는 상장군은 부책임자로 몹시 긴장했다. 사고가 나면 그도 역시 문책을 당할 수밖에 없었다. 공부상서는 수레 앞에서 지휘를 했고, 수레 행렬 중간에서는 상장군이 경비군사들을 독려했으며, 장작감 판사는 맨 뒤에서 지켜보았다.

　이동하는 동안 파손을 막기 위해 수레 바닥에 짚을 두껍게 깔고 군사들이 수레를 호위했다. 도로에 바위가 나타나면 수십 명의 군사들이 수레를 들어 올려 옮기기도 했다. 특이한 구경거리였다. 개경 양민들은 수레가 지나갈 때마다 박수를 치며 환호했다.

　"와아! 와아!"

"저게 뭣입네까?"

"보물이니까니 지푸라기로 감쌌지비."

양민들은 수레에 실린 것이 무엇인지도 모르고 박수를 쳐 댔다. 경비군사들의 호위를 받으며 지나가는 수십 대의 수레 행렬이 장관이었던 것이다. 수레에 실린 청자기와 이동은 양민들에게는 기밀이었다. 수레에 탐진 청자기와가 있다고 소문이 나면 무슨 일이 벌어질지 모르기 때문이었다. 의종에게 불만이 많은 문신들이 무뢰배를 동원해 훼방을 놓을 수도 있고, 도적 떼가 급습하여 강도 짓을 할지도 몰랐다.

마침내 청자기와 묶음들은 하루 만에 무사히 개경 궁궐 밖 정자가 세워질 자리로 옮겨졌다. 연못은 이미 작년 가을에 완성되어 물이 찰랑찰랑 가득 차 있었다. 개울물을 끌어들이는 수로도 잘 설치되어 용머리 형상의 수문(水門)에서는 물이 콸콸 쏟아졌다. 장작감 판사가 공부상서에게 보고했다.

"상서 나리, 궁궐 목수들을 총동원하여 내일 이른 아침부터 양이정을 짓겠습니다."

"폐하께서 각별하게 관심을 보이시는 정자이니 이른 시일 내에 완공하시오."

"사월 초하루면 완공할 수 있을 것입니다."

"꼭 그렇게 해주시오. 정자는 양이정만 짓는 것이 아니라 네 동이라고 하지 않았소?"

"예, 그렇습니다. 양이정과 태평정은 청자기와를 얹고 나머

지 한 동은 송나라에서 사신들이 가져온 종려나무 잎을, 또 한 동
은 토기와를 얹기로 했습니다."

종려나무 잎도 청자기와처럼 귀하기는 마찬가지였다. 송나
라 것이면 무엇이든 호감을 가지는 문신들의 건의가 있어서 양
화정(養和亭)은 종려나무 잎으로 지붕을 덮기로 했던 것이다. 청
자기와를 얹겠다는 양이정과 태평정은 의종의 뜻이었기 때문에
누구도 바꿀 수 없었다. 공부상서가 말했다.

"잘됐소. 청자기와 정자야 폐하의 뜻이고, 종려나무 잎 지붕
의 정자는 송나라 사신으로 갔다 온 신하들의 뜻이니 말이오."

"종려나무 잎의 수명은 청자기와보단 못할 것입니다."

"그거야 우리가 걱정할 일은 아니오. 방금 판사가 한 말은
어디서도 발설하지 마시오. 공연히 구설수에 오를 수 있소."

"예, 상서 나리."

공부상서는 송나라 사신으로 갔다 온 신하들과 마찰을 꺼
려했다. 아무리 송나라 물건들이 좋기로서니 그들이 종려나무
잎까지 가져왔을 때 마음속으로는 부끄러웠던 것이다. 그러나
공부 소속의 관원들이나, 특히 장작감의 구실아치들은 종려나
무 잎으로 지붕을 얹는다면 한두 해 안에 또 갈아주어야 할 것이
라고 혀를 찼다. 어쨌든 공부상서와 장작감 판사는 종려나무 잎
지붕에 대해서는 일체 이야기하지 않기로 했다.

장작감 판사의 지휘로 궁궐 밖의 태평정과 양이정, 관란정과 양

화정은 3월 그믐날 전까지 말끔하게 완공됐다. 그랬기 때문에 4월 초하루인 오늘 의종과 공예태후, 그리고 문하시중 이하 각부 상서와 시랑, 공사 지휘와 감독을 맡았던 장작감의 관원과 구실아치, 의종이 작년 이후 행차했던 홍왕사·국청사·경천사·천수사의 승려, 개경의 양민들이 모여 회향(回向) 의식을 가질 수 있었다.

꼭두새벽부터 승려 수백 명이 1백여 명씩 무리를 나누어 태평정과 양이정, 관란정, 양화정 앞에서 독경을 시작했다. 독경 소리를 듣고 개경 양민들이 삼삼오오 모여들었다. 태평정 좌우에는 이미 심은 화초와 보기 드문 과일나무에 연둣빛 새잎들이 피어 있었다. 태평정 아래 연못가에는 관란정이, 맞은편에는 양이정이, 그 남쪽에는 화기(和氣)를 기른다는 이국적인 선풍(仙風)의 양화정이 완공돼 있었다.

양화정은 화려하고 사치스러웠다. 옥돌을 다듬어 환희대(歡喜臺)와 미성대(美成臺)를 쌓고, 기암괴석을 모아 신선(神仙)의 산을 만든 다음 먼 곳에서 개울물을 끌어 만든 작은 인공폭포가 있었다. 그런데 양민들은 양화정 앞으로 가기를 꺼려했다. 의종에게 아부하는 신하들이 비위를 맞추기 위해 양민에게 진귀한 물건이 있기만 하면 왕명을 핑계 대고 탈취해 갔기 때문이었다.

그런 이유로 양민들이 우루루 몰려 있는 곳은 태평정과 양이정이었다. 선풍을 억지로 꾸며낸 양화정에는 발걸음을 하지 않았다. 반대로 태평정과 양이정 앞에는 동트기 전부터 양민들이 북적거렸다. 좋은 자리에서 청자기와가 얹힌 모습을 보기 위해서였다. 궁궐의 내전이나 편전, 왕비 별궁 등 모든 전각 지붕은 거무튀튀한 토기와 일색인데, 태평정과 양이정 지붕은 보석 같은 청자기와였던 것이다.

특히 양이정 팔각지붕은 연못과 조화를 이루어 아름답기 그지없었다. 이윽고 아침 해가 빛을 뿌리자 청자기와가 반짝거렸다. 양민들뿐만 아니라 벼슬아치, 승려 모두가 청자기와를 처음 보면서 감탄을 금치 못했다. 마치 고귀한 청자 관을 쓰고 있는 것 같았고, 아침 햇살이 난반사하는 청자기와들은 자체 발광을 하는 듯 눈부셨다. 연못에 어린 양이정의 그림자 역시 용궁에 있는 정자를 연상케 했다.

승려들의 수좌가 큰 교자상에 떡과 음식, 과일과 술을 진설했다. 이로써 회향 의식을 치를 준비는 다 끝난 셈이었다. 잠시 후 상장군이 소리쳤다.

"폐하께서 행차하신다! 태평정과 양이정 사이에 있는 양민들은 뒤로 물러서시오! 스님들은 양이정 앞에 모여주시오! 관원들은 양쪽으로 줄을 서서 도열해 주시오. 군사들은 빈틈없이 경계하라!"

그때 태평정 너머로 의종의 행차가 보였다. 상장군이 회향 의식 현장에서 점고하고 있었으므로 바로 밑의 대장군이 행차 선두에서 길잡이를 하고 있었다. 의종의 행차는 태평정을 지나 양이정 앞에서 멈추었다. 대가에서 의종이 내리자 승려들이 일제히 독경을 멈추고 엎드려 절을 했다. 그러자 벼슬아치들과 양민들도 따라서 했다. 잠시 후에는 공예태후의 가마도 들어왔다. 공예태후가 가마에서 내리자마자 의종이 걸어가 맞이했다.

"태후마마를 위한 양이정이오니 한번 올라가 보시지요."

"폐하가 말씀하신 대로 탐진 청자기와를 얹은 정자군요."

"태후마마께서 몸을 잘 돌보시고 마음을 기쁘게 하시라는 뜻을 양이정에 담았습니다."

"폐하의 효성은 하늘이 알고 땅이 알 것입니다."

"언제든 이곳에 오시면 마음의 위안을 받을 것입니다. 참으로 아름다운 정자입니다."

"폐하께서도 자주 이곳을 찾아 머리를 식히시기 바랍니다."

"그러기도 하겠지만 정사를 보려고도 생각하고 있습니다. 각 정자 이름의 뜻을 마음에 새기면서 말입니다."

"꼭 그렇게 하시기를 바랍니다. 태평정, 양이정, 관란정, 양화정 모두모두 뜻이 깊고 거룩합니다."

공예태후는 의종을 따라서 양이정에 올라 한 바퀴를 돌고 내려왔다. 스님들이 독경을 다시 시작했다. 의종이 좋아하는 『화엄경』을 일제히 독경했다. 의종은 2년 전 신하들을 데리고 흥왕사에 가서 불경 가운데 『화엄경』을 밤낮으로 열람하기도 했던 것이다.

회향 행사는 사찰의식으로 했다. 스님들의 독경이 끝나자 승통 현희가 단상에 올라가 왕권이 천추에 빛나고 나라가 융성해지기를 바라는 법문을 했고, 의종과 신하들은 눈을 감고 경청했다. 이어서 의종은 태평정과 양이정, 관란정, 양화정을 지은 이유를 제불보살과 여러 호법신들에게 고했다. 양이정과 공예태후의 사연을 말하다가는 감격에 겨운 듯 잠시 침묵했다. 눈을 감고 의종의 고축(告祝)을 듣고 있던 공예태후는 눈물을 흘렸다. 손수건을 꺼내 아침 햇살을 가리고 있는 듯했지만 사실은 흐르는 눈물을 닦고 있었다.

마지막 순서로 의종은 연못을 파고 정자를 짓는 일에 종사한 모든 사람들에게 술과 음식을 하사했다. 어느새 회향 행사는 잔칫날처럼 바뀌어 양민들은 밤늦게까지 연못가에서 봄바람을 쐬며 놀았다. 공예태후는 태후 별궁의 궁녀들이 만들어놓은 떡을 양이정으로 보냈다. 밤에는 궁중무희들이 나와 횃불 아래서 노래하고 춤을 추었다.

의종은 대취한 채 태후 별궁으로 찾아왔다. 양이정을 지어 어머니 공예태후에게 바쳤으니 대취할 만도 했다.

"태후마마, 오늘같이 좋은 날 어찌하여 우셨습니까?"

"눈물은 기뻐도 나오고 슬퍼도 나오는 법이지요."

"오늘은 기뻤습니까, 아니면 슬펐습니까?"

"폐하, 오늘처럼 기쁜 날이 어디 있겠습니까? 기뻐서 흘린 눈물이었습니다."

"태후마마께서 그리 말씀하시니 저도 더욱더 기쁩니다. 이제는 고향 생각이 날 때마다 양이정으로 가시어 마음을 달래시지요."

그러나 공예태후는 고개를 저었다. 의종이 실망한 듯 고개를 치켜들고 말했다.

"태후마마께서는 탐진청자를 보면 고향이 생각난다고 하시지 않았습니까? 청자기와로 정자를 지었으니 이보다 더 뜻깊은 일이 어디 있겠습니까?"

"폐하의 마음을 모르고 한 말이 아닙니다."

"양이정 말고 원하는 다른 것이 있다는 말씀입니까?"

"아닙니다. 나는 이제 탐진을 잊기로 했습니다. 부모가 계시지 않는 고향이 무슨 의미가 있겠습니까? 그러니 폐하께서 나를 위한다고 혹시나 민폐를 끼쳐서는 안 됩니다."

"민폐라니요?"

"양화정은 양민들에게 원성이 자자합니다. 신하들이 양민들이 가지고 있는 진귀한 물건들을 빼앗아 양화정을 꾸몄다고 합니다. 양이정도 그러지 말라는 법이 없습니다."

"양이정에는 절대로 그러는 일이 없을 것입니다. 그렇다면 그것은 태후마마를 욕되게 하는 일입니다. 나는 정자에 올라서 선정을 펼 것을 마음속으로 다짐했습니다. 태후마마께 약속드리겠습니다."

"폐하, 그것이야말로 명군이 되는 길입니다."

의종은 공예태후에게 한 약속을 지켰다. 며칠 뒤 임인일에 의종은 관란정으로 행차하여 참형과 교형 이하의 죄수들을 석

방하고, 대간을 모함했다고 하여 파직당한 의종의 최측근이었던 환관 정함(鄭諴)을 합문지후로 재임명했으며, 관란정 관리에 힘쓴 사람들에게 상을 주었다.

대구소 향리, 개경에 가다

대구소 향리와 행수도공 최씨는 개경으로 올라가 장작감 판사의 안내로 궁궐 편전에서 의종을 알현했다. 의종은 편전에서 두 사람에게 각각 백금 20냥을 하사했다. 청자기와를 구워 올려 보낸 것에 대한 포상이었다. 두 사람은 천정이 높다란 편전의 분위기에 눌려 다리가 후들거렸는데, 의종이 포상까지 하자 곧 기절할 것처럼 숨이 막혔다. 그러나 두 사람을 격려하는 의종의 목소리를 들으면서 차츰 정신을 차렸다. 의종의 목소리는 작았지만 편전의 천장에 공명하여 크게 들렸다.

"판사, 이자들도 양이정이나 태평정을 보았소?"

"아니옵니다. 폐하를 알현한 뒤 보게 될 것이옵니다."

"그대들은 먼 곳에서 왔으니 객관에서 여유롭게 쉬었다 가라."

"예, 폐하."

장작감 판사가 다시 아뢰었다.

"태후마마께서도 이들을 보자고 했사옵니다."

"그대들을 가장 반기실 분이니 꼭 뵙도록 하라."

"예, 폐하."

대구소 향리와 행수도공 최씨는 온몸이 떨려 대답을 제대로 못 했다. 편전 안에는 의종을 알현할 신하들이 길게 도열해 있었다. 장작감 판사는 눈치껏 행동했다. 의종이 잠시 침묵을 하자, 그 뜻을 알아차리고 대구소 향리와 행수도공 최씨를 데리고 편전을 나왔다. 편전 마당을 잰걸음으로 지나치면서 말했다.

"이보다 더한 영광은 없을 것이오. 폐하께서 친히 편전으로 불러 상을 주신 적은 근래에는 없었소."

"판사 나리 덕분이그만요."

"나는 그대들이 청자기와를 만들면서 얼마나 애를 썼는지 장작에게 들었소. 그래서 폐하께 주청을 드린 것이오."

그때 남평현 출신 형부상서 문공유(文公裕)가 그들을 보고 다가왔다.

"탐진에서 온 사람들이오?"

"예, 상서 나리."

"며칠 전에 폐하께서 나에게 물었소. 탐진 사람들에게 상을 줘야겠는데 무엇이 좋겠느냐고 말씀하셨소. 그래서 백금을 하사하시라고 했소."

"재상께서는 고향이 남평이라오. 인사하시오."

장작감 판사가 형부상서 문공유를 소개했다. 대구소 향리와 행수도공 최씨는 재상 문공유가 남평 출신이라는 말에 존경스러워 고개를 더 숙였다. 탐진에서 남평까지는 하루면 넉넉하게 걸어갈 수 있는 거리였다. 두 사람은 남평현의 인물이 재상에 올랐다고 하니 은근히 가슴이 뿌듯해졌다.

"나리, 소인은 탐진 대구소 향리이고라우. 이짝은 탐진 사당 마실 가마 행수도공이그만요."

"행수도공이라면 우두머리 도공이라는 말인데, 무엇을 잘 만드시오?"

"탐진에는 소인보다 더 잘 맨드는 도공덜이 많그만요. 소인 은 많이 모자란 도공이그만요."

"허허허. 재주 많은 도공이 겸손까지 갖추었으니 그대는 행 수도공이라고 불릴 만하오."

문공유는 대구소 향리의 탐진 사투리를 듣는 순간 고향 사 람을 만난 듯 반가웠다. 두 사람을 자신의 사택으로 불러 더 많은 이야기를 나누고 싶었다. 그래서 장작감 판사에게 말했다.

"숙소가 마땅찮다면 내 사택에서 머물게 하시오."

"폐하께서 객관에 머물도록 허락하셨사옵니다."

"원래 객관은 사신들이 묵는 곳이니 번잡하오. 곧 금나라에 서 사신들이 들어올 것이오. 폐하께 말씀드리겠으니 내 사택으 로 보내시오."

"상서 나리, 알겠습니다."

대구소 향리와 행수도공 최씨는 태후 별궁에서 점심을 했다. 점 심 후에는 공예태후가 그들을 특별히 별궁 다실로 불러들여 차를 주었다. 별궁 다실은 대구소 향리의 집무실보다 작고 소박했다. 찻자리에 놓인 다구들은 모두 청자였다. 대구소 향리는 청자 다기들을 보는 순간 자신의 집무실에 있는 것처럼 마음이 편안해졌다. 공예태후가 말했다.

"그대들 덕분에 나는 고향에 못 가도 시름을 달랠 수 있다오."

두 사람은 무슨 말인지 몰라 대답을 못 했다. 그러자 장작감 판사가 말했다.

"태후마마께서는 그대들이 만든 청자기와 정자인 양이정을 말씀하시고 계시네. 마마께서는 가끔 양이정으로 행차하시어 바람을 쐬고 오신다네."

"판사 말씀이 맞아요. 양이정에 오르면 마치 고향집에 가 있는 듯해요."

"태후마마께서 고로코를 격려해 주신께 심이 나는그만요. 앞으로 더 좋은 청자를 맨들겠습니다요."

"내 별궁에서 며칠 쉬었다가 가시오."

"태후마마, 형부상서께서 이들을 위해 방을 내주기로 했습니다. 그러니 이들은 형부상서 댁으로 갈 것이옵니다."

"아, 그래요. 마음 편하게 쉴 수 있는 데서 있다가 가시오. 그리고 선물을 준비해 두었으니 가져가시오."

공예태후가 궁녀를 시켜 개경 인삼을 쪄서 말린 숙삼 네 꾸러미를 가져오게 했다. 개경 숙삼은 송나라 사신들이 사재기를 할 만큼 욕심내는 고려의 특산품이었다. 실제로 송나라에서는 인삼, 담비 털가죽인 초피(貂皮), 부드러운 사슴뿔을 말린 녹용(鹿茸)을 동북삼보(東北三寶)로 쳤다. 그중에서도 인삼을 제일보(第一寶)라고 했다. 물론 비색청자는 황실이나 대신들의 저택이 아니면 구경할 수 없었으므로 일반 양민들은 그 가치를 아직 알지 못했다.

아무튼 송나라 사신들이 고려 숙삼을 사재기할 정도로 욕심낸 까닭은 송나라 귀족들이 "고려 숙삼 한 뿌리는 보석 한 꾸러미와 같다"라며 갖고 싶어 했기 때문이었다. 송나라 삼은 도라지보다 못하다 하여 거들떠보지도 않았는데, 고려 숙삼의 약제성분을 알고 있었으므로 송나라 삼을 비품으로 취급했던 것이다.

개경 숙삼을 두 사람에게 각각 두 꾸러미씩이나 선물한다는 것은 이례적인 일이었다. 공예태후는 가까운 피붙이를 만난 듯 두 사람을 환대했다.

"태후마마, 무엇으로 은혜를 갚을지 난망하옵니다."

"그대들은 청자기와를 만들었으니 그것으로 나는 족하오. 그러니 마음의 부담을 갖지 마시오."

"시방 사용하시는 청자찻잔이 태후마마 맘에 드시옵니까?"

"고향 친구같이 정든 찻잔이라오."

"태후마마께서 사용하시는 찻잔은 인동초 넝쿨무늬와 국화무늬를 음각한 것인디, 시방 탐진도공들은 상감을 한 청자사발을 맨들고 있그만요."

공예태후가 가지고 있는 찻잔의 문양들은 음각한 형태지만 지금 탐진에서는 상감을 하는 데까지 도자기법이 발전해 있다는 말이었다. 물론 상감기법은 사발 크기와 엇비슷한 발효 찻잔이나 벽에 붙이는 직사각형의 전(塼) 등에만 구사하고 있는 초기단계였다. 대형 항아리나 정병, 주전자, 향로 등 원형기물들은 아직도 상감기법을 시도 중이었다. 갖가지 문양 등이 둥근 표면에 완벽하게 대칭해야 하는 만큼 작업하기가 쉽지 않았기 때문이었다. 그러니까 한 손에 잡히는 사발이나 납작한 형태의 전은 그만큼 문양을 파내기가 수월했던 것이다. 전 같은 경우는 작업하기가 용이하게 길이는 어른 손 두 뼘, 두께는 어른 손가락 한 마디 정도로 두꺼웠다. 대구소 향리가 말했다.

"태후마마께 다기 전부를 상감한 청자로 조운선 편에 반다시 보내겠습니다요."

"그러지 말아요. 이 다기들은 내 손때가 묻어 정이 들었어요. 월등사를 다녀온 가관선사께서 상감한 다기들을 가져오겠다고 해서 거절한 적이 있어요."

"그대들 마음은 알겠으나 태후마마께서 말씀하시는 대로 따르시오."

장작감 판사가 점잖게 말하고는 태후 별궁 밖을 내다보더니 일어섰다. 장작과 산사 두 구실아치가 보였다. 대구소 향리와 행수도공 최씨가 왔다는 소문을 듣고 달려온 듯했다. 장작감 판사가 공예태후에게 말했다.

"태후마마, 저는 내전에서 재상회의가 있으니 이만 물러가겠사옵니다."

"그러시오."

"나는 폐하의 지시로 여기까지 왔소. 이후에는 장작과 산사가 양이정으로 안내할 것이니 그리 아시오. 그럼 나는 가보겠소."

두 사람은 별궁 다실 밖까지 따라 나가서 장작감 판사에게 인사했다.

"판사 나리, 참말로 고맙그만이라우. 한미한 소인덜을 챙겨주시니 말로는 뭣이라고 표현헐 수 읎그만요."

장작감 판사는 말을 타고 총총히 떠났다. 장작과 산사 두 구실아치는 대구소 향리와 행수도공 최씨를 보더니 반가워 어쩔 줄 몰라 했다. 개경에서 두 사람을 만나리라고는 상상조차 못 했던 것이다. 두 구실아치는 일단 별궁 다실로 들어와 공예태후에게 큰절을 했다. 공예태후는 양이정 회향 행사 때 보았던 그들을 기억했다. 그들에게는 따로 선물을 내리지 않았다. 양이정 회향 후 의종이 포상을 했기 때문이었다.

"탐진 손님들을 잘 접대하시오."

"저희가 탐진에 갔을 때 이분들의 도움이 참으로 컸습네다. 그러니까니 이쟈 저희들이 갚을 차례입네다."

두 구실아치 중에 장작은 궁녀가 따른 탐진 발효차를 조금 마시더니 찻잔을 놓았다. 장작 구실아치가 말했다.

"탐진에서 마시던 차향과 맛입네다. 잊을 수가 없습네다. 차는 탐진차가 으뜸입네다."

"그곳에서 살다 오더니 차인이 다 됐구려."

"아닙네다. 그래도 저는 여재껏 차보다는 술을 더 좋아합네다."

"그대들 공을 내가 어찌 잊겠소. 그대들이 술을 더 좋아한다고 하니 알겠소."

공예태후가 궁녀에게 눈짓을 하자 백자술병에 담긴 송나라 고량주 두 병을 가져왔다. 두 구실아치에게 주는 공예태후의 하사품이었다. 두 구실아치는 다실에서 오래 있지는 못했다. 공예태후가 후원으로 나가 산책할 시간이 되자 우두머리 궁녀가 눈총을 주었기 때문이었다. 두 구실아치는 몹시 황공해하면서 태후 별궁을 나왔다. 두 구실아치는 대구소 향리와 행수도공 최씨에게 양이정을 보여주기 위해 앞장서서 걸었다.

"양이정은 내성과 외성 사이 산자락 밑에 있습네다."

"여그서 멀리 있그만이라."

"말을 타기에는 까찹고 걸어가기에는 쪼꼼 멉네다."

"대구소에서 용운마실 가는 거리쯤인게라우?"

"그렇습네다."

두 구실아치는 탐진 대구소 당전에서 몇 달을 살았기 때문에 용운마을이나 사당마을, 쌍계사가 어디 있는지를 잘 알았다. 장작 구실아치가 손에 든 백자술병을 호기 있게 쳐들면서 대구소 향리에게 말했다.

"향리 나리, 이 술을 얼뜽 마시지 않갓습네까?"

"백자술병에 든 술은 무신 맛인지 얼릉 마시고 잪그만요."

"술병에 따라 술맛이 달라집네까?"

"청자술병에 든 술은 시 달이 지나도 시큼허지 않지라우."

"어케 그렇습네까?"

"청자 기운 땀시 그러지라."

계산이 틀리면 절대로 믿지 않는 산사 구실아치가 의심의 눈초리를 하며 말했다.

"청자 기운이 어데 있습네까?"

"지가 헌 말이 아니그만요. 쌍계사 스님덜이 청자정병에 물을 넣어두믄 시 달이 가분다고 허드그만요. 변치 않고 말이요. 뿐만 아니라 청자정병 앞에서 독경을 허믄 심이 나분다고도 허고라."

"허허. 스님덜이 허신 말씀이니까니 믿지 않을 수 읎갓시다."

장작 구실아치가 산사와 달리 솔깃하게 듣고 말했다. 그래도 산사 구실아치가 행수도공에게 말했다.

"기라믄 청자기야에서도 기운이 나오갓시다."

"물론이지라. 다른 디보다 청자기야 아래서 있으믄 심이 생기겄지라."

두 구실아치 중에서 한 사람은 믿는 눈치를 보였고, 또 한 사람은 의심의 눈초리를 거두지 못했다. 그러나 대구소 향리와 행수도공은 청자의 기운이 있다, 없다를 가지고 고집을 부리고 싶지는 않았다. 개경의 내성과 외성 사이에 탐진에서 구운 청자기와 정자가 있다는 것이 놀라울 뿐이었다.

이윽고 두 구실아치와 대구소 향리, 행수도공 최씨는 태평정에 이르렀다. 태평정 역시 청자기와가 얹혀 있는 정자였다. 그러나 태평정 좌우로 화초와 과일나무로 조성했음에도 불구하고 양이정보다 눈길을 더 끌지 못했다. 대구소 향리가 볼 때도 태평정은 지나치는 대문 같은 느낌이 들었다. 집으로 치자면 태평정은 문간채, 양이정은 안채 같았다. 연못가에 있는 양이정으로 연못에서 시나브로 서늘한 바람이 불었고, 양이정은 물결이 찰랑거리는 연못과 조화를 이루고 있었다. 그래서인지 양이정의 모습은 연못 속의 용왕이 청자 관을 쓰고 있는 듯했다. 그 밖에도 관란정과 양화정이 있지만 양이정의 우아한 자태에는 미치지 못했다. 대구소 향리가 감탄했다.

"폐하께서 왜 양이정을 공예태후께 지어 드렸는지 이해가 가부요."

"나도 동감입네다!"

눈앞에 양이정을 두고 네 사람 모두 탄성을 질렀다. 행수도공 최씨가 말했다.

"방금 태후마마께 받은 술을 한잔 허믄 으쩔께라우?"

"내가 허고 잪았던 말이네."

대구소 향리가 들뜬 목소리로 행수도공 최씨의 말에 맞장구를 쳤다. 그러자 두 구실아치가 양이정에 먼저 올라 승려들의 가부좌를 흉내 내며 앉았다. 장작 구실아치가 들고 있던 백자술병을 대구소 향리에게 건넸다.

"이 귀한 술을 어케 마시갓습네까만, 또 언제 맛보갔습네까! 하하하."

"술잔은 여기 있습네다."

장작감에서 술꾼으로 소문난 장작 구실아치가 허리춤 복주머니 속에서 술잔 두 개를 꺼냈다. 놀랍게도 잔은 청자술잔이었다.

"용운마실에 갔을 때 도공 김씨가 선물한 것입네다."

"천하의 술꾼을 여그서 첨 보그만요. 하하하."

대구소 향리가 장작 구실아치를 쳐다보면서 청자술잔을 가지고 다닐 정도의 술꾼이란 사실을 이제야 알았다며 크게 웃었다. 장작 구실아치가 술을 한 잔 마시더니 능청을 떨며 말했다.

"청자술잔이라 그런지 취하지 않습네다. 시딱 마셔보라우요."

"바람이 솔솔 부니까니 아무리 마셔도 취하지는 않겠시다."

네 사람은 주거니 받거니 하면서 공예태후가 하사한 고량주 두 병을 금세 비워버렸다. 대구소 향리가 말했다.

"두 분 나리께서 허신 말씸대로 지도 몇 잔을 했지만 말짱허요. 허허허."

두 구실아치와 탐진에서 온 대구소 향리와 사당마을의 행수도공 최씨는 마치 오래된 친구처럼 탐진의 토하젓을 들먹이며 회포를 풀었다. 벽란도 너머로 해가 기울 무렵에야 네 사람은 양이정에서 내려왔다. 장작 구실아치가 말했다.

"상서 나리께서 퇴궐하시기 전에는 사택에 가서 지다려야 합네다."

"암은요, 고것이 예의지라."

형부상서 문공유 사택 역시 내성과 외성 사이의 대신들이 모여 사는 기와집 마을에 있었다. 장작 구실아치는 그곳의 지리를 훤히 알고 있었다. 그가 또 앞장을 섰다. 그런데 문공유 사택에 도착했을 때였다. 노승 한 사람이 긴 주장자를 들고 문공유 사택을 아무 거리낌 없이 들어서고 있었다. 장작 구실아치가 뒤따라 들어가 노승에게 말했다.

"스님, 저희들은 상서 나리의 허락을 받고 왔습네다."

"그렇다면 저기 사랑방 마루에 앉아서 기다리시오. 내가 온다고 했으니 아우는 곧 올 것이오."

스님은 문공유의 속가 형이었다. 법명은 가관(可觀)이었고 대선사였다. 가지산문 원응국사 학일(學一)의 제자였는데, 가관이 개경에 들른 것은 개경 안화사에서 자신의 법문이 있기 때문이었다. 두 구실아치는 탐진 손님들이 문공유 사택에 들어가는 것까지 본 뒤 그곳을 떠났다. 잠시 후 노승의 말대로 일찍 퇴궐한 문공유가 모습을 나타냈다. 문공유는 사랑방 마루에 앉아 있는 두 사람에게 다가왔다.

"앞으로 개경을 떠날 때까지 저 별채 방에서 머무시오."

"아이고메, 감사헙니다요."

두 사람은 문공유를 따라서 사랑방으로 들어갔다. 사랑방 윗목에도 다탁이 하나 놓여 있었다. 그런데 찻잔은 공예태후가 가지고 있는 것들과는 비교가 안 될 만큼 조악했다. 청자이기는 하지만 황갈색 청자였고 굽이 없었다. 굽이 없는 것으로 보아 승려들이 쓰는 발우인 듯도 했다.

"자, 송나라 보이차를 우리겠소."

"나리, 청자찻잔은 으디서 구했는게라우?"

행수도공 최씨의 말에 문공유가 말했다.

"방금 보았던 분은 내 형님이오. 형님께서 고향에 가셨다가 탐진 월등사에서 구해 온 것이오. 그곳에서는 스님들이 발우로 쓰고 있다고 하오."

"스님께서는 월등사에 자꼬 가시는게라우?"

"월등사 주지였던 묘오 스님이 형님의 도반이라고 했소. 그러니 자주 가셨겠지요."

"그러시다믄 지덜이 청자찻잔을 새롭게 맨들어놓은 것이 있는디 월등사에 갖다 놓으믄 으쩔게라우?"

"청자찻잔이란 다 같지 않소?"

"나리, 아니그만요. 시방 맨드는 사발은 청동정병멩키로 상감을 허고 있어라우. 모냥도 날렵하고 격조도 있그만요. 긍께 차맛이 더 나겄지라우."

"허허허."

문공유는 애매하게 '허허허' 하고 웃었다. 주어도 좋고 주지 않아도 그만이라는 웃음이었다. 어쨌든 초면인데도 고향 근처의 사람이라고 환대를 하는 문공유가 참으로 고맙지 않을 수 없었다. 대구소 향리는 탐진도공들이 찻잔 용도로 만든 사발 수십 점 중에서 선별하여 최상품을 월등사에 보내겠다고 마음속으로 다짐했다.

문공유는 가관이 사랑방에 들어오자 긴히 할 말이 있다며 두 사람을 내보냈다. 두 사람은 별채 방으로 들어가는 순간 정신이 몽롱해지는 것을 느꼈다. 사당마을 행수도공 최씨가 말했다.

"향리 나리, 꿈을 꾸는 거 같그만이라우. 하렛내 정신이 멍해라우."

"오늘 우리는 폐하를 알현했고, 태후마마를 친견했고, 양이정을 보았고, 쪼깐 전에는 형부상서를 뵙지 않았는가. 뭔 일인지 모르겠네. 나도 꿈을 꾸고 있는 거 같단마시."

두 사람은 방바닥에 앉았는데도 구름 위에 떠 있는 기분을 떨쳐버리지 못했다. 양이정에서 마셨던 송나라 고량주 때문만은 결코 아니었다. 태어나서 처음으로 겪은 일들이 얼른 믿어지지 않아서였다.

4장

청자상감당초문대접

탐진청자들

청자자판(靑瓷磁板)

청자상감운학문병

청자상감당초문대접

대구소 향리와 행수도공 최씨는 운이 좋았다. 마침 조운선이 떴으며 여름인데도 마파람이 불지 않았으므로 미산포까지 내려오는 데 예정한 날보다 하루밖에 더 걸리지 않았다. 조운선에서 내린 대구소 향리와 행수도공 최씨는 미산포 별장이 내준 말을 타고 금의환향했다.

왕이 백금 20냥을, 공예태후가 개경 숙삼 두 꾸러미씩을 하사한 것은 일찍이 없었던 일이었다. 대구소 향리는 하늬바람에 날리는 턱수염을 쓸면서 공연히 헛기침을 했다. 대구소 군사들 모두가 대구소 향리가 큰 벼슬을 하고 돌아온 것처럼 부러워했다. 미산포 별장이 말했다.

"나리, 폐하께서 큰 상을 내리셨다는 소문이 자자해 붕마요."

"그동안 상 받은 사람이 나만 있었겠는가."

"탐진에도 도감이란 벼슬아치를 내려보낸다는디 첫 도감은 나리가 아닌게라우?"

"허허허. 쓰잘때기없는 소리 마소."

사당마을 행수도공 최씨도 마찬가지였다. 도공들이 미산포 포구 안길까지 몰려나와 축하했다.

"최 도공님, 서울 물이 좋은지 신수가 훤허요."

"한 달간 흙을 맨지지 않았더니 손이 처녀 손멩키로 부드러와져 부렀네야."

대구소 향리는 당장 할 일이 떠올라 달려온 도공들에게 부드럽게 말했다.

"내 한턱 낼 텐께 쪼깐 심을 보태야 헐 일이 있네."

"무신 일인디요?"

"형부상서 나리께 약조를 해부렀네. 상감헌 청자찻잔을 보내주기로 말이여."

"또 서울로 가시는게라우?"

"한 번이믄 됐지 어처케 또 올라간당가. 월등사로 보내믄 알아서 가지고 간다고 허네. 긍께 자네덜이 맨든 청자사발을 모레까지 한번 대구소로 가져와 보소. 칠량도공덜에게 내 말도 전해주고."

"나리께서 품평허시게라우?"

"지금까지 내가 헌 일이 그것밖에 더 있는가. 품평해서 젤로 좋은 청자사발을 보낼라고 허네. 물짠 것을 보내믄 우리 탐진도공덜을 우습게 볼 것인께 말이여."

"서울로 가는 것인디 물짠 것을 보낼 수는 읎지라."

수년 전부터 대구소 향리의 주관 아래 문양을 그리고 상감기법을 익혀왔던 도공들이었으므로 너도나도 동조했다. 자신의 청자사발이 개경의 힘 있는 대신의 집에 들어간다는 것은 명예롭고 그만큼 청자사발의 가치가 올라가기 때문이었다. 반면에 대신들은 최상급 청자사발을 가짐으로써 자신의 힘을 은근히 자랑하는 기회로 삼곤 했던 것이다.

행수도공 최씨는 대구소에서 곧장 자신의 가마가 있는 사당마을로 갔다. 그의 동막에는 개경에 가기 전에 청자기와와 함께 구웠던 청자사발과 청자대접이 여러 묶음 쌓여 있었다. 대구소 향리가 사흘 후에 가져오라는 것도 찻잔 용도의 청자사발이나 다식용 그릇인 청자대접이었다. 청자사발은 찻잔 용도로 발효차를 따르기에 알맞았고, 입이 큰 청자대접은 떡 같은 다식을 담기에 좋을 터였다.

　사발과 대접의 묶음을 풀어 보니 무늬를 음각한 청자와 상감한 청자가 반반이었다. 음각한 청자 중에는 비색이 더러 있지만 상감한 청자들은 하나같이 뇌록색이거나 황갈색이었다. 그럴 수밖에 없었다. 가마 불을 땔 때 개경으로 올라갈 청자기와를 가장 좋은 자리에, 나머지 청자기물들은 가마 앞쪽이나 맨 뒤쪽에 재임했던 것이다. 다른 도공들도 마찬가지였다. 개경의 태평정이나 양이정의 청자기와를 위해 다른 기물들은 좋은 자리를 차지하지 못했다. 다만 청자기와를 굽지 않은 도공들은 달랐다. 문양을 음각하거나 상감한 청자항아리나 청자사발과 청자접시,

청자주병 등을 가마 가득 구워내 동막이나 창고에 채웠다. 행수
도공 최씨가 작은 소리로 중얼거렸다.

'행운을 두 번썩 받을라고 허믄 도적놈 심뽀제.'

행수도공 최씨의 혼잣말은 개경에 올라가 포상을 받은 사
람이 또 행운을 기대한다면 과욕이라는 뜻이었다. 또한 대구소
에 가지고 나가 품평받을 만한 수준의 청자는 아니라는 자평이
기도 했다.

사흘 후.

도공들이 대구소로 모여들었다. 문양을 상감한 발효차 찻
잔 용도의 청자사발과 입이 큰 청자대접만 가지고 나와 모이기
는 처음이었다. 천개산 골짜기마다 들어선 가마의 도공들이 십
여 명 모여들자 대구소 당전 공터는 마치 개시한 장터처럼 북적
거렸다. 칠량에서도 도공 두어 명이 천개산 고갯길을 넘어와 주
뼛거렸다.

칠량에도 도공들이 들어가 산 것은 수년 전의 일이었다. 대
구소 주변의 도공들이 태토를 구하기 쉬운 칠량 골짜기까지 들
어가 가마를 지었는데, 이제는 칠량소가 있어야 된다고 토성 족
장들이 주장하기도 했다. 토성 족장들이 합의한다면 칠량소를
운영하지 못할 것도 없었다. 개경에서 탐진청자를 주문하는 수
요가 많아진 반면에 공급은 여전히 부족하기 때문이었다.

대구소 향리가 당전 공터에 진열한 청자들을 보고 놀랐다.

도공들이 각자 자신 있는 청자를 몇 점씩 가지고 나온다면 몇십 점쯤 되리라고 예상했는데, 그게 아니었다. 1백여 점의 청자사발과 청자대접이 당전 공터 한쪽에 가득해 난전을 방불케 했다. 사당마을 행수도공 최씨가 대구소 향리에게 다가와 말했다.

"향리 나리, 지는 요번에는 가지고 나올 것이 읎그만이라."

"그래도 가지고 나와 겨뤄보제 그랬는가?"

"여그서 봉께 잘했그만요. 상감청자덜이 요로코름 이쁜지 몰랐그만이라."

"멫 년 전부터 우리가 노력헌 결과네. 여그다가 모아 놓고 봉께 문양을 음각헌 청자도 이쁘기는 마찬가지네."

청자기물의 문양이 음각에서 상감으로 발전했지만 음각한 청자도 아름답기는 여전하다는 말이었다. 대구소 향리의 촌평은 탐진청자에 대한 애정의 표현이었다. 문양을 음각한 청자가 은근한 멋이 있다면 상감한 청자는 도도하고 화려했다. 문양을 음각한 청자가 수줍음이 많은 처녀의 맨얼굴이라면 상감한 청자는 다 큰 처녀의 화장한 얼굴 같았다.

"그라믄 자네가 나를 도와주게. 자네가 평헌다고 해도 불평헐 도공은 읎을 것이네. 자네 청자가 읎응께 공평허다고 보지 않겠는가."

"맨드는 일이 에럽제 평허는 것은 수월헌께라."

"얼릉 보세. 우리가 서울 가 있는 동안 청자 주문이 많이 왔던 모냥이네. 청자기야를 맨든 뒤로는 청자 건축부재 주문도 밀

212

리고 있는 거 같네. 특히 개경 밑에 있는 혜음원이란 곳에서 주문이 겁나게 많이 와부렀다고 허네."

"서울에 가기 전에 월등사에 보낸 청자자판 같은 거 말씸이지라?"

"그라제. 청자기둥도 있고 전(塼)도 있어."

청자자판(靑瓷磁板)이란 건물 벽에 붙이는 직사각형의 널빤지 같은 건축부재였고, 청자전이란 그보다 작은 것이었다. 한강 북쪽에 있는 혜음령 산자락에 들어선 혜음원은 개경에서 왕이 남쪽으로 행차할 때 묵는 행궁이었다. 행궁에는 절도 있었고 관원과 군사들이 이용하는 숙소도 있었는데, 장사를 하는 일반 백성들은 행궁 밖에 늘어선 초가에서 살았다. 군사들은 험산인 혜음령에 출몰하는 도적 떼를 막고자 혜음원에 주둔했다.

이윽고 대구소 향리와 행수도공 최씨는 품평을 시작했다. 맨 먼저 본 청자사발과 청자대접은 비색과 상감한 구름무늬는 좋지만 모양이 사발도 아니고 대접이라고 하기에도 애매했다. 굽이 없고 크기가 컸다. 차라리 승려의 밥그릇인 발우라고 해야 옳았다. 그래서 밤골마을에서 온 도공의 청자완(碗)은 아깝지만 탈락했다. 행수도공 최씨가 말했다.

"향리 나리, 참말로 아깝그만요. 흐건 구름 상감이 참 멋지 그만이라."

"나도 아숩네. 허지만 상서 나리와 약속헌 기물은 아니잖은가."

구름무늬들이 완 내부 밑에 백토로 상감돼 있고, 내부와 외부 위쪽에는 흰 줄 세 가닥이 선명하게 그어져 안정감을 주었다. 마치 흰 구름이 허공에 떠 있는 듯한 문양의 청자상감완이었다. 대구소 향리가 도공을 위로했다.

"가지고 있으믄 값이 올라가는 좋은 것인께 주인을 지달려 보시게."

"향리 나리, 그라겄습니다요."

행수도공도 한마디 했다.

"아따, 자네 청자가 겁나게 좋아져 부렀네. 긍께 좋은 일이 있을 것이네."

"아이고메, 성님. 심이 나부요."

밤골마을에서 온 도공은 낙심하기는커녕 어깨를 으쓱하며 가지고 온 청자를 보자기에 쌌다. 두 번째로 본 청자들은 눈으로만 보고 지나쳤다. 연꽃무늬를 음각한 청자사발과 청자대접들이었으므로 품평의 대상이 아니었다.

"요것덜도 아깝네야."

"연꽃 이파리를 참말로 정교허게 음각했그만요."

"도공덜헌테 전달이 잘 안 된 거 같으네. 상감헌 것만 가지고 나오라고 했는디 말이여."

세 번째로 본 칠량에서 온 도공의 작품은 구름과 학, 인동초 덩굴이 백색과 검은색으로 잘 상감돼 있기는 하지만 비색이 아니었다. 잿빛이 섞인 뇌록색으로 칙칙했다. 칠량도공은 대구소 향리에게 읍소했다.

"향리 나리, 고색이긴 헌디 바깥은 청록색인께 받아주시써요. 요거 나올라믄 한 가마에서 한두 개뿐이어라우."

"나도 안타깝네만 여그 도공덜이 다 보고 있네. 공평허지 않으믄 두고두고 나를 원망헐 것이네."

"향리 나리, 요것만은 구제헐 방법이 읎을게라우?"

행수도공 최씨도 칠량도공의 편에서 말했다. 그러자 대구소 향리가 마지못해 말했다.

"오늘 품평이 끝나고 다시 가져와 보게. 내가 기회를 봐서 주선해 보겠네."

"아이고메, 고맙그만요."

그제야 칠량도공이 붙잡았던 대구소 향리의 소맷자락을 놓았다. 대구소 향리는 칠량도공의 통사정을 그런 식으로 들어주었다. 비색이 나오지 않고 뇌록색으로 탁한 것은 가마 속에 불을 오래 가두지 못했기 때문에 나타난 현상이었다. 불이 불을 태워야만 비색이 나타났다. 그러지 않으면 청자기물이 뇌록색이나 황갈색으로 나오기 일쑤였다.

다섯 번째 품평 대상은 쌍계사 아랫마을 도공의 작품이었다. 청자사발과 청자대접은 일단 합격선이었다. 그러나 흠이라면 유약이 고르게 녹지 않아서 광택이 안 좋았다. 대구소 향리는 한참 동안 망설였다. 이런 경우는 장점에 점수를 주면 장점이 크게 보이고, 단점만을 보면 단점이 더 마음에 걸렸다. 그래서 쉽게 상품(上品)이라고 품평하지 못하고 결심을 미루었다. 대구소 향리가 말했다.

"자네 청자는 뒤에 있는 것덜을 다 보고 나서 다시 한번 더 보겠네."

"괴안찮그만요. 담에는 더 잘 맨들어서 가지고 나올게라우."

"문양도 뛰어나고 모냥도 좋아서 그러네."

"옆에 있는 것을 봉게 지는 아무것도 아니그만요."

쌍계사 아랫마을의 도공이 순하게 웃었다. 성정이 착한 도공들은 자기 작품을 그악스럽게 자랑하지 못했다. 그래서 손해를 보는 경우가 허다했다. 대구소 향리는 그런 도공을 많이 보았기 때문에 더 관심을 가졌다.

여섯 번째 역시 쌍계사 골짜기 마을에서 온 도공의 작품이었다. 청자사발과 청자대접이 반반이었다. 대구소 향리는 청자사발을, 행수도공 최씨는 청자대접을 살폈다. 대구소 향리는 청자사발을 별 감흥 없이 보고 있었는데, 행수도공 최씨는 청자대접 한 점을 골라냈다.

"나리, 요로코름 생긴 대접은 귀물 같은디요."

"사발은 쪼깐 거시기헌디, 대접은 입이 작은 것이 흠인디 일단 점은 찍어두게."

대접이라면 입이 한 뼘이 넘어야 다식용으로 사용할 수 있는데, 입이 반 뼘 남짓 되면 실용성이 떨어질 것이 뻔했다.

일곱 번째는 용운마을에서 왼편으로 올라간 냇가 끝에 사는 도공의 청자사발과 청자대접들이었다. 그것들 중에서 청자

대접 하나가 눈에 확 띄었다. 대구소 향리와 행수도공 최씨가 동시에 손으로 가리켰다.

"최 도공, 이짝 대접 쪼깐 보게!"

"지도 그 대접을 보고 있그만요!"

우선 모양이 완벽했다. 굽 부분이 어른의 검지 두 마디 정도로 좁고, 높이는 검지 세 마디쯤 되었으며, 입은 한 뼘 남짓 벌어진 형태인데 굽에서 입에 이르는 선이 급하지 않고 완만했다. 무늬도 대접의 안과 밖이 달라 단조롭지 않았다. 안은 흰 선 위에 인동초 덩굴무늬[唐草文]를 온통 역상감(易象嵌)으로 표현하고 있는 것이 특이했다. 역상감이란 무늬의 배경을 백토로 상감함으로써 무늬가 비색으로 드러나게 하는 기법인데, 상감법 기교 중의 하나였다. 역상감한 위는 다시 풀잎이 얽힌 띠무늬를 백토로 상감하고 마감했다.

대접 바깥은 원 둘레에 다섯 송이의 국화를 백토로, 줄기와 잎은 흑토로 상감했는데, 단조로운 듯하지만 격조가 있었다. 국화 다섯 송이 위는 풀잎이 얽힌 띠무늬를 둘러 허전함을 메운 것 같았고, 그 위에는 구름무늬를 살짝 띄워 시원한 느낌을 주었다. 대구소 향리는 청자상감대접을 가져온 도공의 거친 손을 덥석 잡았다.

"천하의 명품이네. 내 생전에 첨 보는 청자대접이그만."

"아이고메, 과찬이그만요."

"나는 형부상서 댁에 자네 청자대접을 보낼라네. 값은 후하게 쳐주겠네."

"값이 중허다요. 재상댁에 지 청자가 가는 것만으로 족헙니다요."

"아닐세. 나에게는 폐하께서 하사하신 백금 20냥이 있네. 나는 자네에게 백금 10냥을 주겠네."

행수도공 최씨는 대구소 향리 말에 난처한 표정을 지었다. 대구소 향리가 의종이 하사한 백금 10냥을 도공에게 주겠다고 하니 난감하지 않을 수 없었다. 문공유 별채 방에서 한 달 동안 신세를 진 것은 자신도 마찬가지였던 것이다.

대구소 향리는 다른 도공의 청자사발과 청자대접들은 건성으로 보며 지나쳤다. 방금 보았던 청자대접이 워낙 탁월했기 때문이었다. 행수도공 최씨가 말했다.

"청자사발은 으떤 것으로 정헐게라우?"

"아까 참에 본 것이 있잖은가. 쌍계사 아랫마실 도공이 맨든 사발 말이여."

"지도 고곳이 아깝드랑께요."

대구소 향리와 행수도공 최씨는 다시 뒤로 갔다. 다음에는 더 잘 만들겠다며 겸손해하던 그 도공은 아직 짐을 싸지 않고 있었다. 행수도공이 잰걸음으로 가서 말했다.

"여그 청자사발을 다섯 개만 사겄소."

"뭣으로 쓸라고라우?"

"사발은 발효차 찻잔이지라. 반찬 그릇으로 쓰기는 아깝제."

"은제든지 싫증이 나믄 갖고 오쑈잉. 바꽈드릴게라우."

"한번 사믄 그만이제 뭣을 바꾼다요. 근디 값은 을마요?"

"아따, 쪼깐만 주시씨요."

"백금 5냥이믄 되겄소? 착헌 마음씨 값까지 친 것이요. 하하하."

"시방 뭣이라고 했는게라우? 백금이라고라우."

"그렇소."

"한 개에 백금 1냥인 셈인디, 내 청자사발은 고로코롬 값이 나간 적이 읎어라우."

"아따, 유약이 고르게 녹지 않고 흘러내린 것도 일부러 헌 거 멩키로 멋있소야."

"지 허물을 고로코롬 덮어준께 가만히 있을 수가 읎그만요. 한 개를 더 줄라요."

행수도공 최씨가 백금 5냥을 끝내 주겠다고 하자 쌍계사 아랫마을 도공은 청자사발 한 점을 더 얹어 주었다. 도공 최씨가 방금 산 청자사발 역시 개경에서 신세를 진 문공유 댁에 보낼 것이었다.

청자사발과 청자대접의 품평회는 한나절 만에 끝났다. 도공들이 짐을 싼 뒤 당전에 들어가 차를 마시거나 잡담을 나누면서 당전 공터는 휑하니 비었다. 도공들은 기회는 언제나 있고, 잘 만들기만 하면 그때그때 개경에서 내려온 관원들이 다 가져가므로 미련을 갖지 않았다. 더구나 대구소 향리의 품평은 까다롭기로 유명한 데다 이미 쓴맛 단맛을 경험한 터라 개의치 않고 훌훌 털

어버렸다.

다음 날.

대구소 향리는 청자대접과 청자사발 네 개를 묶어 포장한 뒤 군사를 시켜 목간에 문공유댁상(文公裕宅上)이라고 쓰고 자신과 최 도공의 신분을 밝혔다. 대구소 향리가 우두머리 군사에게 말했다.

"월등사에 가서 주지스님을 뵙고 가관선사께 전해드리라고 하게."

"알겠그만요, 나리."

"가관선사께서 조만간에 내려오실 것 같으네."

"요즘은 월등사에서 우리 청자를 자꼬 가져갑니다요. 진작에 가져간 청자전은 법당 외벽에 붙였드그만요."

"앞으로도 청자자판은 물론이고 갈 것이 많네."

대구소 향리는 군사 세 명을 월등사로 보낸 뒤 한참 동안 북녘 하늘을 바라보았다. 군사를 세 명이나 붙인 이유는 보물 같은 청자사발과 청자대접을 들고 가기 때문이었다. 한때는 무위사 스님들이 대구소를 자주 왔으나 지금은 월등사 스님들이 더 많이 찾았다. 인종 10년 월등사에 묘오 스님이 주지로 부임해 와서 도량 정비 등이 활발하게 이루어지는 동안 바뀐 현상이었다. 묘오선사는 가관선사와 문중은 다르나 도반처럼 지내는 사이로 알려졌다. 가관선사는 가지산문 원웅국사 학일대선사의 제자였다. 광종 때까지 무위사에 개경의 고위 관원과 전국 선찰의 선승들이 모여들었다면, 지금은 시절인연을 만난 월등사의 사세가 나날이 커지고 있는 형국이었다.

두 달 보름 후.

  개경 문공유가 대구소 향리에게 탐진으로 오는 청자 운반선 편에 서찰을 보내왔다. 보내준 청자사발 네 점을 발효차 찻잔으로 잘 사용하고 있으며, 청자대접은 너무나 아름답고 거룩해서 자신의 책상 위에 완상용으로 소장하고 있다는 내용이었다. 그런데 자신이 노환을 앓고 있어 언제까지 완상할지 미래를 장담할 수 없으므로 자신이 죽으면 무덤에 함께 묻어달라고 이미 유언을 남겼다는 사연도 덧붙였다. 대구소 향리는 탐진 청자상감당초문대접의 가치를 진심으로 알아주는 문공유 재상의 쾌유를 빌었다. 무덤까지 가지고 가서 완상하겠다는 병든 재상이 한없이 고맙기만 했다. 탐진청자를 무덤까지 가지고 가겠다는 재상은 그가 처음이었던 것이다.

탐진청자들

청자는 항아리나 주전자, 향로, 사발과 대접, 발우 등 생활 용기에서 청자기와 생산을 분기점으로 건축자재까지 영역을 넓혀갔다. 물론 왕실이나 사찰 등에서 청자자판이나 청자전을 주문하면 이전에도 만든 적은 있었다. 다만 귀족들이 청자 건축부재로 집을 장식하는 예는 아직은 드물었다.

월등사 스님들이 대구소를 자주 오는 것도 월등사 전각이나 경내에 쓰일 청자전이 필요해서였다. 월등사 스님들은 탐진에 오면 반드시 대구소 향리부터 찾았다.

"향리 나리 계시오?"

"으디서 오셨는게라우. 향리 나리는 출타허셨는디 쪼깐 지달려야 쓰겄그만요."

"월등사에서 왔소. 향리 나리가 올 때까지 여기 당전에 있겠소."

"다시 오시믄 안 되겠는게라?"

"어째서 그렇소?"

"여그 가마덜을 한 바꾸 돌아보고 오신다고 했그만요."

"무슨 일이 있소?"

"왕실에서 주문헌 청자자판덜이 맴 묵은 대로 잘 안 되는 모냥입니다요."

"아, 혜음령 밑에 짓는 혜음원 행궁에 보낼 청자 건축부재들이구만요."

"진작에 주문이 왔는디 잘 맨들라고 허다 봉께 자꼬 늦어지고 있그만이라."

대구소 치소를 지키고 있던 늙은 군관이 월등사 스님에게 깍듯하게 예를 갖추어 말했다. 늙은 군관의 말은 모두 사실이었다. 혜음원에 행궁과 절을 조성하면서 작년부터 청자 건축부재를 주문해 왔지만 도공들은 익숙지 않은 일이었기 때문에 실패를 거듭했던 것이다. 늙은 군관은 할 수 없이 군사 하나를 불러 향리에게 보냈다.

"월등사 스님이 오셨다고 향리 나리께 전허게."

"예, 나리를 모시고 오겠습니다요."

월등사 스님이 매우 만족해했다. 늙은 군관이 다시 말했다.

"절에서 필요헌 것이 뭣인게라?"

"지난번 가져간 청자전이 부족해서 또 왔소."

청자전은 법당 벽을 장엄하기 위해 사용했다. 연꽃을 음각한 청자전을 법당 외벽에 덧붙였는데 더 필요했던 것이다. 외벽에 청자전을 붙이려고 한 것은 비바람에 흙벽이 잘게 부스러지곤 해서였다. 그리고 경내 마당에도 청자전을 듬성듬성 깔아놓으면 장대비가 쏟아져도 징검다리처럼 요사채에서 법당까지 건너다닐 수 있을 터였다.

"청자전이 참말로 겁나게 들어가 부요잉."

"경내 마당에 까는 것은 얼마 들지 않아도 법당 외벽은 생각보다 많이 들어가고 있소."

월등사 스님은 대웅전 말고도 다른 전각들까지 외벽에 청자전을 붙이고 있다고 이야기했다. 늙은 군관 옆에 있던 젊은 군사가 말했다.

"스님, 법당 벽에 석회를 바르믄 간단허지라우."

"석회가 비에 약하니까 비가 들이치는 벽에 청자전을 붙이려고 하오."

"지는 사치라고 보그만요."

젊은 군사가 퉁명스럽게 말했다. 그러자 스님이 미소를 지으며 젊은 군사를 설득했다.

"대웅전에는 부처님이 계시고, 관음전에는 관세음보살님이 계시고, 극락전에는 아미타부처님이 계시오. 이처럼 거룩한 부처님들이 계시는 법당이 초라하면 되겠소? 부처님을 잘 모시겠다는 마음으로 장엄하는 것이오. 그래야 참배하러 온 분들이 부처님을 더 거룩하게 생각하지 않겠소? 법당 외벽에 청자전을 붙이려고 하는 것은 비바람에 흙벽이 허물어지는 것을 막고, 월등사를 찾아오는 선남선녀를 위한 것이니 그리 아셨으면 좋겠소."

그래도 젊은 군사는 입술을 쭈뼛쭈뼛하더니 당전을 나가버렸다. 젊은 군사뿐만 아니라 그와 같이 생각하는 군사가 더러 있었다. 청자전을 월등사까지 운반해야 하는 고단한 사역 때문에 그러는지도 몰랐다. 지게나 들것에 청자전을 나를 때는 군사들 사이에서 불평불만이 터져 나왔던 것이다.

그때 대구소 향리가 나타났다. 말에서 내린 대구소 향리가 스님을 보고 미안해했다.

"스님이 오실 줄 몰랐그만요. 알았으믄 나가지 않았지라. 급헌 일이 있어 나간 것은 아닌께라."

"미안하오. 장마철 전에 불사를 마무리하려고 하다 보니 마음이 급했나 보오."

"월등사에서 주문헌 청자전은 다 준비가 돼 있지라. 청자전은 성형이 간단해서 굽기가 수월허지요."

"도공들이 월등사 일 말고 어려운 일을 하고 있소?"

"상감헌 청자자판을 맨드는디 에럽그만요. 음각은 간단헌디 상감은 무자게 정교허고 복잡허그만요."

"왜 그렇소?"

"그림에 소양이 읎으믄 상감헌 청자자판은 조잡해지드그만요. 아무나 상감 청자자판을 허는 것이 아니그만이라."

"그래서 월등사 청자전은 수월하다고 했구먼요."

"그라지라. 연화문양판이나 당초문이라 불리는 인동초 넝쿨 문양은 찍어불믄 된께라."

그제야 스님은 음각과 상감의 차이를 이해했다. 작년에 월등사로 가져왔던 토기와장 가운데 암막새와 수막새에 찍힌 연화문과 당초문이 그런 과정을 거쳐 구워졌다는 것을 알았다.

"스님, 쪼깐만 지다리시믄 된께 염려 마시지라."

"청자전이 다 돼 있다는 말씀을 들으니 안심이 되오. 그럼 소승은 이만 가겠소."

"군사덜 편에 올려 보낼 텐께 그리 아시지라."

월등사 스님이 당전을 나간 뒤 대구소 향리가 늙은 군관에게 말했다.

"한 바꾸 돌아봤더니 청자자판에 들어간 그림덜이 엉망이여. 사발이나 대접은 이미 있는 문양덜을 연습허믄 숙달이 되는디 자판을 채우는 그림은 소질이 있어야 허겄드랑께."

"그라겄지라. 그림에 소질이 있는 도공덜은 오리를 산 거멩키로 그려붙드그만요."

"상감이 아닌 청자덜은 기가 맥히게 잘 맨들어부렀는디 판로가 으쩔지 모르겄소. 인자는 상감이 유행인께 말이요."

대구소 향리는 상감청자만 가치 있다고 생각지는 않았다. 조각이 뛰어난 청자도 탐진에는 많았던 것이다. 탐진 골짜기에 있는 가마들을 돌면서 눈으로 확인한 사실이었다. 조금 전에 본 청자주전자도 기가 막혔다.

높이가 어른 손으로 한 뼘쯤 되는 청자주전자였다. 차나 술을 여러 잔 마실 수 있을 만큼의 크기인 청자주전자였다. 조각이 탁월했다. 몸통은 연꽃 위에 거북이 앉아 있는 형태였다. 그런데 머리와 앞가슴은 용의 형상이었다. 거북이와 용의 모습이 섞인 상상 속에서만 존재한다는 '연'이라는 동물이었다. 뚜껑은 연꽃이 피기 전인 연꽃봉오리 모습이었다. 손잡이는 연꽃 줄기를 두 가닥으로 꼬아 거북이 등에 붙였는데, 손잡이 끝에는 작은 구멍이 뚫려 연꽃봉오리 뚜껑과 줄로 연결돼 있었다. 뚜껑이 바닥에 떨어지지 않게 하려고 그랬다. 연둣빛 비색은 아니지만 청록색으로 빛깔도 탁하지 않았다. 아마도 스님들이 다관(茶罐)으로 선호할 만한 청자거북이와 용모양주전자였다.

용운마을 가마에서 본 연꽃봉오리를 물고 있는 연적도 탐이 나는 작품이었다. 헤엄치는 오리가 연꽃봉오리를 물고 있는 모습인데 두 가닥을 꼰 연 줄기는 오리 등으로 올라가 뚜껑에 닿아 있었다. 뚜껑도 연꽃봉오리 형태인데, 몸통에서 잘 빠지지 않게 하부가 쐐기 모양으로 길었다. 날개의 깃털들은 꼬리 쪽으로 비스듬히 올라가 움직이고 있는 듯 음각되어 있고 눈동자는 철화점을 찍어 또렷했다. 청자오리모양연적이 뛰어난 것은 투명한 비색이라는 점이었다. 귀족대신들이 욕심낼 만한 수준으로 개경에 올라가면 귀물로 대접받을 것이 뻔했다.

그런가 하면 기린 모양의 연적도 대구소 향리의 발걸음을 붙잡았다. 발톱을 숨긴 채 웅크리고 앉아서 뚜껑 쪽을 돌아보는 기린 모양의 연적이었다. 목에 방울 소리가 날 듯 방울을 매달고 있고, 엉덩이를 타고 올라온 꼬리의 끝부분이 뚜껑 끝을 감고 있는데 은근히 웃음을 자아내게 했다. 눈은 음각 선으로 팠고, 갈기를 동글동글하게 음각 선으로 처리하여 생동감이 느껴졌다. 기린은 태평성대에 나타난다는 길상(吉祥)의 동물로 도공들이 즐겨 만들었는데, 향로나 벼루 등의 조각물로도 응용했다.

대구소 향리가 가장 오랫동안 머문 곳은 사당마을 가마였다. 가마들이 쌍계사 쪽에서 미산포가 가까운 곳으로 몇십 년에 걸쳐 내려온 사실 때문이었다. 가마들이 자꾸 탐진바다 쪽으로 내려온 이유는 두 가지였다. 첫 번째는 가마 땔감인 소나무와 참나무가 쌍계사가 가까운 천개산 산자락부터 소진되었다는 것이고, 두 번째는 생산한 청자를 미산포 포구로 운반하기가 용이했던 것이다. 그런 이유로 사당마을 도공들의 청자 수준은 다른 어느 마을보다 앞섰다.

사당마을 가마에서 대구소 향리가 한눈에 반했던 것은 청자사자모양베개였다. 높이는 어른 손가락 반 뼘쯤으로 높은 고침(高枕)은 아니었고, 길이는 한 뼘 반쯤으로 넉넉했다. 그런데 베개의 크기보다 베개 위판을 떠받치고 있는 암수로 보이는 두 마리의 사자 조각이 일품이었다. 가슴에 각기 방울을 달고 있는 두 마리 사자는 머리로만 베개 위판을 받치고 있는데, 일부러 과장한 굵은 네 다리로 장방형의 밑판을 밟은 모습은 힘이 넘쳐났다. 그러니 위판을 머리로만 받쳐도 불안하지 않고 안정감이 들었다. 위판은 연잎을 형상화했고 연맥이 음각 선으로 선명하게 새겨져 머리를 뉘었을 때 은은한 연꽃 향기가 날 것만 같았다. 뿐만 아니라 비색은 최상급이었으며 광택이 번지르르 살아 있었다. 항아리 등 큰 작품에서 나타나는 자잘한 균열인 빙열(氷裂)도 없었다.

그런가 하면 사당마을 가마에는 찻자리에 다식용 대접 대신에 쓰일 것 같은 아주 아름다운 청자양각모란무늬꽃모양받침대도 있었다. 윗면을 12등분해서 빛살처럼 음각으로 표현했고, 옆면에는 모란무늬들을 양각으로 도드라지게 조각하여 눈을 즐겁게 했다.

사당마을 가마에서는 자연에서 영감을 얻어 만든 청자기물도 많았다. 통통한 죽순 모양으로 만든 청자주전자가 그 한 예였다. 높이는 어른 손 한 뼘 반 정도이고 밑바닥은 반 뼘쯤 되었다. 손잡이는 대나무 가지를 본떴고 손잡이 끝과 물이 나오는 부리 끝은 수평이었다. 이는 주전자를 기울일 때 물이 마지막까지 잘 따라지도록 계산된 것이었다. 또한 뚜껑은 죽순 끝을 도려낸 것 같은 모양을 하고 있었다. 전체적으로 작은 기물이 아님에도 불구하고 빙열이 없다는 것은 도공에게는 행운이었을 터이고, 가마 속에서 불의 심판을 잘 받았음을 뜻했다.

당송의 삼족(三足) 청동화로를 모방한 청자화로도 있었다. 사실 청자의 시원은 청동제기들에서 발전한 것이기도 했다. 옥이나 청색을 신성하게 생각했던 당나라 도공들이 녹이 스는 청동제기를 보완하고자 청자를 고안해 냈던 것이다. 청자화로의 크기는 소년의 손 한 뼘 정도이고 높이는 그보다 조금 작았다. 그러니까 청자화로는 선비가 사랑방에 들여 두고 숯불을 혼자 쬐

는 정도의 크기였는데 격조가 있고 야무졌다. 원통형 몸통을 6
등분하여 칸마다 용무늬와 뇌문(雷紋)을 넣어 신성하게 보였는
데, 천둥번개 치는 하늘에 용이 날고 있으니 화로의 주인은 하늘
을 우러를 수밖에 없을 것 같았다.

　늙은 군관이 말했다.

　"향리 나리, 차는 드시지 않고 무신 생각을 허고 겨신게라우?"

　"방금 보고 온 청자덜을 머릿속에서 또 보고 있소."

　"아따, 나리맨치 청자를 좋아허는 분도 읎을 것이요잉."

　"탐진에 사는 복이요. 다른 복보다 안복(眼福)이 으뜸일 것이
요."

　눈을 즐겁게 하는 것이 최고의 복이라는 말이었다. 그러나
늙은 군관은 얼른 받아들이지 못했다.

　"지는 아무리 봐도 고것이 고것이드그만요. 당달봉사가 따
로 읎지라."

　"애정이 읎응께 그라요. 못생긴 얼굴도 자꼬 보믄 균이 있어
보이데끼 청자도 마찬가지요."

　"지는 당최 모르겄당께라. 어차든지 낼은 군사덜을 델꼬 월
등사를 댕겨올라요. 스님이 여그까지 온 것은 청자전을 급히 쓸
모냥이그만요."

　대구소 향리는 차를 한 잔 냉수처럼 훌쩍 마시고는 당전을
나와 창고로 갔다. 문득 창고에 있는 청자 두 점이 생각났기 때문
이었다. 이미 주인이 정해진 청자인데 청자 운반선이 오면 개경

으로 보낼 물건이었다. 창고지기 군사가 문을 활짝 열었다. 그러자 대구소 향리가 보고 싶었던 청자 두 점이 어둠 속에서 반짝거리며 나타났다. 마치 대구소 향리 품에 와락 안기는 듯했다.

대구소 향리의 눈에 먼저 띈 것은 청자향완(香碗)이었다. 향완이란 부처에게 향을 올리는 입이 큰 향로였다. 언뜻 보면 절구 같았다. 높이는 어른 손 한 뼘 반 남짓 되고, 입과 바닥은 소년 손한 뼘쯤으로 입의 반쯤 되었다. 향완은 받침과 몸통 부분으로 나뉘어 있는데 두 부분 모두 연꽃잎무늬가 양각돼 있었다. 연꽃 속에서 향이 피어오르는 것을 상상하게끔 만든 향로인데, 비색청자이면서 작은 크기이지만 단정하고 웅장함을 주었다. 입과 받침의 크기가 같아서 그런 느낌을 주었다. 개경 왕실에서 주문한 것으로 보아 왕실원찰에 보내질 것 같은데 대구소 향리는 청자 운반선에 실려 가는 것이 섭섭할 만큼 청자양각연꽃무늬향완을 아꼈다.

'요런 향완은 월등사에서 가져부러야 헌디. 쯧쯧.'

대구소 향리는 소리 나게 혀를 찼다. 그러자 젊은 군사가 말했다.

"향리 나리. 뭣이 잘못됐습니까요?"

"아닐세. 나는 이 향완만 보면 가심이 막 뛰어서 견딜 수가 읎다네."

"아이고메, 고로코름 좋습니까요?"

"어찌해서 군사덜은 청자의 가치를 모르는가!"

대구소 향리는 젊은 군사를 무시하고 또 하나의 향로 앞에 섰다. 이 향로는 대신이 자기 문중의 사당에 쓰겠다고 주문한 것이었다. 직사각형의 향로는 얼핏 보면 아주 단순했다. 그러나 무릎을 꿇고 자세히 보면 감탄하지 않을 수 없었다. 향로 입구 전은 덩굴무늬를 음각했으며 사면의 몸통은 한 폭의 그림을 연상케 했다. 다만 음각 선이어서 잘 보이지 않을 뿐이었다. 어쨌든 물가 풍경인데 가운데 꽃나무를 중심으로 버드나무와 갈대를 배치하였고, 갈대 위에는 한 쌍의 새가 마주 보고 있었다. 물에서 헤엄치는 오리와 서 있는 왜가리를 대칭으로 그린 것인데 비색은 양호한 편이었다. 높이는 어른 손으로 한 뼘 정도, 폭은 한 뼘 반쯤이고, 길이는 두 뼘 남짓 되었다.

그러나 내일이라도 청자 운반선이 온다면 더는 감상을 못 할 터였다. 대부분 주문받은 청자들이기 때문이었다. 그런데 보름 뒤 장흥부 치소에서 청자 운반선은 당분간 운항하지 못할 것이라는 공문이 내려왔다. 군사들이 청자전을 월등사에 날라다 준 며칠 후였다. 개경에서 변란이 발생했던 것이다. 정중부의 난이었다. 대구소 향리는 청자에 대한 개인적인 취향을 떠나서 상상도 못 한 변란이었으므로 큰 충격을 받았다.

의종 24년(1170).

개경의 공학금군(控鶴禁軍) 군관인 정중부는 인종 때는 견룡대정(牽龍隊正)이란 낮은 초급 지휘관이었는데, 견룡이란 왕을 호위하거나 의식을 담당하는 숙위군이었다. 그런데 정중부는 인종이 행차할 때마다 가끔 불만을 터뜨렸다. 인종이 참석한 섣달그믐날 밤의 나례(儺禮) 중이었다. 나례란 묵은해의 잡귀를 몰아내기 위해 행하던 궁중 행사였다.

그때 김부식의 아들인 어린 내시 김돈중(金敦中)이 촛불로 정중부의 수염을 태워 모욕을 주는 황당한 사건이 일어났다. 김돈중도 평소에 무신을 무시했던 것이다. 자신의 멋진 수염을 자랑하며 다니던 정중부는 분기탱천하여 김돈중의 뺨을 치고 험한 상소리를 했다. 이에 김부식은 인종에게 정중부를 처벌하라고 요구했고, 인종은 허락한 듯했지만 흐지부지 넘기면서 무마했다.

이 사건을 계기로 무신과 문신 간의 대립이 노골화되었다. 그러는 중에도 정중부는 인종의 신임을 받아 근시(近侍)했고, 의종 초에는 교위(校尉)가 되었다. 교위는 두 명의 대정을 통솔하는 부대의 중급지휘관이었다. 그런데 정중부의 불만은 의종 때에도 마찬가지였다. 왕이 주연을 베풀 때마다 문신은 상석에서 시를 짓거나 술을 마시면서 즐기고, 무신들은 그 자리의 경비를 맡아 고기 냄새나 맡으며 추위에 떨었던 것이다.

마침내 정중부는 반역을 결심했다. 의종이 화평재(和平齋)로 행차했을 때였다. 숙위군의 부대장격인 견룡행수(牽龍行首) 이의방(李義方), 이고(李高) 등과 함께 거사를 모의했다. 이윽고 정중부 일당은 왕이 연복정(延福亭)에서 홍왕사(興王寺)를 거쳐 보현원(普賢院)에 이르렀을 때 왕을 수행하던 문신과 환관(宦官) 등을 무참히 살해해 버렸다.

정중부는 보현원에서 거사가 뜻대로 되자 즉시 개경 성안으로 쳐들어갔다. 궁궐과 태자궁으로 잠입해 반항하는 문신 50여 명을 죽인 뒤 의종은 절해고도인 거제현(巨濟縣)으로, 태자는 진도현(珍島縣)으로 유폐시키고 왕권을 탈취했다. 그런 뒤 정중부 일당은 의종의 아우인 익양공 왕호(翼陽公 王晧)를 옹립했다. 왕호가 곧 명종이었다. 명종도 공예태후의 아들이었지만, 그녀는 2년 뒤 또 한 번의 비통한 소식을 더 듣고 태후 별궁에서 드러눕고 말았다. 그러니까 명종 3년(1173) 동북면병마사 김보당(金甫當)이 의종 복위를 명분으로 거병했으나 실패했고, 계림으로 유배지를 옮겼던 의종은 이의민에 의해 비참하게 살해되어 곤원사(坤元寺) 북쪽 연못에 던져져 버렸던 것이다.

공예태후는 양이정을 지어 바친 효자 의종을 잊지 못해 식음을 전폐하며 맞섰다. 그러나 친아들이자 명종의 동생인 승통 현희가 태후 별궁으로 찾아와서 간곡하게 읍소하자 태도를 누그러뜨렸다.

"태후마마, 몸을 보존하셔야 하옵니다. 형님께서 양이정을 지어 바친 것도 몸을 잘 돌보라는 뜻이었사옵니다."

"아들이 죽었는데, 그것도 이 나라의 왕이 죽었는데 어찌 내가 편할 수 있단 말이오!"

"새로 즉위하신 폐하도 마마의 아들이옵니다. 폐하께서 선왕의 몫까지 다해 효도할 것이옵니다. 그러니 궁녀가 내온 상을 물리치지 마시옵소서."

결국 공예태후는 자리에서 일어났다. 명종의 즉위를 받아들이기로 결단을 내렸다. 온갖 풍상을 다 겪어온 공예태후에게는 그런 결기가 있었다. 무엇보다 공예태후는 명종이 마흔 살밖에 되지 않기 때문에 울타리가 되어주어야만 했던 것이다. 무신들에게 아들을 또 잃을 수는 없었다.

한편 탐진에도 변화가 뒤따랐다. 대구소 향리가 개경의 소식을 듣고 큰 충격으로 미질을 앓다가 끝내 숨을 거둔 것이었다. 청자 운반선이 끊긴 탓에 탐진의 청자도 개경으로 올라가지 못했다. 잠시 휴지기를 맞았다.

청자자판(青瓷磁板)

정중부의 정변 이후 명종은 무신들의 뜻에 따라 지방관이 없는 지방 군현에 감무(監務)를 대대적으로 파견했다. 명종 2년에 이의방의 형인 이준의는 53곳의 속현에 감무 배치를 주청하기도 했다. 정중부가 권력을 장악한 뒤 공을 세운 무신들에게 감무제를 활용했다. 무신들에게 주어야 하는 중앙의 관직은 한계가 있었고, 지방에도 무신세력을 확대할 필요가 있었기 때문이었다.

감무는 지방의 특산품을 장려하여 세수를 올리고, 유랑민들을 정착시켜 농산물의 생산성을 높이는 일을 했다. 도강현에 감무가 내려온 시기는 명종 2년 때였다. 도강현 감무의 역할은 두말할 것도 없이 청자 생산을 독려하는 일이었다. 의종이 거제도로 유폐된 이후부터 명종 원년까지 청자 수요가 끊기자 탐진 청자의 생산도 시들해졌던 것이다.

도강현 감무는 대구소 및 칠량소 향리를 지휘 감독했다. 왕명을 받고 내려왔기 때문에 향리들은 감무의 지시를 받아야만 했다. 도강현 감무는 부임하자마자 대구소 향리를 만나 청자 생산을 채근했다.

"평장사 공께서 최상품 청자를 개경으로 보내라고 했소. 최
상품 청자를 다른 곳으로 반출하지 마시오."

탐진 토성 족장회의에서 최근에 추대된 대구소 향리는 예
고도 없이 나타난 감무의 지시가 얼떨떨했다. 무신 출신인 감무
는 옆구리에 긴 칼을 차고 있었다. 그의 말투는 고압적이었다.

"알겄그만요. 근디 청자는 도공덜이 맨들지 지가 머시기허
는 것은 아니그만요."

"향리께서 직접 돌아다니면서 독촉하라는 말이오."

"평장사 공은 큰 부자인 모냥이그만요."

"평장사 공이 누군지 모르오? 나라를 구한 정 장군님이오."

정 장군이란 갑자기 큰 부자가 된 정중부를 가리켰다. 그는
명종을 옹립한 뒤 폐위된 의종의 곽정동택(藿井洞宅), 관북택(館
北宅), 천동택(泉洞宅) 등 세 사저와 그곳에 있던 수많은 금은을
물론이고 진기한 보물들을 이의방, 이고 등과 나누어 차지하였
다. 그리고 자신의 의지대로 문관직인 참지정사와 이어서 중서
시랑평장사(中書侍郎平章事)에 올랐으며 훈(勳) 1등 벽상공신(壁
上功臣)이 되었고, 명종 2년에는 서북면판사행영병마 겸 중군병
마판사(西北面判事行營兵馬兼中軍兵馬判事) 자리까지 겸했다. 마음
만 먹으면 무엇이든지 할 수 있는 권력을 손에 쥔 셈이었다. 그를
따르는 무신들은 청자를 완상용으로 사들일 생각은 없었다. 최
상품의 청자들을 사들인 뒤 갖고 싶어 하는 문신들이나 호족들

에게 되팔아 재산을 더 많이 불리고 싶을 뿐이었다.

"알겠그만요."

"혜음원에 보낼 청자자판과 청자전도 준비해 두시오. 청자운반선이나 조운선 편에 올려 보낼 것이오."

"확인해 볼 것인께 염려 마시지라."

"예종께서 혜음원 안에 혜음사를 건립하시고 인종께서 행궁을 조성하신바, 의종께서 행궁과 사찰을 새롭게 꾸미시다가 중단된 것으로 알고 있소. 폐하께서 선왕의 일을 마무리하고 싶어 하시니 그렇소."

혜음원은 예종 17년(1122)에 지어진 이래 지금까지 개경에서 남경(한양)을 오가는 왕은 물론이고 백성들이 숙박하는 왕실 소유의 별원이었다. 도강현 감무가 지시한 청자자판이나 청자전은 혜음원 건물을 좀 더 화려하고 격조 있게 장식해 줄 건축부재였다. 청자자판은 그림 수준의 상감기법이 들어갈 것이고, 청자전은 양각이나 음각의 문양이 새겨질 터였다.

도강현 감무가 다녀간 뒤 대구소와 칠량소 향리는 천개산 산자락이나 천변의 용운마을이나 밤나무골마을, 미산포가 가까운 사당마을의 가마들을 돌아다니면서 도공들을 격려하고 그들의 애로사항을 들었다. 도공들은 하나같이 치소 향리를 반겼다. 특히 사당마을 늙은 도공은 향리를 보고 눈물을 흘렸다.

"아이고메, 청자자판을 맨들기는 헌디 기약이 읎응께 심이 나지 않드랑께요."

"이번에는 반다시 실어 간다고 헌게 쪼깐만 지다리씨요. 청자자판 말고도 다른 청자기물도 양신 맨드씨요. 판로는 걱정허지 않아도 되겄소."

"향리 나리께서 생각허고 있는 디가 있는게라우?"

"향리를 맽은 지 을마 되지 않은 내가 어처케 알겄소? 도감 나리께서 상품만 맨들믄 서울 정 장군께서 다 사갈 것이라고 그란게 헌 말이요."

"아이고메, 정 장군이라믄 나는 새도 떨어뜨린다는 그분이 아니요?"

"무신 출신이지만 지금은 문신도 겸해서 신하 중에서 젤로 높은 평장사라고 헙디다."

"그라믄 틀림읎그만이라우. 많이 맨들어 봄가실 가마에 겁나게 넣어야 쓰겄그만요."

"나는 모냐참 향리허고 거시기헌게 많이 도와주씨요."

이에 늙은 도공이 말했다.

"탐진가마덜을 몇 바꾸만 돌믄 금시 알 것이겄지라우. 까막눈인 우리덜허고 달리 향리 나리께서는 문식도 있고 헌게 말이요."

"행수도공께서 고로코름 봐주신게 고맙소."

대구소 향리가 늙은 행수도공의 가마를 나서려고 하자 그가 말했다.

"향리 나리, 지가 맨들어놓은 청자자판이 있는디 한번 볼라요?"

"사실은 나도 청자자판이 뭣인지 보고 잪았소."

대구소 향리는 늙은 도공을 따라 그의 동막으로 갔다. 그의 작업장인 동막은 가마에서 제법 떨어져 있는 산자락 느티나무 밑에 있었다. 늙은 행수도공은 대구소 향리에게 자신이 만든 청자자판을 보여주었다. 선적을 위해 청자자판 사이사이에 짚을 넣어 새끼줄로 묶어놓았지만 몇 개는 전시용으로 벽에 비스듬히 세워놓고 있었다.

직사각형의 청자자판은 가로 길이가 어른 손으로 세 뼘 남짓이고, 세로 길이는 가로 길이의 반쯤이며, 두께는 어른 손가락 한 마디 정도였다. 늙은 도공이 말했다.

"두께는 지 검지 손꾸락 한 마디 남짓인디, 두께 땜시 구을 때 자꼬 터져부렀그만요."

"시방 이 정도 두께가 적당허단 말인가요?"

"얇으믄 깨져불고 두꺼우믄 터져불드랑께요. 으째서 그란지는 모르지라우. 불이 고로코름 심판을 헌께 말이요."

대구소 향리는 늙은 행수도공의 두께 이야기를 건성으로 들었다. 그의 시선을 사로잡고 있는 것은 청자자판의 그림이었다. 자신도 모르게 탄성이 절로 나왔다.

"이 그림을 행수도공께서 그린 것이 맞소?"

"지가 상감했제 누가 해준다요. 지 말고도 상감허는 도공덜이 많어라우."

"그래요?"

"시방은 칠량도공덜도 상감허는 디 구신이 다 돼부렀지라우."

"나는 시방 이 자판을 봄시로 사람이 맨든 것이 아니라 구신이 그린 거라는 생각을 허고 있소."

"나리께서 첨 본게 그라겠지라우."

청자자판 중앙에 마름꽃 문양의 능화창(菱花窓)을 백토와 흑토로 두 겹 상감하고, 그 안에 모란꽃은 백토로, 줄기와 잎은 흑토로 상감하여 가득 채웠는데 섬세하기가 말로 표현할 수 없을 정도였다. 마치 한 땀 한 땀 자수를 놓은 듯했다. 그리고 능화창 밖에 직사각형으로 백토와 흑토로 두 겹 액자를 만들었는데, 구름과 학을 상감한 그 안이 또 장관이었다. 흰 구름이 가득한 하늘에서 학 여덟 마리가 능화창 안의 모란꽃 향기를 맡으려는 듯 하나같이 그쪽으로 목을 길게 빼어 날고 있었다.

그런데 그것만이 아니었다. 청자자판에는 직사각형의 액자가 마지막으로 한 번 더 상감되어 있고, 그 안에는 검은 넝쿨에 달린 흰 꽃들이 한 방향으로 피어 있는 것이 아니라 한 송이는 위쪽을, 또 한 송이는 아래쪽을 향해 피어 있어 상감한 도공이 얼마나 심혈을 기울였는지 짐작이 갔다.

"이 청자자판을 도공덜은 뭣이라고 부르요?"

"청자에 모란허고 학, 구름을 상감했다고 '청자상감모란구름학무늬자판'이라고 부르지라우. 갖다 붙이는 것이 이름이지라우. 고것이 뭐 중허다요. 우리덜은 그냥 청자자판이라고 부르그만요."

그리고 또 하나의 청자자판은 늙은 행수도공이 자기 것이 아니라고 말했다.

"요것은 지가 맨든 것이 아니라 지 가마 옆에 있는 도공이 맨든 것이그만요. 지도 요것맨치로 맨들어볼라고 늘 보고 있지라우."

"이 자판을 맨든 도공도 만나보고 잦소."

"시방은 읎그만요. 능성 쌍봉사에 가서 메칠 묵고 온다고 했어라우."

"도공이 먼 디 있는 절에 으째서 가 있는 것이오?"

"배울 것이 있응께 가지라우. 지도 한 번 따라가 봤는디, 거 그 절에 있는 사리탑이 으찌나 정교헌지 말이 안 나오드랑께요."

쌍봉사 사리탑 팔각기와 지붕 아래에는 갖가지 천녀의 모습들이 새겨져 있었다. 옷자락을 날리며 하늘에서 내려오는 천녀, 피리를 부는 천녀, 비파를 켜는 천녀, 장구를 치는 천녀, 춤을 추는 천녀, 누워서 자기 다리를 이빨로 문 사자 등이 단단한 화강암인데도 살아 있는 듯 생생하게 조각돼 있었다. 그런가 하면 보림사 탑에는 엉금엉금 기어가는 거북이를 조각해 놓았고, 어느 절 벽화에는 동자가 부처에게 발우공양을 하는 모습이 그려져 있었는데, 도공들은 사찰에서 주문한 청자기물에 그러한 조각이나 그림들을 상감하려고 했다.

행수도공이 자기 것이 아니라고 한 청자자판도 정교하기는 방금 본 것과 다르지 않았다. 대구소 향리가 두 번째 본 청자자판은 물가의 풍경을 묘사하고 있었다. 물가 가운데는 꽃이 핀 나무와 대나무, 갈대가 있고 물 위에는 각기 다른 동작으로 놀고 있는 두루미들이 백토로 상감돼 있었다. 서 있는 두루미, 물속에 고개를 넣고 물고기를 사냥하는 두루미, 하늘을 쳐다보고 있는 두루미, 물가로 날아가는 두루미, 자기 깃털을 쪼고 있는 두루미, 물 위에 둥둥 떠 있는 두루미 등등 각기 다른 동작을 나타내고 있었다.

"이 자판은 뭣이라고 부르요?"

"갖다 붙이믄 되겠지라우. '청자상감갈대물새무늬자판'이라고 허믄 되겠지라우."

대구소 향리는 물새를 두루미라고 하는 것이 더 맞겠다고 생각했지만 일부러 아무 말도 하지 않았다. 자신은 아직 배우는 입장이지 무엇을 품평하는 수준은 아니었던 것이다. 물론 두루미를 학이라고 할 수도 있었다. 부리와 꼬리 부분이 검기 때문이었다. 분명한 것은 부리가 노랗고 목이 길지 않은 왜가리는 아니었다.

"절에 갈 청자자판은 다른 도공이 맨들고 있그만요."

"어느 절인게라?"

"혜음원 안에는 행궁도 있지만 절도 있다고 들었그만요."

"절에 들어갈 청자자판은 누가 맨들고 있소?"

"용운마실에 가믄 여그 사당마실보다 더 많이 볼 수 있지라우."

도강현 감무의 지시를 받은 대구소 향리는 현장을 확인하지 않을 수 없었다. 다음 날 바로 용운마을 가마들을 둘러보았다. 늙은 행수도공의 말대로 용운마을 도공들 중에는 절에 들어갈 청자자판을 따로 만들어놓고 있는 이들이 있었다. 수년 전부터 준비해 온 청자자판들이었다. 마을 초입에 사는 사십 대로 보이는 도공의 청자자판은 사당마을에서 보았던 것과 분위기가 확 달랐다. 그의 청자자판에는 화조도 같은 흑백 상감들이 많았다.

매화나무와 대나무가 흑백으로 상감되어 있는데, 매화나무 가지에 까치 한 마리가 앉아 있었다. 매화나무는 꽃이 피어 있어 향기가 나는 듯했고, 까치는 깍깍깍 우짖는 것처럼 보였다. 탐진 마을 어디에서나 흔히 볼 수 있는 정겨운 풍경의 청자자판이었다. 다른 한 도공의 동막에는 모사한 그림이 여러 점 걸려 있었다. 그리고 그의 청자자판은 모사한 그림들을 흑백 상감으로 재현하고 있었다. 문외한이 보아도 사찰로 갈 청자자판이 틀림없었다. 도공이 대구소 향리에게 보고하듯 설명했다.

"시방 보고 겨시는 것은 『화엄경』 입법계품에 나오는디, 선재동자가 구법을 위해 스승을 찾아다니는 그림이그만요. 향리 나리께서 보시고 있는 그림은 선재동자가 보현보살을 찾아가 합장허고 있는 그림이지라우."

젊은 도공은 만덕사로 출가했다가 여자를 만난 바람에 환속한 도공이었다. 그래서인지 불경에 해박했다. 선재동자가 등장하는 입법계품은 방대한 『화엄경』 내용 중에서 출가자나 재가자에게 가장 사랑받아 온 품(品)이라고 말했다. 그리고 자신이 참고하고 있는 책은 송나라 불국선사의 『문수지남도찬(文殊指南圖讚)』 모사본이라고 했다. 처음부터 끝까지 다 모사된 것이 아니라 53명의 선재동자의 스승 중에서 문수보살, 덕운비구, 해운비구를 시작으로 미륵보살, 문수보살, 보현보살까지만 나와 있는 것이라고 아쉬워하기도 했다. 누가 모사했는지는 알 수 없다고 말했다. 아마도 사신이 들어가 모사해 온 것이 아닌지 짐작해 볼 뿐이라고 말했는데, 아무튼 젊은 도공은 청자향로를 탐진에 내려왔던 개경의 한 관원에게 선물하고 1년 뒤에야 모사본을 받았다고 말했다.

대구소 향리가 첫 번째로 본 그의 청자자판은 선재동자가 보현보살을 찾아간 장면이었다. 구름 속에서 코끼리를 탄 보현보살이 연꽃좌대에 앉아서 한 손에는 연꽃을 들고, 또 한 손은 구름 밖으로 팔을 길게 뻗어 선재동자의 머리를 만지려 하고 있었다. 두 손을 합장한 채 높이 쳐든 선재동자의 모습은 구도를 간절하게 바라는 모습이고, 지그시 선재동자를 바라보는 보현보살은 '네 뜻을 받아주겠다'라는 그런 표정이었다. 선재동자와 보현보살의 마음을 표현한 청자자판은 거룩한 느낌이 들었다. 대구소 향리가 한참 동안 말없이 있자 젊은 도공이 말했다.

"향리 나리, 이 자판이 혜음사에 간다고 해서 맨든 것입니다요. 그런디 개경에서 소식이 읎습니다요."

"작년에 도강현 감무 나리가 오셨네. 긍께 곧 청자 운반선이 올 것이니 쪼깐만 지다리시게."

"청자 운반선이 안 온께 묵고 사는 것이 심들어져 부렀어라우. 수년 전에는 대구소 창고에서 도공덜에게 곡석을 나눠주기도 했그만이라우."

"알겄네. 내가 향리를 맡은 지 을마 되지 않아서 창고 문을 열지 않았네. 긍께 쪼깐만 있어 보게."

청자 운반선이 끊긴 뒤로 삶이 힘들어진 것은 도공뿐만이 아니었다. 그들의 친인척들도 마찬가지였다. 도공들은 청자 수요가 줄어들면 가족의 생계를 위해 농사꾼이나 어부로 돌아갈 수밖에 없었다. 다행히 지금까지 몇몇 도공들이 가마를 떠나지 않은 까닭은 그나마 사찰에서 주문이 있어 왔기 때문이었다. 쌍계사나 만덕사, 무위사나 월등사 등은 개경의 청자 수요자들과 달리 탐진도공들이 언제든 마지막으로 기대는 언덕이었던 것이다.

도강현 감무는 가끔 대구소에 들러 독려했다. 그러면서 송나라와 금나라의 정세를 들려주었다.

"송나라와 금나라에 사신으로 갔다 온 관원들 얘기인데, 청자자판은 우리 고려밖에 없다고 하오. 그러고 보면 우리나라 사람들은 그들보다 뛰어난 데가 많아요. 청자를 가지고 건축부재까지 만들고 있으니 말이오."

"참말로 송나라에는 청자자판이 읎는게라우?"

"내 눈으로 보지 않았지만, 도강현 위쪽인 무안군에 나와 같이 한날한시에 내려온 무안군 감무가 나에게 와서 한 말이오."

"그렇다믄 사실이겄지라우."

"송나라에 없으니까 탐진 청자자판은 천하제일인 것이오."

나주목에 군현으로 속해 있던 무안군에도 명종 2년 도강현과 같이 감무가 파견됐던 것은 사실이었다. 무안군 감무는 일찍이 사신 무관으로 송나라를 다녀왔는데, 그에게 도강현 감무가 탐진 청자자판을 자랑하자 송나라에는 없는 것이라고 알려주었던 것이다. 그 뒤부터 도강현 감무는 탐진의 청자자판을 더 귀하게 여겼고, 가끔 대구소를 찾아와 향리에게 청자자판 생산을 주문했던 것이다.

도강현 감무의 말대로 곧 청자 운반선이 개경 벽란도에서 내려왔다. 도공들이 이미 만들어놓은 청자자판을 다 선적하고 넉 달을 미산포에서 정박했다가 상감한 청자항아리와 청자주전자, 청자향로, 청자베개 등을 마저 싣고 떠났다. 그런데 청자 운반선이 가고 난 뒤 개경에는 또 한 번 정변의 회오리바람이 몰아쳤다.

명종 9년(1179).

평장사 겸 중군병마판사 벼슬을 내려놓았던 정중부는 무신 독재 이전으로 돌아가겠다는 경대승(慶大升)에 의해 살해당하고 말았다. 정중부의 아들 정균이 아버지의 정변동지인 이의방을 살해한 뒤 세상에 두려울 것이 없었던 정중부도 이십 대의 경대승에 의해 살해당하고 말았던 것이다. 경대승은 정중부는 물론이고 그의 아들 정균과 사위 송유인(宋有仁)을 죽이고 권력을 잡았다. 명종은 누가 권력을 잡고 휘두르든 방관자의 위치에 섰다. 문신도 무신도 믿을 사람이 아무도 없기 때문이었다. 명종은 정중부에서 이의방으로, 또 이의방에서 정중부로, 또 정중부에서

경대승으로 무신집정이 바뀌는 것을 지켜볼 뿐이었다. 명종은 선왕의 유언과 상관없이 무신에 의해 왕위에 올랐듯 통치도 자신의 의지대로 할 수 없었다.

상벌을 주는 통치도 늘 집권실세 무신의 눈치를 살폈다. 명종 스스로 "상벌은 본래 임금의 권한인데, 근래 조정의 힘 있는 신하가 권위나 위력으로 굴복시키는 것을 사사롭게 하여 항상 지켜야 할 도리와 질서를 어지럽히고 있다"라고 탄식할 정도였다. 실제로 정중부의 가노가 법을 어겼지만, 가노 대신 관리에게 파면과 좌천의 벌을 내린 적도 있었다. 공주를 궁주(宮主)로 봉하는 날도 이의방의 태도는 기고만장했다. 이의방 등 무신들이 기녀를 데리고 대취해서 박수 치고 노래하는 소리가 내전까지 들렸지만 그들의 무도한 언행은 거리낌이 없었다. 임금을 조금도 두려워하거나 어려워하지 않았던 것이다.

설상가상 무신들의 독재로 진퇴양난에 빠져 있던 명종에게 울타리와 같았던 어머니 공예태후가 명종 13년(1183)에 눈을 감았다. 전년에 넷째 아들 원경국사 충희가 사망하자 무신들에 의해 화를 당한 것이라 생각하고, 그 충격 때문에 병을 얻어 75세로 유명을 달리했던 것이다.

명종에게는 받아들이기 힘든 현실이었다. 공예태후가 병석에 눕자 명종은 손수 약을 달이고 간병하느라 여러 날 동안 옷을 벗지 않았으며, 태후의 병이 더욱 위중해지자 너무 울어서 눈꺼풀이 물러터질 정도였다. 태후가 죽은 다음에는 아침저녁으로

빈소에 가서 울었는데, 이를 보다 못한 재상들이 애통한 마음을
억제해 줄 것을 요청했으나 소용없었다. 명종으로서는 의지할
데가 사라져 버렸으므로 비통하고 눈앞이 캄캄했던 것이다.

청자상감운학문병

경대승이 30세 나이로 병사하자, 명종은 경주에 있던 팔 척 거구의 무신 이의민을 개경으로 불러들였다. 무신정변 주요 인물 중의 한 사람인 이의민은 자신을 총애했던 의종을 살해하는 일도 마다치 않은 위인이었다. 당시 이의민은 맨손으로 의종의 척추를 꺾어 죽였는데 힘센 그의 손이 닿자 의종의 등뼈는 뚝뚝 부러지는 소리가 났고, 그는 그 소리를 들으며 껄껄 웃었다고 전해졌다.

명종은 이처럼 비정하기 짝이 없는 이의민과 권력을 배분해 가졌다. 이전까지는 경대승이 독점했던 인사권을 명종도 어느 정도 가지게 되었던 것이다. 명종 14년부터는 인재를 등용함에 있어서 총애하는 가까운 환관들과 의논하여 6품인 참관(參官) 이상의 임명장에 왕이 직접 서명한 다음 그것을 밀봉하여 인사권을 담당하는 정조(政曹)에 보냈던 것이 그 한 예였다. 그렇다고 이의민을 능가하는 것은 아니었다.

그런데 기회를 엿보던 최충헌이 13년 동안 정권을 잡은 이의민을 살해했다. 이의민의 아들 이지영이 그의 동생 최충수가 기르던 비둘기를 강탈한 것을 구실삼아 무신들과 규합해서 그랬다. 그런 뒤 그는 원칙 없이 갈팡질팡 통치한 것에서 명종의 폐위 명분을 찾았다. 최충헌의 동생 최충수는 명종을 만나 힐난했다.

"28년이나 왕위에 있었는데, 늙고 정사를 게을리하여 여러 소군(小君)이 은혜와 위력을 마음대로 부려 국정을 문란하게 하였으며, 폐하가 또 많은 소인들을 유달리 귀엽게 여기고 사랑해 황금과 비단을 많이 내려주어 곳간이 텅 비었으니 폐하를 어찌 폐하지 않겠소!"

최충헌 형제는 왕을 겁박하여 홀로 향성문을 나서게 한 다음 창락궁(昌樂宮)에 연금하고 태자는 강화도로 추방했다. 그런 뒤 공예태후의 다섯째 아들이자 명종의 동생 평량공(平涼公) 민(旼)이 왕위를 잇게 하여 신종(神宗)이 되게 하였다.

신종 5년(1202) 9월. 이질에 걸린 명종은 기력이 떨어져 병석에서 일어나지도 못했다. 이에 동생인 신종이 태의를 보내 약을 올리려고 했지만 명종은 고개를 저었다.

"28년간이나 왕위에 있었고 내 나이 72세인데 어찌 더 살기를 바라겠는가."

명종은 치료를 거부했다. 그리고 두 달 뒤인 11월에 창락궁에서 사망했다. 신종은 형인 명종을 왕의 예우로써 장례를 치르고자 했지만 최충헌이 반대했다. 할 수 없이 예를 낮추어서 왕후의 의식에 준해 장사를 지냈다. 죽어서도 왕의 대접을 제대로 받지 못했던 것이다. 태자는 강화도에 있어서 장례에 참석하지 못했는데, 이를 두고 백성들이 슬퍼할 뿐이었다.

　최충헌이 집권했지만 민심은 여전히 흉흉했고 지방 곳곳에서는 반란이 끊이지 않았다. 무신정권 수립 이후 빈번해진 하층 양민과 승려 세력에 의한 반란은 최충헌이 집권한 뒤에도 자주 일어났다. 신종 1년에는 노비였던 만적이 누구나 공경대부가 될 수 있다고 선동하여 개성에서 난이 일어났고, 그 이듬해에는 명주(溟州, 강릉) 및 동경(東京, 계림)에서 도둑이 창궐해 주군을 침범·약탈하였다.

　또한 신종 3년에는 진주의 구실아치 정방의(鄭方義) 등이 반란을 일으켰고, 금주(金州, 김해)에서는 잡족인(雜族人)이 난을 일으켜 호족을 죽였으며, 동경에서는 최대의(崔大義) 등이 난을 일으켰다. 신종 5년에는 탐라에서 반란이 일어났고, 동경에서는 별초군(別抄軍)이 또 난을 일으켰다. 이듬해에는 부석사와 부인사(符仁寺)의 승려들이 반란을 꾀하다가 붙잡혀 유배형에 처해졌다.

　이처럼 거듭되는 반란에 대해 최충헌은 강경책으로 토벌을 강행하는 한편, 관작을 주거나 혹은 향(鄕)·소(所)·부곡(部曲) 등을 현(縣)으로 승격시켜 하층 양민을 달래기도 했다. 한편 중앙의 문신과 무신, 그리고 지방의 지방관들을 회유하는 책략 중 하나는 자금을 뿌리는 일이었다. 자금은 지방관들이 보내는 특산물과 세금 등으로 충당했다.

　탐진청자도 당연히 최충헌의 인기 품목 중 하나였다. 최충헌 일가는 탐진의 상감청자를 있는 대로 다 가져가 대신과 호족들에게 고가로 팔았다. 그리하여 무신들을 다독거리는 통치자 금으로 사용했다. 형보다 욕심이 많은 최충수가 자신의 집사에게 말했다.

"탐진 상감청자는 상품이고 하품이고 간에 전부 개경으로 가지고 와야 한다. 상감청자만큼 확실한 재물은 이 세상에 없다. 호족들이 금은을 가져오니까 하는 말이다. 상감청자를 좋아하지 않는 호족을 나는 본 적이 없느니라. 나는 이문을 혼자만 차지하겠다는 것도 아니다. 고생한 무신들에게 나누고 베풀 것이니라."

"예, 얼른 탐진으로 내려가갓습네다."

"그곳 향리에게 공문을 써 주겠다. 향리도 탐진에 이문을 주니 좋아할 수밖에 없을 것이다."

이때부터 탐진에서 다시 청자 생산이 활발해졌다. 대구소와 칠량소 향리들의 발걸음이 분주해졌다. 밤낮으로 흙을 만지는 도공들도 일손이 모자랄 지경이었다. 상감청자는 무늬만 음각하고 양각하는 청자보다 품이 훨씬 더 들었다. 그러나 최충헌이 집권하면서부터 개경에서 찾는 것은 온통 상감청자뿐이었다.

물론 상감기법이 신종 때 만들어진 것은 아니었다. 인종 때 발생하여 의종과 명종 때 진일보했고, 최씨 무신정권 초기인 신종 때에 이르러 만개하기 시작했던 것이다. 어느새 대구소 향리의 품평은 한 치의 어긋남이 없었다. 대구소 향리가 평을 내리면 바로 값이 정해졌다. 사당마을에 상감청자만 굽는 가마가 늘어나자 각 마을의 행수도공들이 모여들었다. 그날도 대구소 향리는 개경에서 내려온 최충수의 집사를 사당마을의 한 가마로 안내했다. 최충수의 집사 옆에는 장사 같은 그의 가노가 있었다. 가노는 거구인데 과묵했다. 행수도공이 말했다.

"폐하께서 선정을 베푸신께 우리 도공덜도 신바람이 나그만요."

"상장군님께서 집사 나리를 내려보냈응께 더 많은 상감청자가 필요헐 것 같소."

대구소 향리 말끝에 최충수의 집사가 말했다.

"향리 나리, 상장군님께서는 상감청자를 껌찍이 좋아하십네다. 기야말로 상장군님 사저 밖에는 날마다 상감청자를 구하려고 사람들이 줄을 서고 있습네다."

"아이고메, 지덜 도공도 밤낮으로 맨들고 있그만요. 향리 나리께서 어처케나 독촉허신지 똥구녕 닦을 시간도 읎그만요."

"향리 나리, 상장군님께 반다시 보고해서 상을 내리도록 하갓시다. 그러니까니 차질읎이만 올려 보내 주시라요."

"청자 운반선이 예전보다 많아졌지만 더 자꼬 와야 허지라."

"조운선을 동원해서라도 보내주라고 건의하갓습네다."

최충수의 집사는 힘 있는 벼슬아치처럼 당당했다. 실제로 최충수의 가노마저도 낮은 직급의 구실아치들에게 거드름을 피우고 다녔다. 권신의 가노가 벼슬아치처럼 행세하고 다닌 예는 많았다. 정중부의 가노가 그러했다. 어사(御史) 진광인(晉光仁)이 정중부의 가노를 국문하였다가 화를 입을 뻔했던 것이다. 정중부의 가노가 금령을 어기고 자줏빛 비단 적삼을 입고 다녔는데, 사헌대 서리가 소유에게 명령하여 그것을 벗기도록 하였다. 그때 가노가 소유를 때리고 달아나니, 사헌대 서리가 더욱 분개하여 행인들과 함께 그를 붙잡았다. 다음 날 중승(中丞) 송저(宋詝)와 어사 진광인이 그를 포박하고 문초하니 정중부가 화를 내면서 군사를 거느리고 어사대에 이르러 송저 등을 죽이려고 하였다. 왕은 정중부의 화를 두려워한 나머지 송저를 파직하고 진광인을 공부원외랑으로 좌천시킨 일이 있었다.

"향리 나리, 청자를 몽두루 맨들면 서로 좋은 거 아니갓습네까?"

"집사 나리, 그라고 말고라우. 우리 처지에서는 못자리 논뚜렁 파고 옹구락지 잡는 격이지라우. 하하하."

"향리 나리가 내 맘에 무똥 듭네다."

"그라믄 여그 상감청자부터 구경허실라우?"

"얼똥 보고 잪습네다."

행수도공이 자신의 동막으로 앞장섰다. 동막 작업장에는 대구소 향리의 언질이 있었는지 상감청자만 가득했다. 작업장은 조금 어두웠지만 닫힌 문을 다 열자 환해졌다. 최충수의 집사는 상감청자들을 보더니 입을 다물지 못했다. 맨 앞쪽에 놓인 상감청자는 참외 모양인데 모란꽃은 백토로, 줄기와 잎은 흑토로 상감돼 있었다.

"내가 일찍이 참외 모양 청자는 봤지만 여기에다 모란꽃을 상감한 것은 첨 봅네다!"

"집사 나리, 놀래지는 마시지라우. 그 옆짝 상감청자는 더 기가 맥힐 거그만요."

향리의 말에 최충수의 집사는 고양이처럼 살금살금 다가가 마치 꽃향기라도 맡듯이 코를 벌름거렸다.

"과연 기기묘묘합네다."

두 번째로 본 상감청자는 참외 모양인데, 모란꽃과 국화꽃이 번갈아 가며 백토와 흑토로 상감돼 있었다.

"이런 상감청자는 뭣이라고 부릅네까?"

"여그서는 '청자상감참외모양모란꽃국화꽃무늬병'이라고 허지라우."

"용도는 뭣입네까?"

"그야 술을 담으믄 술병이고 꿀을 담으믄 꿀병이지라우. 글고 매화꽃을 꽂아놓으믄 매병이고요."

최충수의 집사는 더 볼 것도 없다는 듯이 행수도공의 상감청자를 모두 사겠다고 말했다.

"더 볼 것이 읎습네다. 청자 운반선이 오믄 다 선적하시라요."

"선금을 주시믄 더 좋겠습니다요."

"여기 몇 점이나 있습네까?"

"상품만 모아놨는디 20점이그만요."

숫자가 적은지 최충수의 집사가 약간 실망하는 듯했다. 그러자 행수도공이 다시 말했다.

"하품은 다 깨부렀그만요."

"허허허. 아깝습네다. 담에는 하품도 놔두시라요."

"지 맘에 안 드는디 으쩌케 놔두겠는게라우."

"그라니까니 20점을 몽두루 가져갈 테니 값을 말하시라요."

행수도공이 말을 못 하자 대구소 향리가 중재했다.

"금 10냥이믄 으쩔게라우?"

"좋습네다! 좋습네다!"

최충수의 집사가 박수를 치면서 옆에 서 있는 가노에게 말했다.

"꺼내러마."

그러자 가노가 허리춤에서 금을 내놓았다. 사실 행수도공에게는 몹시 큰 값이었다. 1냥이면 쌀 8석이나 포 40필과 바꿀 수 있기 때문이었다. 그러나 최충수의 집사에게는 아무것도 아니었다. 개경으로 가지고 올라가면 값을 세 배로 쳐 호족들에게 금 30냥은 족히 받아낼 수 있어서였다. 최충수의 집사는 가능한 한 상감청자를 많이 확보하려는 듯 향리에게 다른 가마를 구경하자고 재촉했다.

"나리, 20점으로는 되지 않습네다. 상장군님께서는 2백 점도 성에 차지 않을 것입네다."

"마실 끝에 가믄 참말로 욕심나는 상감청자가 있그만요. 도공인 지가 봐도 구신을 본 거멩키로 홀려분당께요."

"근디 그자는 숨기기만 헌께 쪼깐 거시기허네. 품평헐라고 해도 보여줘야제 말이여."

사당마을 끝에 사는 도공은 별명이 괴짜 도공이었다. 자신이 만든 상감청자를 어디에 쉽게 내놓는 법이 없었다. 그가 가져가는 곳은 오직 절밖에 없었다. 승려들에게만 평을 받고 만족하는 그런 외골수 도공이었다. 그래도 향리는 괴짜 도공의 가마로 가지 않을 수 없었다. 최충수의 집사가 직접 내려와 탐진의 모든 상감청자를 개경으로 가지고 갈 태세이므로 기회를 놓치면 도공만 손해였다. 아무리 좋은 상감청자라고 하더라도 팔려야 가치가 올라가지 집 안에 두기만 하면 그것은 고물이나 마찬가지라고 생각했다.

　　다행히 괴짜 도공은 자신의 동막에서 작업 중이었다. 갑자기 향리가 나타나자 안절부절못했다.

　　"향리 나리, 으쩐 일이당가요?"

　　"에끼 이 사람아, 대구소에도 나오고 그래야제 집에만 틀어박혀 있으믄 되겄는가. 시상 돌아가는 것도 알아야제 머리도 돌아가는 것이여."

　　"맨들다 보믄 때가 오겄지라우. 쌍계사 스님이 그란디 고것을 시절인연이라고 헙디다요. 지는 때를 지달리고 있그만요."

　　"이 사람아, 자네는 감나무 밑에서 감이 떨어지기를 지달리는 사람 같으네. 감을 간짓대로 따야제 입만 벌리고 있으믄 은제 감이 입안으로 들어가겄는가."

　　"그래도 목구녕에 거미줄은 치지 않그만요."

　　"나는 자네가 맨든 정병을 월등사에서 봤는디 참으로 격조가 있드그만. 아참, 내가 모시고 온 분은 개경 상장군님 집사이시네. 인사드리게."

"상장군님이믄 젤로 높은 장군이신게라우?"

"성제분이 모다 상장군님이시여. 우리나라에는 일찍이 읎던 일이제."

최충수의 집사가 약간 거만하게 말했다.

"성지 상장군님께서는 폐하를 옹립했습네다. 두 분께서 탐진청자를 가지고 오라고 했시다. 탐진도공들로서는 영광이라요."

"아이고메, 지 같은 촌놈 청자를 어처케 상장군님께 올리겄습니까요?"

그러자 향리가 크게 웃으며 말했다.

"하하하. 걱정 마시게. 상장군님께서는 상품이든 하품이든 탐진청자라믄 다 올려 보내라고 하명을 허셨다네."

"그라믄 안심이고라우."

"한번 보여주시게."

"다 보여드리기는 거시기헌께 두 점만 가지고 나올께라우."

"괴짜가 맞구만. 부끄러워서 그란지, 아까와서 그란지 보믄 알겄제잉."

괴짜 도공이 동막 골방에서 상감청자 한 점을 가지고 나왔다. 상감청자의 키는 어른 손으로 세 뼘 정도로 훤칠했다. 입은 작으나 야무졌다. 그리고 어깨는 처지지 않고 약간 올라가 힘이 있었다. 아래로 내려갈수록 날씬해지다가 바닥은 무게를 지탱

할 만큼만 했다. 넓지도 좁지도 않았다. 가슴께에는 흑토로 상감
한 능화창 네 개가 있고, 그 안에는 물가의 버드나무와 물새들이
백토와 흑토로 상감돼 있었다. 마치 능화창 밖에 있는 풍경을 보
는 듯한 착각이 일었다. 빛깔은 비색이 아닌 청회색이었지만 유
약의 광택은 흠잡을 데가 없었다. 잔 균열인 빙열 하나 없이 말끔
했다. 대구소 향리가 탄성을 질렀다.

"이런 보물을 감춰두고 자뗴바뗴했그만!"

"비색이 아니라서 쪼깐 거시기해라우."

"능화창 안에 있는 물새는 무신 새인가?"

"물에 떠 있는 새는 오리이고, 서 있는 새는 백로그만요."

"자네는 무신 상감을 좋아허는가?"

"지는 대나무나 까치무늬 상감허기를 좋아하지라우."

"그것을 보고 싶습네."

"시방 맨들고 있는디 가실 가마에 구을라고 허지라우."

"쪼깐 전에 하나를 더 보여준다고 했는디 시방 볼 수 읎겠는가?"

"약속했응께 보여드려야지라우."

괴짜 도공이 동막 골방에서 또 상감청자 한 점을 가지고 나왔
다. 이번에는 향리도, 집사도, 행수도공도 모두 놀랐다. 행수도공
이 자신도 모르게 무릎을 꿇는 바람에 괴짜 도공의 손에 든 상감
청자와 부딪칠 뻔했다. 향리가 행수도공을 붙잡으며 소리쳤다.

"아이고메, 가심이 철렁해 부렀네!"

"머리에 털 나고, 그러니까니 요런 귀물은 첨 봅네."

괴짜 도공은 과한 칭찬을 받았다고 생각했는지 멋쩍게 웃었다. 향리는 구름과 학무늬를 상감한 청자병을 뚫어지게 바라보았다. 감상하는 것이 아니라 혼이 나간 듯 멍하니 서서 꼼짝을 못 했다. 모양은 좀 전에 보았던 '청자상감능화창모란문병'과 같았다. 이번 상감청자는 구름과 학의 무늬가 정교하고 화려했다.

날씬한 몸체에는 42개의 원으로 된 창이 있는데, 둥근 창 속에는 학이 구름을 뚫고 위를 향해 날고, 창밖의 학 23마리는 구름 사이에서 아래쪽으로 내려오고 있었다. 학의 날개는 백토 상감으로 하고 부리와 다리는 흑토 상감을 해서 기법의 절정을 보여주었는데, 병에 새긴 학은 모두 65마리였다. 그러나 그것은 병이 가만히 있을 때의 숫자이고, 괴짜 도공이 병을 빙글빙글 돌리자 수천 마리의 학이 구름 사이로 비색 창공을 나는 듯했다. 최충수의 집사가 탄성을 질렀다.

"천 마리 학이 날아다니는 것 같시다!"

이에 행수도공이 말했다.

"천 마리 학이 나는 것 같다고 우리 도공덜끼리는 '천학청자병'이라고 부르그만요. 서울 사람덜은 '청자상감구름학무늬병'이라고 허드그만요."

문식이 있는 관원들은 '청자상감운학문병'이라고 불렀다. 괴짜 도공도 놀란 듯 고개를 저으며 말했다.

"지만 요런 청자를 맨드는 것이 아니그만요. 쌍계사 쪽으로 올라가믄 이보다 더 좋은 상감청자덜이 있지라우."

"나는 이번에 내려온 김에 탐진의 상감청자들을 다 살 것입네다."

"자네는 이것 말고도 있지 않은가? 집사 나리께서 사 가시겄다고 헌께 모다 내와보소."

"아니그만요. 두 점 말고는 거시기허그만이라우. 그래서 메칠 전에 다 깨부렀그만요."

"허허, 아깝네 아까워. 방금 집사 나리께서 말씸허시지 않든가. 모다 사겄다고 말이여."

"지는 고로코름 살지 못해라우. 지가 맨든 청자를 지라고 생각헌께라우."

"할 수 읎네. 자네 작품은 또 후일을 기약해야겄네."

최충수의 집사가 데리고 온 가노를 시켜 상감청자 두 점 값으로 금 10냥을 바로 내놓았다.

"금 10냥을 내놓갓시다. 쪼꼼도 아깝지 않습네."

"워메 워메!"

이번에는 괴짜 도공이 소 울음소리 같은 소리를 내며 놀랐다.

"내 생전에 요로코름 받아본 적이 읎어라우. 요게 먼 일이다요잉!"

대구소 향리가 말했다.

"집사 나리께서 자네 상감청자를 보물로 생각허신 것이 틀림읎네. 금 10냥을 내놓고도 쪼깜도 아깝지 않다고 허시지 않는가. 자네 말대로 시절인연이네. 횡재를 했네 그랴."

"지가 갑재기 도적놈이 되야분 거 같그만요."

최충수의 집사는 마음이 급했다. 탐진의 가마들을 더 많이 보고 싶어 했다. 탐진에 오래 있을 수가 없기 때문이었다. 대구소 향리는 종일 최충수의 집사를 데리고 가마가 있는 마을들을 돌아다녔다. 그러나 사당마을처럼 상감청자가 도드라지게 많은 곳은 없었다. 대부분 상감청자보다는 다양한 모양의 비색청자들을 가지고 있었다. 청자칠보투각향로, 청자참외모양병, 청자사자뚜껑주전자, 청자어룡형주전자 등등 도공들의 취향대로 자기 장기를 발휘하여 만들어진 비색청자들이었다.

며칠 후 최충수의 집사는 청자 운반선이 오자, 사흘 동안 사들인 비색상감청자와 다양한 모양의 비색청자를 선적한 뒤 가노와 함께 떠났다. 대구소 향리에게 또 내려오겠다고 약속하고는 개경으로 올라갔다.

5장

월남사

고종 21년(1234) 봄.

월남사에서 병을 다스리던 혜심(慧諶)은 마침내 눈을 감았
다. 보조지눌의 제자였던 혜심은 수선사와 지리산 단속사를 오
가며 정진하다가 월등사로 와서 사찰 이름을 월남사로 바꾼 뒤
입적했던 것이다. 혜심이 입적하자 월남사에 가장 먼저 찾아온
승려는 그의 제자 쌍봉사 주지 법우(法祐)였다. 법우가 월남사에
왔다는 사실은 탐진현의 큰 소식이었다. 그의 속가 아버지가 무
신정권의 최고 실세 최우(崔瑀)였기 때문이었다.

법우의 속명은 최만전(崔萬全). 최우의 차남이자 최만종(崔
萬宗)의 친동생이었다. 최우는 두 형제를 개경에서 멀고 먼 수선
사(修禪社, 송광사)로 출가시켰다. 나라의 병권(兵權)을 김약선(金若
先)에게 맡기려 했으나 두 형제가 반발할까 두려워서였다. 김약
선은 최우의 사위였다. 그리고 그보다 더 내밀한 이유는 두 형제
를 수선사 혜심에게 출가시킴으로써 훗날 후계를 둘러싼 갈등
을 미리 해소하고자 그랬다. 반면에 혜심 또한 스승 보조국사 지

눌이 결성한 수선사에 대한 무신정권의 지원을 얻고자, 양민들이 건달이라고 피했던 두 형제를 제자로 받아들였던 것이다.

법우는 스승 혜심을 다비한 뒤에도 월남사에 남았다. 법우는 왕명을 받지 않았지만 스스로 월남사 주지를 맡았다. 그러자 혜심에게 갔던 최우의 지원이 월남사로 향했다. 최우는 혜심이 머문 수선사나 단속사에 차나 향, 약, 진귀한 음식과 귀한 과일에 이르기까지 보시하지 않은 것이 없었고, 승복은 물론이고 발우와 다기까지 때를 맞춰 끊임없이 보내주었다. 무신정권의 실세들이 월남사를 자주 찾으면서 사세는 날로 번창했다.

그런데 최우는 친히 월남사에 내려올 형편은 못 되었다. 몽골 침입에 대비해서 한시라도 강도성(江都城)에서 자리를 비울 수 없었다. 일찍이 추밀원부사에서 고종 6년 아버지 최충헌이 죽자 그 뒤를 이어 교정별감이 되었고, 3년 뒤에는 참지정사와 이병부상서(吏兵部尙書) 및 판어사대사(判御史臺事)가 되어 집권자의 위상을 확실히 했으며, 고종을 움직여 의주(宜州, 함남 덕원)·화주(和州, 함남 영흥)·철관(鐵關, 철령) 등 요충지에 성을 쌓았던 것이다. 이윽고 고종 19년에는 몽골에 대항하기 위해 강화천도를 주청하고 나서 녹봉거(祿俸車) 1백 대로 왕실의 가재를 강화로 옮기고 개경 사람들을 피난시킨 뒤, 고종으로 하여금 천도를 단행하게 했다.

따라서 최우는 자신의 아들 법우(만전)가 있는 월남사에 직접 올 수 없었고, 대신 그의 최측근들이 월남사를 오갔다. 그중에 교정별감 김약선은 법우의 속가 매형이기도 했다. 김약선이 월남사에 오자 탐진현 수령, 대구소 향리, 칠량소 향리, 토호들이 한걸음에 달려와 머리를 조아렸다. 도강현 감무만 오지 않았다. 그는 법우 모친이 기생이라는 것을 알고 법우를 무시했던 것이다.

김약선이 월남사에 온 날 법우는 출타 중이었다. 단속사로 가서 속가 형인 만종을 만나고 있었다. 아무리 급한 일이 있더라도 법우는 병중이었으므로 단속사에 오래 있지는 못할 형편이었다.

"교정별감 나리, 탐진에 오신 것을 환영합니다."

"탐진현 수령이 이 고을 향리들을 데리고 와서 환영해 주니 고맙소."

"월남사에 오신 별감 나리를 뵙고자 저희들이 어찌 달려오지 않을 수 있겠습니까요."

"주지스님이 계시지 않은데 내가 절을 번거롭게 하는 것은 아닌지 염려되오."

"듣기로는 만종선사를 뵈러 갔는데 내일이면 오신다고 합니다요."

"주지스님께서 고생이 많지요?"

"탐진 사람들이 한때 백제에 대한 미련이 많았습니다만, 진각국사 혜심 스님께서 오시고 또 법우선사께서 이곳에 계시어 잘 해결되었습니다요."

탐진 수령은 탐진, 고안, 정안 등의 호족들이 한때 망한 백제를 부흥하고자 했지만 진각국사 혜심이 월남사에 주석하고, 또 뒤를 이어서 그의 제자 법우가 절을 지킴으로써 그러한 기세가 사라졌다고 보고했다. 서남해안에 인접한 호족들에게 백제에 대한 미련이 많았던 것은 사실이었다. 일찍이 무위사에 선각국사 형미가 왕건의 지원을 받아 주석한 것도 호족들을 선무하기 위한 일환이었다.

김약선은 진각국사 혜심이 중병으로 고생하면서도 왜 지리산 단속사에서 월남사로 왔는지를 잘 알고 있었다. 장인 최우에게 직접 들은 이야기가 있었기 때문이었다. 최우 역시 서남해안 호족들이 백제에 대한 향수가 많았으므로 실세 승려를 파견하여 불온한 싹을 잘라버리려고 했던 것이다.

그런 이유로 최우는 강도 궁궐에 머물며 몽골과 전쟁 중이면서도 월남사에 지원을 아끼지 않았는데, 자신은 내려갈 수 없었으므로 김약선 같은 측근들을 자주 보냈던 것이다. 탐진 향리들과 토호들은 김약선을 면담하면서 빈손으로 오지 않았다. 개경의 벼슬아치라면 누구나 다 좋아하는 탐진청자를 들고 와 바쳤다. 토성 호족인 김씨가 먼저 노비 두 사람을 시켜 대구소에서 구한 청자의자 두 개를 들고 와 김약선 앞에 놓았다. 김약선은 난생처음 청자의자를 보고는 눈을 크게 떴다.

"이런 모양의 청자기물은 처음 보았소. 어디에 사용하는 것이오?"

"나리께서 정원에 놓고 마님과 함께 앉으시믄 의자가 되고, 실내에서 귀한 물건을 놓으시믄 받침대가 되겠지라우."

"받침대로 쓰기에는 너무 아깝겠소."

"지 생각도 그렇습니다요. 굳이 두 개를 가지고 온 것은 나리와 마님께서 의자로 사용하시라고 그랬지라우."

"고맙소."

"나리, 심축드립니다요."

"뭣을 심축한다는 말이요?"

"따님께서 태자비가 되셨다는 희소식을 들었지라우. 다시 한번 심축드리겠습니다요."

"나는 내가 사용하기보다는 이 의자를 태자에게 보내겠소. 그러면 나의 딸 태자비와 함께 앉지 않겠소?"

"태자 저하와 태자비를 애지중지허시는 나리 맘을 알겠습니다요."

김약선은 매우 흡족하여 두 개의 청자의자를 한동안 뚫어지게 바라보았다. 의자의 크기는 두 개가 서로 달랐다. 남녀를 염두에 두고 만들었는지 아니면 키가 크고 작은 손님을 생각해서 그랬는지는 알 수 없었다. 물론 손으로 성형하다 보니 그럴 수도 있었다. 청자의자의 높이는 어른 손으로 두 뼘 반 남짓, 방석 같은 몸체 상단 넓이는 한 뼘 반 정도 되었다. 그런데 크기보다는 몸체의 투각과 음각한 문양들이 격조가 있었고, 몸체 안을 비워 무게를 가볍게 한 도공의 의도에 혀를 내두르지 않을 수 없었다.

"이 도공은 어디에 살고 있소?"

김 족장이 정확히 모르는 듯 우물쭈물하자 대구소 향리가 대답했다.

"상감청자로 명성을 올려부렀던 탐진 사당마실에서 살고 있습니다요."

"이런 도공이라면 강화로 불러들여 가마를 지어주고 싶소."

"나리, 강화에서는 좋은 청자가 나오기 심듭니다요. 기술이 읎어서가 아니라 흙이 탐진 것보다 못허기 때문입니다요."

"허허허. 그렇다면 별수 없소."

김약선는 또다시 눈길을 청자의자로 돌렸다. 앉는 자리 바로 밑은 인동초 덩굴을 음각해 빙 둘렀고, 그 밑 볼록한 몸체 부분은 타원형 고리를 일정하게 겹쳐서 투각으로 처리했으며, 그 밑은 음각한 국화꽃무늬가 띠를 이루었으며, 굽다리 부분은 연화문을 음각했는데 발색은 최상급이 아니었다. 그러나 청자로 의자를 만들겠다는 기발한 발상과 몸체 반 정도를 투각하고 안을 텅 비워서 무게를 줄인 실용성이 뛰어난 점은 도공을 칭찬하지 않을 수 없었다.

"나는 청자의자 값을 지불하겠소."

"아닙니다요. 나리께서 월남사에 내려오신 것에 대한 보답입니다요."

"탐진 사람들이 이처럼 의리가 있고 정이 많은지 몰랐소. 그러니 나는 의자 값을 내고야 말겠소."

271

김약선이 손을 들자 멀찍이 뒤에 있던 군관 두 명이 달려왔다.

"금 20냥을 가져오너라."

"예, 별감 나리."

"나리, 지는 탐진에 사는 김씨를 대표해서 선물을 드리는 것이제 장사하러 온 사람이 아닙니다요."

"김 족장의 뜻을 어찌 모르겠소."

"그런께 받아주셔야 헙니다요."

"그렇다면 이렇게 하시오. 나는 청자의자 값을 지불하겠으니 김 족장은 내 성의를 받으시오. 대신 이와 똑같은 청자의자를 만들어 월남사 법우 스님께 드리시오. 그러면 되지 않겠소?"

"아이고메, 말문이 맥혀붑니다요."

김약선이 교정별감에 오른 것은 최우가 그만큼 신뢰하고 있다는 증거였다. 최우는 본처 사이에 아들이 없고 딸만 있었으므로 김약선을 후계자로 삼기 위해 자신이 통치하기 위해 만든 교정도감의 별감으로 승진시켜 주었다. 만종과 만전은 기생 서련방 사이에서 난 아들이었으므로 서자일 뿐이었다. 그러나 그들이 언젠가는 김약선을 위협할 수 있기 때문에 출가를 시켜버렸던 것이다.

칠량소 향리가 구름무늬가 상감된 청자베개를 선물하자, 탐진에서 온 하씨 족장은 청자항아리를, 최 족장은 청자주병을, 정 족장은 청자주전자를, 조 족장은 청자향로를, 도강에서 온 황 족장은 청자합을, 임 족장은 청자대접을 바쳤다. 그런데 김약선은 탐진의 김 족장의 경우처럼 받기는 하되 값을 치르면서 반드시 월남사에 똑같은 것들을 보시하도록 당부했다.

　마지막으로 탐진현 수령은 청자투각붓꽂이를 바쳤다. 수령의 선물에 김약선은 매우 흡족해했다. 김약선은 최우의 측근들 가운데 유일한 문신이었기 때문에 연적 같은 문방구를 몹시 좋아했던 것이다. 장방형 붓꽂이[筆架]는 아주 귀하게 보였다. 길이는 어른 손으로 한 뼘보다 조금 길고, 높이는 어른 손가락 네 마디 정도 되었다. 그런데 조각과 투각이 정교했다. 상단 양쪽에는 용머리가 밖으로 향해 있고 붓을 꽂을 수 있는 구멍 세 개가 뚫려 있는데, 구멍 부근에는 국화꽃무늬가 음각으로 처리돼 있었다. 빛깔은 옅은 청록색으로 빙열은 없었다.

　"이 필가는 참으로 정교하오."

　"두 마리 용이 서실의 액운을 막아줄 것입니다요."

　"다시 말하지만 탐진, 도강 사람들은 예의와 의리가 있소. 지방에만 있기에는 아까운 인재들이오. 나는 강화로 올라가 그대들을 천거할 것이오. 강화에 올라온다면 그대들은 더욱더 가문을 빛낼 것이오."

　"말씀만 들어도 감격시럽습니다요."

　김약선은 금 80냥을 가져오게 하여 선물을 가져온 이들에게 모두 10냥씩 나누어 주었다. 그들은 김약선에게 자신들이 가져온 청자기물을 다시 만들어 월남사 주지 법우에게 보시하기로 약속했다. 그들이 떠난 뒤 김약선은 비로소 경내 전각을 돌아

다니며 참배했다. 월남사는 큰 사찰은 아니었지만 전각들이 단
정했다. 전각 외벽 하단은 청자전이 붙어서 정갈했고, 전각과 전
각 사이의 마당에도 청자전이 깔려 있어 신발에 흙이 묻지 않았
다. 그리고 뒤로는 월출산 바위산 자락이 병풍처럼 둘러쳐져 있
어 마음이 편안해졌다. 김약선은 사미승을 불러 인월대를 찾았
다. 혜심의 시 「인월대」는 문신들이 찻자리에서 읊조리는 명시
였다.

"인월대가 어디인가?"
"바우산 으디에 있다는디 잘 모르겠어라우."
"주지스님은 아시겠지."
"예, 낼 주지스님이 오신께 알 수 있을 것입니다요."
"알았으니 가보게."
김약선은 혜심이 지은 시 「인월대」를 외웠다.

우뚝 솟은 바위산은 몇 길인지 알 수 없고
그 위 높다란 누대는 하늘 끝에 닿아 있네
북두로 길어 온 은하수로 밤차를 달이나니
차 연기는 싸늘히 달 속 계수나무를 감싸네.

巖叢屹屹知幾尋
上有高臺接天際
斗酌星河烹夜茶

茶煙冷鎖月中桂

국자처럼 생긴 북두로 은하수를 길어 밤차를 달이는데, 차 연기가 달 속 계수나무를 감싼다는 혜심의 시였다. 병중에도 혜심은 월남사에서 인월대까지 올라가 탐진차를 마셨음이 분명했다. 그만큼 차를 즐겨 마셨는데, 김약선은 「인월대」가 당나라 시선(詩仙) 이백의 상상력을 뛰어넘은, 우주를 희롱하는 대선사의 시라며 부러워하곤 했던 것이다.

법우가 병중임에도 불구하고 단속사에 갔던 이유는 화급한 일이 있었기 때문이었다. 만종이 단속사에서 물의를 일으키고 있다는 소문이 계속 들려온 까닭이었다. 지방관들은 만종이 두려워서 조사하지 못했다. 최우의 장남인 만종이 양민들의 곡식을 빼앗을 때는 합법을 가장했던 것이다. 경상주도(慶尙州道)에서 벌어지고 있는 무도한 일이었다. 만종이 춘궁기 때 곡식을 민가 양민들에 꾸어주고 가을이 되면 재빨리 무뢰승(無賴僧)으로 하여금 이자를 붙여 가혹하게 징수했다. 양민들은 수확한 곡식을 만종의 무뢰승에게 모두 빼앗기고 관에 조세마저 내지 못했다.
　경상도 안찰사가 최우를 찾아가 전후사정을 보고했지만 개선될 기미는 보이지 않고 민심은 더욱 흉흉해졌다. 몽골이 남쪽까지 쳐들어온다면 양민들이 그쪽에 가담하는 반란을 걱정할 정도였다. 다행히 아직 그 지경까지 가지 않았지만 안심할 수 없었다. 법우가 급히 만종을 만나 양민들이 세금을 내기 전까지는 받지 말라고 설득했지만, 만종은 자신에게 허물이 없다며 거절했다. 법우는 깊어진 병 때문에 다시 월남사로 향하고 말았다.

'출가 전에도 무뢰배와 어울리며 자신의 서출 운명을 탓하더니, 그 습을 버리지 못하는구나. 나 역시 그랬었지. 어머니가 기생이라고 손가락질하는 놈을 보면 가만두지 않았지. 몽둥이로 죽지 않을 만큼 패주었지. 지금도 나에게 악행의 습이 남아 있을까.'

다음 날 오후.

법우는 월남사로 돌아왔다. 사미승이 달려와 김약선이 와 있다고 알렸다. 그러나 법우는 반갑지 않은지 떨떠름한 표정을 지었다.

"알겠다. 모시고 주지채로 오너라."

법우는 주지채 밖으로 나가지 않고 문을 활짝 열어놓고 앉아서 기다렸다. 이윽고 김약선이 사미승을 따라오더니 법우를 보고 말했다.

"처남 스님 잘 있었는가?"

"속가의 연을 끊고 스님이 됐으니 법우라고 불러주시오."

김약선은 충격을 받은 듯 잠시 침묵했다. 그러더니 능청맞게 말했다.

"아이고, 선사가 되신지 몰랐습니다. 별고 없으십니까?"

"별감 거사님, 오랜만입니다. 들어오세요."

두 사람은 마주 보고 절을 같이 했다. 김약선은 법우가 왜 자신을 보고 그런 표정을 지었는지 순간적으로 짐작했다. 장인인 최우가 자신을 후계자로 삼으려고 만종과 만전 두 형제를 수선사에 출가시켜 버렸기 때문이었다. 법우가 말했다.

"별감 자리가 좋습니까? 그렇지 않습니까?"

"좋고 말고가 어디 있겠소. 아버님께서 도와달라고 하시니 잠시 자리를 지키고 있는 것뿐이지요."

"아, 그러시군요. 아버님은 강녕하십니까?"

"몽골 대군이 언제 쳐들어올지 모르니 준비에 여념이 없으십니다."

"아버님께서는 왜 강화천도를 주장하셨습니까? 몽골군은 압록강을 건넌 군사입니다. 강화바다를 건너는 것은 아무 일도 아닙니다. 몽골군이 해전에 약해서 강화천도를 했다는 것은 그들을 너무 얕본 것입니다."

"아직까지는 몽골군이 강화로 들어오지 못하고 있습니다."

"들어가도 얻는 것보다 잃을 것이 더 많기 때문입니다."

"아, 스님께서는 병법에도 능하시군요."

"아닙니다. 출가 전에 병서를 조금 읽은 것이 전부입니다."

김약선은 법우의 새로운 면을 발견하고는 가슴이 서늘했다. 그에게도 통치술에 능한 최우의 피가 흐르고 있었다.

"스님께서는 아버님께서 왜 강화에 들어갔다고 생각하십니까?"

"강화 마니산에는 단군 제단이 있습니다. 불보살의 가피도 받고, 단군 조상님에게 의지하겠다는 것이 아버님의 생각일 것입니다. 단군은 국조(國祖)이시니까요."

"스님의 혜안에 놀랄 뿐입니다."

김약선은 월남사에 있으면서도 강도의 일을 환히 보고 있는 법우에게 마음속으로 고개를 숙였다. 법우는 월남사 주지 정도가 아니라 나라를 다스릴 만한 큰 그릇임을 직감했던 것이다. 김약선은 속가 매형이었지만 법우 앞에서 자세를 낮추었다.

"오해는 하지 마십시오, 스님."

"다 지나간 일입니다. 월남사에서 내 할 일이나 잘하고 있겠습니다."

"스님, 할 일이 무엇입니까? 제가 도울 수 있는 일이라면 돕겠습니다."

"수선사 2세이자 스승이신 진각국사비를 월남사에 세우는 일입니다. 영골을 봉안한 부도는 수선사 옆 광원사에 있지만 아직까지도 비가 없습니다."

"강도에 올라가서 힘을 모아보겠습니다."

김약선은 탐진현 수령과 향리들이 월남사에 청자를 보시하겠다는 약속을 자신과 했다고 법우에게 알려주었다. 다만 도강현 감무 박장원만 오지 않았다고 말했다. 그러자 법우는 마음속으로 박장원을 괘씸하게 여기면서, 김약선에게 할아버지 최충헌도 탐진청자를 좋아하셨다며 강도의 문신과 무신들이 관심을 더 가져달라고 부탁했다. 며칠 후 김약선은 법우와 오해를 풀었다는 것에 만족하며 조운선을 타고 강화로 올라갔다.

그런데 김약선은 자신을 절제하지 못하고 점점 타락의 길로 빠져들었다. 최우의 진양부(晉陽府) 안에 있는 시녀들을 망월루(望月樓)와 모란방(牧丹房)에 불러놓고 음란한 짓을 저지르곤 했던 것이다. 이에 그의 아내가 질투한 나머지 아버지 최우에게 찾아가 "저는 집을 버리고 비구니가 되겠습니다"라고 읍소했다. 그러자 최우는 즉시 김약선과 사통한 시녀들 및 그들을 붙여준 자를 섬으로 유배 보내고 망월루와 모란방을 헐어버렸다.

분개한 김약선은 아내가 사내종과 간통한 사실을 터뜨리려고 했다. 낌새를 눈치챈 그의 아내가 먼저 손을 썼다. 김약선에게 누명을 씌워 참소했다. 결국 최우는 한때 자신의 최측근이었던 김약선을 죽이고 말았다. 그러나 한참 뒤에야 최우는 자신의 딸에게 속은 것을 알고는 간통한 사내종을 죽이고 딸은 죽을 때까지 보지 않았다. 최우는 김약선에게 미안했던지 장익(莊翼)이라는 시호를 추증했다.

청자불상

푸른 산죽 무리 사이사이에 진달래꽃이 붉었다. 덕룡산 산자락은 온통 붉고 푸르렀다. 너덜길을 걷던 요세가 가쁜 숨을 몰아쉬며 걸음을 멈추었다. 그러자 요세에게 법을 받은 41세의 천인이 다가왔다. 천인은 스승 요세가 백련사에서 용혈암으로 온 까닭은 자신의 생이 다했다는 것을 알고 있기 때문이라고 믿었다. 요세는 세상 나이 83세였다. 요세가 너덜길에 주저앉으며 숨을 골랐다.

"스님, 진달래꽃이 붉습니다."

"여기 진달래꽃을 보는 것도 마지막이겠지."

"스님, 미타정토에도 진달래꽃이 필 것입니다."

"눈이 진달래꽃을 보는가, 마음이 보는가?"

"마음이 봅니다."

"그렇지. 마음이 있으니 진달래꽃을 보는 것이야. 『관무량수경』의 부처님 말씀을 잊지 말게. 이 마음이 부처를 만드니, 이 마음이 곧 부처이니라(是心作佛 是心是佛)."

천인이 요세의 말을 새기면서 합장했다. 사십 대 초반의 요세가 영암 약사암에서 정진할 때였다. 요세는 날마다 『법화경』 한 부를 외우고 아미타불을 1만 번 염불했다. 오십 대 초반이 되었을 때 탐진의 토호 최표, 최홍, 이인천 등의 권유로 만덕산 만덕사로 옮겨가 사찰 이름을 백련사로 바꾸었다. 그러자 요세의 명성을 들은 승려들이 모여들었고, 요세는 백련결사를 결행했다. 백성들은 몽골의 침략에 맞서 싸우고 있었다. 백련사 결사는 아미타염불만 하는 것이 아니라 항몽을 실천하는 보현도량으로 이어졌다. 이때 요세의 뜻을 받들었던 승려가 바로 천인과 천책이었다. 그런 인연으로 요세에게 묘법을 받은 천인은 백련결사 2세가 되었던 것이다. 천인이 화제를 바꾸었다.

"스님, 지난달에 조운선을 타고 강도에 다녀왔습니다."

"백성들이 위안받을 만한 소식을 들었는가?"

"예, 진양후께서 강도에 선원사를 창건하시었습니다."

강화천도를 단행하고 강도성을 쌓아 몽골 대군의 침입에 대비한 공으로 최우는 진양후(晉陽侯)가 되었다. 최우는 국자감을 수리 및 정비하고, 쌀 3백 석을 양현고(養賢庫)에 시납하여 장학(獎學)에 힘쓰는 한편 하동의 호족이자 처남인 정안(鄭晏)과 함께 사재를 희사함으로써 대장경판(大藏經版) 재조(再雕)를 완성하게 했다.

"진양후께서 선종을 후원하시는 것이 어제오늘의 일이 아니었지. 선원사도 선종사찰이 아니겠나. 허나 대장경판을 재조하신 일은 참으로 잘하신 일이야. 초조대장경을 조판하자 거란군이 물러갔으니 말이야. 대장경은 선종과 달리 우리 천태종이 무엇보다도 의지하는 부처님 말씀이니 말이네."

요세는 눈을 감고 말했다. 초조대장경을 조판한 후 결과적으로 거란군이 물러갔던 것은 사실이었다. 최우는 또다시 불력(佛力)으로 몽골군을 격퇴하고자 재조대장경을 본래 강화성 서문 밖 대장경판당에 보관했다가 선원사로 옮겼다. 그런데 최우에게는 그런 이유 외에 또 하나의 계책이 있었다. 그 계책은 대장경을 중시하는 천태종을 달래어 우군으로 끌어들이고자 했던 것이다.

고종 19년(1232)에 몽골군이 침공하여 팔공산 부인사에 있던 초조대장경이 불타버리자, 최우는 몽골 침공이라는 국난의 엄중한 현실에서 선종 교종 할 것 없이 결속을 강화하고자 고종 23년에서 시작하여 고종 38년까지 대장경 재조라는 16년에 걸친 불사(佛事)를 주도했던 것이다.

"진양후께서 잘하신 일이 또 있습니다."

"무엇인가?"

"단속사에 어사를 보내려고 한다는 소식입니다."

"만종선사의 횡포가 아직도 심한 것인가?"

"어사를 파견해서 만종선사가 쌓아둔 곡식을 양민들에게 돌려주고 무뢰승들을 붙잡아 옥에 가둘 것이라고 합니다."

"국란 중에 참으로 불미스러운 일이지. 양민들의 마음을 모아야지 반대로 해서야 어찌 국난을 극복하겠나. 우리가 백련사를 보현도량으로 일구어낸 것도 국난을 극복하자는 것이 아니겠나."

요세는 숨이 차는지 더 이상 말을 못 했다. 눈을 감고 한동안 자리에 앉아 아미타불을 중얼거렸다. 천인은 스승 요세가 천수를 다해간다고 직감했다. 과묵한 스승 요세가 하고 싶은 이야기를 다 토해내듯이 하는 것을 보니 그런 직감이 들었다. 천인의 예감은 적중했다. 요세는 가을로 접어든 입추 저녁에 천인을 불러 말했다.

"가을철이 들었으니 내가 가도 걱정이 없을 것이다."

"숨기운이 전과 약간 다른 것 같은데 어떻습니까?"

"내가 열반하려고 한 지가 오래이나 무더위 때라 적절치 않아 입추를 기다리느라고 지금껏 미루었느니라."

축시에는 시자에게 경쇠를 쳐서 대중을 모으게 하고 법좌에 올라 말했다.

"50년 동안 산속에서 삭은 이 몸이 오늘 떠나가느니라. 각자 정진하고 법을 위해 힘쓰라."

천인이 마음을 진정하고 물었다.

"세상을 떠날 때 선정에 든 마음이 곧 극락정토인데 다시 어디로 가시렵니까?"

"한 생각이 흔들리지 않으면 바로 이 자리에서 도(道)가 나타나느니라. 나는 가지 않아도 가는 것이며 그대들은 오지 않아도 오는 것이어서 서로 감응하여 도가 오가는 것이지 실상은 마음 밖에 있지 않으니라."

또한 요세는 입으로 불러주며 천인에게 게송을 쓰게 했다.

닭이 축시에 우니 밝은 구슬은 한 알 빛을 잃었다
깨닫지 못한 사람들아, 내 한 말 들으라.
다만 지금 누가 입을 열 것인가!

요세는 곧 선정에 든 것처럼 고요해졌다. 천인이 가까이 다가가서 보니 이미 입적해 있었다. 세속 나이 83세였고 출가 햇수 70년이었다. 얼굴빛이 맑고 희어 보통 사람과 달랐다. 손발이 부드럽고 머리 정수리는 오래도록 따뜻했다. 고종이 부음을 듣고 슬퍼하며 유사에게 명하여 국사로 책봉하고 원묘(圓妙)라는 시호를 내렸다.

천인은 스승이 입적한 용혈암을 떠나지 않았다. 용혈암에 주석하면서 법문이 있는 날에만 백련사로 갔다. 원묘국사 요세가 열반한 용혈암은 강도의 선원사 못지않게 성지가 되었다. 무신들이 다투어 수레를 타고 용혈암으로 내려와 천인을 친견했다. 천인은 그들에게 탐진청자를 선물하곤 했다. 탐진도공들도 용혈암을 자주 찾아왔다. 도공들은 천인에게 청자를 보시하고 복을 빌었다. 그러나 천인은 단명했다. 스승 요세가 가고 난 지 3년 만에 오로지 서방정토 가는 일에만 몰두하더니 10여 일 동안 곡기를 끊었다. 천인이 제자 원환(圓晥)에게 묘법을 물려주며 당부했다.

"내가 죽거든 후한 장사나 탑 같은 것을 세우지 말고, 지위 있는 이에게 찾아가서 비명도 받지 말고, 다만 버려진 땅에 가서 화장하도록 하라."

천인은 천태종 스님이었지만 선승의 면모가 강했다. 요세를 스승으로 삼고 나서도 그의 곁에 있기보다는 홀로 정진하기를 좋아한 나머지 용혈암에 머물렀던 것이다. 일찍이 진각국사 혜심을 찾아 조계의 선지(禪旨)를 터득하고 백련사에 돌아와 보현도량으로 일구는 주도적인 역할을 맡고서는 2년 후 지리산으로 들어가 종적을 감추기도 했다. 몇 년 뒤 천인이 나타나자 요세는 그에게 의발을 전수하려고 했지만 또다시 천인은 백련사를 떠나버렸다. 그러자 요세가 사람을 보내 "어찌 배절(背絶)하기를 그리도 경솔히 하느냐!" 하고 꾸짖었다. 할 수 없이 천인은 백련사로 돌아와서 "나와 남을 다 이롭게 함은 대인(大人)의 일이고, 구차히 자기만을 위함은 한갓 소절(小節)에 구애되는 것이므로, 오직 의(義)를 중하게 여기는 마음에서 길을 바꾸어 돌아왔습니다" 하고 요세에게 참회하며 큰절을 올렸다.

천인은 백련사에서 다시 용혈암으로 올라가 자신을 후원했던 최상국(崔相國), 정참정(鄭參政)에게 편지를 썼다. 이윽고 시자를 불러 말했다.

"하늘로 솟구치는 대장부의 기염(氣焰)을 어디에 쓰겠는고."

이에 시자가 대답했다.

"사방 맑은 경지가 앞에 있는데 어느 곳에 노니시려고 그러하십니까?"

"오로지 한 성품 경계 안에 있을 것이니라."

그리고 여러 대중에게 말했다.

"병든 중이 10여 일 곡기를 끊었더니 다리에 힘이 없다. 그러나 법신이 넌지시 도와준다면 다리 힘이 차츰 날 것이다. 그 다리 힘을 가지면 극락에도 갈 수 있고 불국에도 갈 수 있으며, 마침내 오온(五蘊)이 개운해져 삼계에 흔적이 없어질 것이니라."

이어 천인이 게송을 읊조렸다.

반륜(半輪)의 밝은 달과 흰 구름
가을바람이 샘물 소리를 보내는데
거기는 어딘가
시방(十方) 무량의 불찰(佛刹)은 미래의 불사를 다했다.

천인은 말을 마치고는 곧 입적에 들었다. 세상 나이는 44세였고 출가 햇수 23년이었다. 제자 정관이 꿈을 꾸었는데, 어느 지방을 가니 한 사람이 크게 외치기를 "천인화상이 이미 상품(上品)을 얻어 중생을 제도하러 세상으로 내려갔다(下世)고 했다"라고 말했다. 고종은 애통해했다. 3년 만에 원묘국사에 이어 또 고승을 잃었기 때문이었다. 고종은 천인을 정명국사로 책봉했다.

용혈암을 오르내리던 도공들은 하나같이 비통해했다. 무슨 말을 묻든지 천인은 정성을 다해 법문해 주고, 가마 속에서 청자가 잘 나오기를 기도해 주곤 했던 것이다. 도공들 중에는 초벌구이를 가지고 와서 형태와 투각, 음각, 양각 등의 조화를 묻는 이도 있었다. 그런 뒤 천인의 호평이 없으면 용혈암을 나와서 미련없이 깨버린 뒤 계곡에 던졌다. 천인은 도공들에게 품평을 해주는 스승이었던 것이다.

도공들은 누구보다도 천인의 입적을 슬퍼했다. 천인의 시신이 누인 용혈암 앞에서 밤을 새우며 통곡하는 도공도 있었다. 그러자 한 늙은 도공이 소리 내어 우는 도공을 위로했다.

"울지 말어. 운다고 스님이 살아오시는 것도 아닌께."

"스님이 가시니 비통해서 그래라우. 스님이 우리 도공덜을 을매나 애끼셨다고라우."

"누가 모른당가. 나도 실은 저짝 백련사 만덕산을 바라보고 있으믄 스님이 거멍거멍 오실 것만 같으네."

"이럴 줄 알았으믄 스님상이라도 맨들어둘 걸 그랬어라우."

"자네 말 한번 잘했네. 스님상을 맨들어 자네 원불(願佛)로 삼어봐. 아니면 용혈암에 갖다주든지."

"어르신 말씸대로 그래볼께라우?"

"그라믄 스님은 가셨어도 자네 곁에 있는 것이나 마찬가지여. 스님상을 갖고 있으면 자네에게 복을 많이 줄 것이네."

"여그 이러고 있을 때가 아니그만요. 스님이 머릿속에 생생

헐 때 맨들어야겠그만이라우."

"잘 생각했네. 나는 천책 스님을 맨들어볼라네."

늙은 도공은 천책과 인연이 깊었다. 천책 역시 천인과 마찬가지로 용혈암에 여러 해 머물렀는데, 사람들은 그를 '용혈대존숙(龍穴大尊宿)'이라 불렀다. 그런데 천책은 스승 요세보다 두어 달 먼저 백련사에서 입적하고 말았다.

천책은 천인보다 한 살 많았다. 출가한 해는 고종 15년(1228)으로 같았다. 그때 천인은 24세, 천책은 25세였다. 그들은 모두 국자감 출신이었다. 천인은 천책보다 2년 앞서 국자감에 들어가 제일석(第一席)을 차지할 만큼 인정을 받았다. 그런데 등용의 폭이 좁아진 춘관시에서 번번이 급제를 하지 못했다. 반면에 천책은 18세에 국자감에 들어와 그다음 해 진사에 오르고 예부시에 급제하여 20세에 벼슬을 했다. 그런데 두 사람은 같은 날 함께 출가의 길에 올랐다. 당시의 심정을 천책은 자신의 저서 『호산록』에 다음과 같이 남겼다.

'다행히 뜻을 같이한 우리 두 사람은 남모르게 천 리 길을 함께 출발했는데, 곤경과 위험을 고루 겪었습니다. 40일 만에 비로소 참배하였습니다. 만덕산은 땅이 후미지고, 사람은 드물고 고요하며, 가고 오는 이가 없었습니다. 단지 구름 낀 봉우리와 안개 자욱한 섬들에 둘러싸인 것을 볼 뿐이며, 푸르고 푸른 사이에 대나무와 맑은 샘물은 즐길 만하고 상찬할 만했습니다. 이윽고 두툼한 눈썹의 노스님 네댓 명이 문을 나와 미소로 맞이했습니다.'

천인과 천책은 가족과 친지에게 알리지 않고 40일을 걸어 노스님 네댓 명이 미소를 짓는 만덕산 백련사로 출가했던 것이다. 그런데 두 사람의 길은 같은 듯 달랐다. 천인은 줄곧 선승의 면모를 보였고, 「백련결사문」을 찬술한 천책은 문장이 빼어난 학승 같은 자취를 남겼다.

천인에게 용기와 위로를 받곤 했던 젊은 도공은 집으로 돌아와 곧장 흙을 만졌다. 천인의 모습이 머릿속에서 희미해지기 전에 스님상을 만들어야겠다고 각오했던 것이다. 젊은 도공은 눈을 감고 천인의 모습을 떠올렸다. 가는 눈썹은 길었고, 눈매는 눈초리가 귀 쪽으로 올라가 약간 매서웠다. 코는 크지도 작지도 않았으며 입은 항상 꼭 다물고 다녔다. 정수리는 솟아 있었으며 얼굴은 맑아서 귀티가 흘렀다.

젊은 도공은 흙을 한 덩어리 크게 떼어 스님상을 만들기 시작했다. 승복을 입은 상체를 만들고 그다음에 얼굴을 빚기 시작했다. 상체는 등을 파서 속을 비게 했다. 가마 속에서 상체가 터져버릴 수도 있기 때문이었다. 입은 예리한 칼로 파내어 음각했다. 코는 흙을 한 줌 떼어 붙였다. 그리고 눈은 길게 선을 그어 표현했다. 뜬눈으로 할까, 반개한 눈으로 할까, 감은 눈으로 할까 망설이다가 선정에 든 눈이 가장 천인 스님다운 것 같아서 그렇게 했다. 눈썹은 이마와 음각한 눈 사이에 양각으로 길게 붙였다. 그리고 정수리는 완만하게 솟은 모양으로 잡았다. 젊은 도공의 아내가 하루 만에 완성한 스님상을 보고 말했다.

"천인 스님이그만요."

"나를 많이 도와주셨응께 요로코름이라도 해서 용혈암 감원스님헌테 갖다줄라고 허네."

"스님상을 으따 쓴다요?"

"그건 모르겄네. 계속 맨들어서 젤로 잘 나온 상을 용혈암에 드릴라고 허네."

젊은 도공은 식음을 전폐하다시피 하면서 스님상을 밤낮으로 빚었다. 열흘이 지나자 열대여섯 점이 되었다. 천인 스님상을 빚다가 요세 스님이 생각나 요세 스님상을 빚기도 했다. 요세 스님은 천인 스님과 달리 후덕했다. 코는 커서 주먹코 같았고 눈은 컸으며 눈동자는 염주 알만 했다. 얼굴은 크고 둥글었다.

그러고 보니 제일 먼저 빚은 스님상이 가장 천인 스님다웠다. 그다음부터는 조금씩 차이가 났다. 용혈암에서 만났던 스님들의 모습이 조금씩 스며든 것도 같았다. 보름 후 젊은 도공을 위로했던 늙은 도공이 찾아왔다.

"천인 스님상만 맨든 것이 아니라 여러 스님상을 맨들었네 그랴."

"허다 보니 지도 모르게 요로코름 돼부렀그만요."

"이것이 묘헌 것이여. 나도 천책 스님상을 맨들었는디 모다 요상허게 돼부렀네. 마치 나한전에 겨신 나한상을 맨들어분 것 같단 마시."

"그라고 봉께 지도 나한상을 맨들어분 거 같그만요."

어쩌면 각기 다른 표정 때문에 그런지도 몰랐다. 선정에 든 표정, 눈을 뜨고 무엇을 뚫어지게 보고 있는 표정, 껄껄 웃고 있는 표정, 입을 벌리고 염불하고 있는 표정 등등 천인 스님이라고 빚기는 했지만 모습이 각각 조금씩 달랐다. 똑같이 빚었으면 한두 점 만들고 말았을 터였다. 상감청자를 만들 때도 조금씩 달라야 집중할 수 있고 몰입이 되었던 것이다. 판박이는 흥미도 일지 않고 마음에 들지도 않았다.

"가실 가마에 구워야겠제잉."

"지는 여름에라도 선선헌 날이 있으믄 불을 땔라고 헙니다요."

"고건 자네 알아서 하소."

그러나 무더위가 가을 초입까지 이어져 젊은 도공은 가을 가마에 스님상들을 다른 청자기물들과 함께 가마에 재임했다. 가을장마가 끝난 뒤인 데다가 된하늬바람이 불기 전이었으므로 가마 불은 기가 막히게 잘 들었다. 열흘 후 스님상들은 한두 점 터진 것이 있었지만 잘 나온 편이었다. 비색은 없었다. 다행히 청자항아리가 아니었으므로 청회색도 괜찮았다. 오히려 청회색이 승복을 연상시키어 스님상으로는 제격이었다.

늙은 도공도 마찬가지였다. 두 사람은 지게에 스님상을 지고 용혈암으로 올라갔다. 그러나 용혈암은 비어 있었다. 두 사람은 다시 스님상을 지게에 지고 내려왔다. 두 사람이 다시 스님상을 가지고 간 것은 스님들이 용혈암에 주석하고 난 뒤였다. 용혈암 감원스님은 두 사람이 지게에 지고 온 스님상을 보더니 감격했다.

"용혈암에 모시겠소. 저 위 용굴법당에 모시고 아마티불 정근을 해도 좋겠소."

"그래 주시믄 우리야 을매나 좋겠습니까."

그런데 놀라운 일이 벌어졌다. 두 도공이 만든 스님상 중에서 감원스님은 천인상과 요세상을 바로 구별해 내었다.

"나한상 중에서 이 스님상은 요세 스님과 천인 스님하고 똑같습니다."

"어쩌케 아십니까?"

"천인 스님을 시봉했습니다. 또 요세 큰스님이나 천책 스님이 오실 때마다 모셨습니다."

"지덜에게 부탁허고 잪은 청자는 읎습니까요?"

"청자로 불상을 조성해 주시면 감사하겠습니다. 용굴법당에 모시고 아미타 염불 소리가 끊이지 않는다면 더없이 장엄할 것 같습니다."

청자불상은 다른 도공이 빚어 보시했다. 두 사람은 자신들도 만들 수 있었지만 한 도공이 자신이 빚겠다며 하소연하는 바람에 양보했다. 탐진도공들은 불상을 청자로 만들어 보시하면 죽어서 극락에 간다고 믿었던 것이다. 용혈암 용굴법당은 강도에 청자의 상서로운 기운이 가득 찬 곳으로 알려졌다. 그러자 천인, 천책 스님 때와 마찬가지로 강도의 권신들이 수레를 타고 내려와 기도하곤 했다.

한편 고종 35년(1248) 병이 든 최우는 서자 최만전, 즉 법우를 환속시켰다. 그런 뒤 이름을 최항(崔沆)이라 고치고 예를 배우게 하는 한편, 좌우위상호군(左右衛上護軍) 및 호부상서를 삼고 자신의 가병(家兵) 5백여 명을 주었다. 다음 해 최우가 사망하자, 최항은 은청광록대부 추밀원부사 이병부상서 어사대부 태자빈객, 동서북면 병마사를 겸하는 교정별감이 되어 할아버지 최충헌과 아버지 최우에 이어 최씨 정권의 제3대 집권자가 되었다.

청자동화연꽃무늬주전자

바닷바람이 인당수 쪽에서 거세게 불어왔다. 눈발이 산지사방으로 흩날리는 정월이었다. 교정별감 최항이 추밀원부사 최자를 불렀다. 교정도감은 강도성 궁궐 옆에 있었는데, 한때 최우의 사저였다. 건물의 크기는 고종이 정사를 보는 궁궐의 정전 못지않았다. 잔치를 벌일 때는 건물을 비단으로 화려하게 두른 적도 있었다. 전시 중이라며 손가락질하는 백성이 있었지만 최충헌, 최우, 최항으로 이어진 최씨 교정별감들은 아랑곳하지 않았다. 육십 대 초반의 최자는 교정도감 건물 문 앞에서 문지기 군사들에게 검문을 받았다.

"누구시오?"

"별감 나리를 뵈러 왔네."

"누구라고 전할갑쇼?"

"나는 최자라고 하네."

최자가 멋쩍은 표정으로 흰 턱수염을 쓸었다. 아들뻘 되는 군사들에게 검문을 받는 것이 불편했다. 문지기 수장이 나와서야 군사들의 태도가 부드러워졌다.

"추밀부사 나리시다. 어서 문을 열고 도감 나리 별실로 안내하라."

"예."

"수문장, 고맙소."

최자는 교정도감을 두어 번 온 적이 있지만 분위기가 더욱 살벌해진 것 같아 큼큼 헛기침을 했다. 눈발이 흰 눈썹에 달라붙어 최자는 한 손으로 얼굴을 문지르며 안내하는 군사를 뒤따라갔다. 그래도 그는 최항 집권 때부터 늘그막에 관운이 트이고 있었다.

최자(崔滋).

이규보가 최우에게 추천해 주어 출세의 계기를 잡은 문신이었다. 강종 1년(1212) 문과에 급제하여 상주사록(尙州司錄)이 되었고, 치적을 인정받아 국자감 학유(國子監 學諭)로 승진했다. 그 뒤에 10년간은 한직을 전전하다가「우미인초가(虞美人草歌)」,「수정배시(水精盃詩)」라는 시가 이규보의 눈에 띄어 이름을 드러내기 시작했다. 그때 마침 최우가 이규보에게 문병(文柄, 문학계의 권력)을 잡을 만한 인물을 묻자, 이규보는 최자를 첫 번째로 추천했던 것이다.

이후 급전도감녹사(給田都監錄事)를 거쳐 제주태수로 갔다. 그런 뒤 고종 때에 정언을 하고 상주목사로 부임하여 탐진 백련사를 돕고 선정을 베풀었다. 또한 내직으로 전중소감(殿中少監) 과 보문각대제(寶文閣待制)를 역임했고, 고종 20년에는 최린(崔 璘), 권술(權述)과 함께 금나라 사신으로 갔다가 왔다. 금나라를 다녀온 뒤에는 충청 및 전라 안찰사로 나갔고, 그 뒤에는 국자감 대사성·지어사대사(知御史臺事)·상서우복야·한림학사·승지를 역임하고 정3품의 추밀원부사가 되었는데, 올해(고종 37년) 2월 중에는 중서사인(中書舍人) 홍진(洪縉)과 함께 몽골에 사신으로 들어갈 예정이었다.

최항은 별실 문밖까지 나와 최자를 맞이했다. 보통은 별실 에 앉아서 손님을 맞아들였는데 문밖까지 나온 것은 드문 일이 었다. 최항이 그러한 태도를 보인 것은 그럴 만한 이유가 있었다.

"추밀부사, 어서 오시오. 바닷바람이 차갑소."

"별감 나리께서 부르신다는 전갈을 받고 바로 달려왔습니다."

머리카락이 갈대꽃처럼 허연 육십 대 초반의 최자가 42세 의 최항에게 예의를 갖추어 말했다. 최항은 4년 전에 죽은 이규 보를 떠올리며 말했다.

"백운거사 평장사가 생각나오."

"아, 저에게는 은인입니다."

최항은 이규보를 백운거사 평장사라고 불렀다.

"아버님이 각별하게 후원해 주셨던 분이지요."

최우가 이규보를 등용한 것은 그의 실력을 인정했기 때문 이었다. 부하의 무고로 최충헌에게 밉보여 좌사간마저 면직되고 중벌을 받을 상황이었지만 최우가 그를 변호해 무마했다. 최충헌이 죽고 최우가 집권하자 이규보도 문신으로서 확고한 기반을 다졌다. 이후 여러 벼슬을 거치면서 참지정사로서 고시관이 되어 과거를 감독하기도 했다.

"아버님은 진각국사 비문을 맡길 정도로 백운거사 평장사를 인정했소."

"저도 평장사의 진각국사 비문을 보았습니다. 명문 중의 명문입니다."

"그러나 평장사께서는 비신의 앞면만 쓰고 말았소. 평장사의 비문에 추기할 부분이 어찌 없겠소?"

별실에 시녀들이 들어와 술자리를 만들었다. 은제금도금주전자와 청자술병, 청자술잔을 내왔다. 안주로는 청자대접에 호두와 잣을 놓았다. 최항이 은제금도금주전자를 보더니 우두머리 시녀에게 말했다.

"왜 이 주전자를 내왔느냐?"

"차가운 술을 덥혀 드시라고 내왔사옵니다."

"아무리 날씨가 춥기로서니 추밀부사이신데 내가 아끼는 청자주전자를 내와야 되지 않겠느냐?"

"별감 나리, 이 은제주전자도 훌륭합니다. 저로서는 눈이 부실 지경입니다."

최자는 은제금도금주전자의 화려한 모양에 눈이 휘둥그레졌다. 은제금도금주전자는 대나무 반쪽을 빙 두른 것 같은 몸체

와 연꽃 모양의 뚜껑 그리고 맨 윗부분의 봉황과 둥근 통의 받침대(承盤)로 만들어져 있었다. 뿐만 아니라 손잡이는 긴 대나무 조각을 휘어놓은 듯했고, 술이 나오는 부리는 죽순 모양이었고, 부리 끝은 연꽃 모양의 덮개가 달려 있었다. 둥근 통의 받침대는 주전자가 연꽃 뚜껑 부분까지 쑥 들어갈 만큼 컸다. 그리고 뚜껑은 반쯤 피어난 두 송이의 연꽃이 일직선으로 층을 이루었고, 위층의 연꽃에는 봉황새 한 마리가 두 날개를 접은 채 약간 고개를 숙이고 있었다.

술은 곡주였다. 차가운 술을 덥히기 위해 둥근 통의 받침대 속에는 따뜻한 물이 들어가 있었다. 그런데도 최항은 은제금도금주전자를 바꾸라고 우두머리 시녀에게 지시했다.

"어서 청자주전자를 가져오너라."

"예, 가져오겠사옵니다."

최항의 말이 떨어지자마자 우두머리 시녀가 청자주전자로 재빨리 바꾸어 가져왔다. 그러나 최항은 이맛살을 찌푸리며 말했다.

"너는 아직도 내가 아끼는 청자주전자를 모른단 말이냐!"

"나리, 어떤 청자주전자를 말씀하시는 것인지 쉰네는 감히 짐작하지 못하겠사옵니다."

"허허허."

최항이 말문이 막혀 헛웃음을 지었다. 시녀가 가지고 나온 청자주전자는 몸통과 뚜껑 전체가 죽순 모양을 한 청록색 청자였다. 이 청자주전자도 도공이 한껏 심혈을 기울인 작품임이 틀림없었다. 죽순을 연상케 하는 몸체에는 가는 엽맥(葉脈)이 섬세하게 음각되어 있었다. 이 청자죽순모양주전자는 최항이 승려 시절 월남사에 있을 때 탐진 사당마을 도공한테 보시받은 것이었는데, 다른 주전자보다 아끼는 청자주전자이기는 했다. 때문에 보통 손님들이 오면 내놓지 않는 청자주전자인데 이보다 더 귀물인 청자주전자도 있었다. 교정도감에 들어온 지 얼마 되지 않았기 때문에 낯빛이 사색으로 변한 우두머리 시녀를 벌줄 수도 없었다.

"도감에서 오래된 시녀를 들이라."

"나리 뜻을 헤아리지 못해 죄송하옵니다."

"궁에서 온 지 얼마 되지 않은 너를 탓해 무엇하랴."

늙은 시녀가 오자 최항은 정색을 하며 말했다.

"너는 내가 가장 아끼는 청자주전자를 알 것이다."

"예, 별감마마. 하오나 나리께서 깊숙이 보관하라시던 청자주전자는 함부로 꺼내지 말라고 하셨사옵니다."

"무슨 말이냐?"

"폐하께서 도감에 오시면 그때만 내놓으라고 말씀하셨사옵니다."

"아, 그 말은 내가 대취해서 말한 것일 뿐이니 상관하지 마라. 그만큼 귀한 것이어서 당부한 말일 것이니라."

최자는 최항이 귀물처럼 여기는 청자주전자가 어떻게 생겼는지 궁금했다. 왕이 교정도감에 행차했을 때만 꺼내라고 지시했던 청자주전자가 몹시 보고 싶어졌다. 이윽고 늙은 시녀가 청자주전자와 원통형 받침대를 가지고 왔다. 늙은 시녀가 원통형 받침대에 펄펄 끓는 물을 붓고 나갔다. 그러자 최항 옆에서 무릎을 꿇고 있던 시녀 하나가 곡주가 담긴 청자주전자를 원통형 받침대 속에 넣었다. 최항은 시녀에게 방금 들고 온 청자주전자에 발효차를 넣으라고 말했다.

"날이 춥다. 술을 마시기 전에 차를 한잔하겠으니 우리거라."

"예, 별감마마."

받침대 속에 든 뜨거운 물 때문인지 발효차는 금세 우려졌다. 시녀가 차를 청자사발에 한 잔씩 가득 따랐다. 차를 마시고 나자 따뜻한 기운이 몸속으로 퍼졌다. 최항이 말했다.

"추밀부사를 부른 까닭이 있소. 내가 중일 때 나의 스승은 진각대사였소. 진각대사께서 입적하신 지 16년이 되었소. 그런데 국사의 비가 없소. 영골을 봉안한 부도는 입적하신 해에 조계산 광원사(廣原寺) 북쪽 산자락에 세웠지만 아직 비는 조성하지 못했소."

"백운거사 평장사께서 진작에 비문을 쓰신 것으로 알고 있습니다만."

"아버님께서 백운거사에게 글을 받고 병부상서 김효인에게 글씨를 쓰게 했지만 전시 중이라서 비를 세우지 못했던 것이오."

"그 뜻을 이루시고자 저를 부르신 것 같습니다."

"그렇소. 그런데 백운거사 평장사의 글을 보니 아쉬운 점이 많소. 가장 아쉬운 것은 우리 국사의 제자들이 빠졌소. 그러니 이 비가 왜 이제 세워지고 제자들이 누구인지 음기로 밝혀야겠소."

음기(陰記)란 비석 뒷면에 추가로 더하는 추기(追記)를 뜻했다. 그제야 최자는 최항이 자신을 부른 이유를 눈치챘다. 최자가 말했다.

"소신은 글을 조금 지을 줄은 아나 잘 쓰지는 못합니다."

"걱정 마시오. 글씨는 탁연(卓然)선사에게 부탁할 것이오."

"치밀하십니다. 소신은 별감 나리의 뜻을 받들겠습니다."

"거북받침대나 비신은 월남사 부근 돌로 벌써 다듬어놓았을 것이오. 작년 이맘때 탐진 수령에게 지시해 두었소."

그러니 최자가 음기만 작성하면 된다는 말이었다.

"나는 이월에 추밀부사께서 몽골에 사신으로 간다는 것을 알고 있소. 그러니 가능한 한 빨리 지어주시오."

"당장 음기를 구상하겠습니다."

"진각국사비는 아버님에 이어 나까지 숙원이었소. 진각국사님을 월남사로 보내신 것은 아버님이었소. 그만큼 아버님께서는 국사님을 존경했소."

이규보의 글에도 그 인연이 나왔다. 이규보의 비문 중에는 다음과 같은 글이 있었다.

계사년(고종 20년, 1233)의 동짓날에 본사에 머물며 병이 났다고 알려주자 진양공(晉陽公, 최우)이 듣고 크게 놀라 곧 왕에게 아뢰니 어의(御醫)를 보내 진찰게 하고 봄에 월등사로 옮겨 지내도록 하였다. 마곡(麻谷)이 방에 들어가자 스님 말하기를 "늙은 놈이 오늘 몹시 아프다" 하거늘 마곡이 말하기를 "어째서 이렇게 되셨습니까?" 하니 스님이 답하기를 "모든 괴로움이 이르지 못하는 곳에 다른 하나의 천지(天地)가 있다. 또 그곳이 어디냐고 묻는다면 대적(大寂) 열반의 문(門)이로다" 하고 스님이 주먹을 세우며 "이 주먹으로 해탈(解脫)의 선법(禪法)을 설파했으니 너희들은 믿겠는가?" 하더니 곧 주먹을 펴 보이며 "펴낸 다섯 손가락이 각기 다르다" 하고서 다시 주먹을 쥐어 보이며 "합하면 뭉쳐서 한 덩어리가 되는 것이니 펴고 합하는 것을 마음대로 할 수 있으며, 하나가 되든 다섯이 되든 구애될 것은 없다. 비록 이와 같을지라도 주먹이 본래부터 나누어져 있다는 말은 아니다. 어떻게 본래부터 나누어졌다고 말할 수 있는가" 하시더니 주먹으로 창문을 한 번 쳐서 열고 껄껄 크게 웃었다.

갑오년(고종 21, 1234) 6월 26일에 문인(門人)들을 불러 모든 일을 부탁하고 마곡에게 이르기를 "늙은 놈이 오늘은 퍽 바쁘다" 하므로 대답하기를 "무슨 말씀인지 모르겠습니다" 하자 스님이 다시 "늙은 놈이 오늘은 몹시 바쁘다" 하므로 마곡은 막연했는데 스님이 미소를 지으며 가부좌를 한 채로 열반에 들었다.

다음 날 월등사 북쪽에서 다비를 하고 영골을 수습하여 본산(本山)으로 돌아갔다. 왕이 듣고 몹시 슬퍼하여 진각국사란 시호를 내리고 을미년의 오월에 광원사 북쪽에 장사를 지냈다. 그리고 부도를 세우고 왕이 사액을 내리기를 원소(圓照)의 탑이라 하였다. 세상 나이 57세요, 출가 햇수 32년이다.

늙은 시녀가 최항이 찾던 청자주전자를 가지고 들어왔다. 그러자 최항은 시녀에게 찻자리를 치우고 술자리를 마련하라고 시켰다. 늙은 시녀가 가지고 들어온 청자주전자를 본 최항은 또다시 놀랐다.

"탐진 수령이 나에게 보내온 것이오. 나는 이보다 더 아름다운 청자주전자를 본 적이 없고 앞으로도 볼 수 없을 것이오. 내가 이 청자주전자를 만난 것은 천재일우라고 할 수 있소."

최항의 입에서 천재일우(千載一遇)란 말을 듣고 최자는 얼마나 그가 애지중지하는지를 알았다.

"과연 별감 나리께서 귀인을 만나시듯 청자주전자를 대하시는 것을 보니 소신 또한 감격스럽습니다."

"탐진청자는 값으로 따질 수 없는 나의 자산이오. 나는 탐진 수령과 향리들에게 지시했소. 청자 운반선을 자주 보내겠으니 내 뜻에 부응하라고 말이오."

최항은 월남사에 잠깐 주석했으므로 탐진청자를 정확하게

품평할 줄 알았다. 청자를 보물로 인식해 온 최항은 세수가 줄어 들었으므로 통치자금으로도 활용했다. 아버지 최우 때부터 탐 진청자를 가능한 한 많이 사들여 호족들에게 강매하여 상당한 금은보화를 축적했던 것이다.

최자는 청자술잔에 든 술을 조금씩 마시면서 눈앞에 있는 청자주전자 모양에 시선을 빼앗겼다. 과연 청자의 아름다움과 가치를 아는 최항이 애지중지할 수밖에 없을 것 같다고 생각했 다. 청자주전자 몸체의 상부와 하부는 크고 작은 연꽃봉오리무 늬가 겹쳐 있었다. 한눈에는 조롱박처럼 보였다. 뚜껑은 꽃봉오 리 모양을 했고, 몸체 목 부분에는 두 손으로 연꽃을 든 동자가 있고, 인동초 덩굴을 부드럽게 구부려 붙인 모양의 손잡이 위에 는 개구리 조각이 얹혀 있었다. 술이나 차가 나오는 부리는 연잎 을 말아 붙인 형상이고, 동자와 개구리의 눈은 갈색 철사점(鐵砂 點)이 선명했다.

그런데 무엇보다 과감한 착상은 연꽃봉오리무늬를 동(銅, 구 리)이 들어간 붉은 진사로 그린 점이었다. 청자에 진사로 무늬를 그린 것은 고종 이전에는 거의 찾아볼 수 없었던 장식이기 때문 이었다. 빛깔은 투명한 담녹색이었지만 유약이 골고루 녹지 않 아 하단 일부는 미세한 기포들이 있었다. 그렇지만 그것은 몸체 와 뚜껑의 수려함에 비한다면 아무것도 아니었다.

"추밀부사께서는 무얼 그리 골똘하게 보시오."

"차를 마셨던 청자주전자를 보다가 이 주전자를 마주치니 마치 비단 위에 꽃이 던져져 있는 것 같습니다."

"평장사 백운거사가 인정한 문사답소. 이제 그가 없으니 추밀부사와 같은 문한(文翰)은 없을 것 같소."

최자는 대취해서 교정도감을 나왔다. 최항은 최자와 술 십여 잔을 주거니 받거니 했지만 입가심으로 차를 몇 잔 했음인지 크게 취하지는 않았다. 최항은 또 삼별초 별장 두 사람을 불렀다. 개경 시절 선친의 사저를 지킨 사병 야별초 출신들이었다. 한 사람은 강도 출신인 김통정이고, 또 한 사람은 출생지가 불분명한 배중손이었다. 배중손은 진도 출신이라고도 하고 상주 인근에서 태어났다고도 했다. 그런데 배중손의 조상이 진도에 살았던 것은 분명했다. 어쨌든 두 별장은 개경에서 강도로 천도할 때 건너온 장수들이었다.

"오늘은 매우 기분이 좋은 날이네. 나는 그대들과 술을 한 잔 더 하고 싶네."

"별감 나리, 영광이옵니다."

"내가 그대들을 믿는 까닭이 있네. 신의군이 아닌데도 그대들처럼 몽골을 원수로 생각하는 장수를 일찍이 본 적이 없네."

"몽골은 소장에게 철천지원수이옵니다."

좌별초, 우별초에다가 몽골군에게 잡혔다가 탈출한 군사로 조직한 부대인 신의군을 합치어 삼별초라고 했다. 그런데 최항은 신의군이 아닌데도 두 사람을 몹시 신뢰했다. 그들의 기개와 용맹을 평소에 인정해 왔던 것이다.

"이 청자주전자는 내가 가장 아끼는 주전자라네. 나는 그대들에게 이 주전자로 술을 주고 싶다네."

"별감 나리, 우리 두 사람은 목숨이 다하는 날까지 적을 무찔러 은혜를 갚겠사옵니다."

"자네들은 내일 한 분의 고승을 친견할 수 있을 것이네."

"한미한 소장이 어찌 큰스님을 뵐 수 있겠사옵니까?"

"선친이 몹시 좋아했던 선사이시네. 그대들을 아껴서 내가 마음을 냈으니 내일 오후에 도감으로 오시게."

최항은 두 별장에게 자신이 보물처럼 여겨온 청자주전자로 술을 주었다. 이는 그들을 그만큼 믿는다는 증표였다. 두 별장은 취해서도 최항에게 충성 서약하는 것을 잊지 않았다. 무릎을 꿇고 큰소리로 외쳤다.

"별감 나리! 목숨을 바쳐 강도성과 나리를 지키겠사옵니다!"

다음 날 오후.

교정도감 별실에 또 두 장수가 나타났고, 탁연도 손에 염주를 들고 들어와 최항을 기다렸다. 어제와 달리 별실 찻자리에 청자동화연꽃무늬주전자는 없었다. 죽순 모양의 청자주전자가 청자찻잔들과 함께 놓여 있었다. 이윽고 최항이 별실로 들어왔다.

"스님을 오시게 해서 미안하오."

"별감 나리, 그동안 근력하셨사옵니까?"

"천영(天英) 스님도 잘 계시겠지요."

천영은 탁연과 수선사에서 함께 정진했던 도반이었다.

"단속사를 떠나 지금은 수선사에 있사옵니다. 저는 지금 진도 용장사(龍藏寺)에 있사옵니다."

최항이 두 장수에게 탁연을 소개하고 인사시켰다.

"천하의 명필 탁연선사이시네. 인사드리게."

두 장수가 자리에서 일어나 머리가 바닥에 닿아 소리가 날 만큼 정중하게 큰절을 했다. 최항이 탁연을 명필로 소개한 것은 과장이 아니었다. 상주목사였던 최자가 백련사를 중창할 때 탁연이 천책의 부탁으로 도량당(道場堂)과 조사전(祖師殿), 허백루(虛白樓), 신청루(神淸樓) 등의 현판 글씨를 썼던 것이다.

비색청자의 잠

최항이 교정별감에 오른 지 7년째 되는 봄날이었다. 강도에 불
던 삭풍이 멎고 남쪽에서 따뜻한 마파람이 불어왔다. 그러나 강
도성 안은 봄바람과 달리 매서운 기운이 횡횡했다. 몽골 황제는
사신을 보내 개경으로 환도를 강요했다. 최항을 따르는 무신들
의 항몽 의지를 꺾으려고 강하게 압박했다.

　고종 39년부터였다. 몽골의 사신 다가(多可)가 들어와서는
고종이 육지로 나와 친히 사신을 맞으라고 요구했다. 대부분 신
하들이 다가의 요구를 들어주자고 건의했지만 최항은 단호히
거부했다. 대신 신안공 왕전(王佺)을 육지로 보내 맞이하게 했다.
다음 해에도 마찬가지였다. 몽골은 야굴(也窟)과 대군을 보내 이
전보다 협박 강도를 높여 고종에게 개경으로 환도하라고 겁박
했다. 영녕공 왕준(王綧)과 신하들이 태자를 보내어 몽골군을 무
마시키자고 건의했지만 최항은 끝까지 거절했다. 최항은 몽골
대군과 싸우기를 마다하지 않은 삼별초의 낭장 배중손과 김통
정을 믿었다. 따라서 그들은 다른 지휘관보다 빨리 정7품의 별

장에서 정6품의 낭장으로 승진했다.

최항은 교정도감 별실로 김준을 불렀다. 김준(金俊)은 개경에서 최충헌의 가노 아들로 태어났다가 최우 때 궁술과 승마에 능하여 야별초 사병으로 발탁된 사람이었다.

"김 별장은 강화천도를 어찌 생각하는가?"

"싸우지 않고 이기는 것이 가장 좋은 계책이라고 생각하옵니다."

김준은 몽골의 환도 요구를 들어주면서 싸우지 않는 것이 최선이라고 생각하고 있었다. 물론 김준뿐만 아니라 대부분 신하들의 생각도 같았다.

"내가 별감이 될 때 나를 지켜준 그대의 공을 알기에 별장으로 승진시켜 주었네."

"별감 나리, 은혜를 잊지 않겠사옵니다."

최항이 교정별감 자리에 오르려고 할 때 김준은 이공주, 최양백과 함께 최항을 적극 호위해 주었던 것이다. 그런데 세 사람 모두 가노 출신이었다. 그러나 최항은 출신성분에 개의치 않고 삼인방 모두에게 별장이란 무관벼슬을 선사했다. 그것도 모자란 것 같아서 김준의 동생 김승준에게는 종9품의 대정이란 벼슬을 주었다.

"김 별장은 선친 때와 같이 내 심복이 되어야 하네."

"어찌 모르겠사옵니까?"

"배중손이나 김통정 같은 장수가 되라는 말이네."

"별감 나리, 명심하겠사옵니다."

"자네는 가노의 아들이고 나는 기생의 아들이네. 허나 그것이 어찌 부끄러울 것인가. 내가 월남사에 있을 때 어느 불경에서 보았네. 신분은 평등할 뿐 고하가 없다고 말이네. 나는 선친의 유지를 받들어 몽골군을 물리치고 평등한 세상을 만들고 싶네."

"허나 신하들은 몸에서 피가 날 만큼 신분을 따지옵니다. 현실을 잘 보셔야 하옵니다."

"나는 앞으로 내 눈앞에 그런 신하가 있다면 용서치 않을 것이네. 가차 없이 귀양 보내거나 중죄로 다스릴 것이네. 도강 감무 박장원이라고 아는가?"

"예. 무신들 중에서는 배짱이 좋았사옵니다."

"내가 월남사에 있을 때 내 출생을 도강 사람들에게 알리고 나를 무시했던 사람이었네."

"예, 그가 실수한 것이옵니다."

최항은 교정별감이 되자마자 도강현 감무 박장원과 그의 친구인 보주부사 조염우를 섬으로 귀양 보내버렸다. 그런데 두 사람과 친하게 지내던 시어사 이선이 경상도 안찰사에 임명되었을 때였다. 이선은 유배 중인 두 사람과 현령 권신유를 불러 잔치를 벌였다. 이에 한 승려가 "이선이 권신유, 조염우, 박장원를 불러 반란을 모의한다"라고 고변하기에 이르렀고, 최항은 심문하지도 않고 그들을 포박하여 강에 던져 죽여버렸다.

최항은 김준의 태도를 넌지시 떠보고는 차츰 멀리했다. 그는 고분고분하지 않았다. 훗날 빈틈이 생기면 자신에게 덤벼들 무인 같았다. 대신 김준과 동지처럼 늘 함께 어울려 다니던 최양백을 가까이했다. 그런 까닭에 사돈지간인 김준과 최양백은 점점 소원해졌다.

다음 해 봄.

　　강도에 만발했던 복사꽃이 허망하게 낙화하는 봄이었다. 복사꽃은 비바람에 피었다가 비바람에 지고 있었다. 오십을 눈앞에 둔 최항은 지난해 가을 갑자기 병이 들었다. 술병이 아니라 병석에서 일어나지도 못할 정도의 중병이었다. 애주가였던 최항은 이제 더 이상 술을 마실 수 없었다. 그래도 술항아리 같은 청자동화연꽃무늬주전자는 최항을 위로해 주었다.

　　고종은 그를 위해 감옥에 갇힌 죄수들을 석방했다. 그런 덕분인지 잠시 건강이 좋아져 비바람이 몰아치는 날, 그는 사저 정자에 올라 멀리 흐르는 강을 바라보면서 시를 지었다.

　　복사꽃 향기는 수천 집을 감쌌는데
　　비단 휘장 향취는 십 리에 빗겼구나
　　난데없는 미친바람 좋은 자리에 불어와
　　붉은 꽃잎 마구 몰아 긴 강을 지나가네.

　　桃花香裏幾千家

錦幄氤氳十里斜

無賴狂風吹好事

亂驅紅雨過長河

최항의 눈에는 봄날 비바람이 미친바람으로 보였다. 강 쪽으로 붉게 흩날리는 복사꽃 잎이 자신의 지난 8년 같았다. 돌아보니 선정을 펼치고자 진력했지만 많은 신하들을 죽인 것도 사실이었다. 자신을 기생 자식이라고 경원했던 신하들이 대부분이었다. 물론 불행하게도 죄 없이 무고로 죽은 신하들도 있었다.

주숙과 장군 김효정 등은 귀양 가는 도중에 죽었으며, 장군 최종필, 나주 부사 이균 등은 유배를 보냈다. 자신에게 대항했던 김약선의 아들 김미(金敉)도 귀양 보내고, 그를 도왔다는 이유로 계모 대씨(大氏)는 독살당했다. 또 그 일당인 추밀원지사 민희와 추밀원부사 김경손은 유배지로 가다가 죽었다. 이어 좌승선 최환, 장군 김안, 지유 정홍유 등을 귀양 보내고, 아버지 최우의 처남인 참지정사 정안(鄭晏)까지 죽였다.

그런데 그들이 사라지면 평등한 세상이 될 줄 알았지만 그게 아니었다. 세상의 차별은 그대로였다. 결국 원한이 원한만 낳은 셈이었다. 네 구절의 시를 짓고 병석으로 돌아온 최항은 결국 눈을 감고 말았다.

청자 애호가였던 최항이 죽고 나자 탐진의 청자도 알게 모르게 쇠락했다. 수요가 없으니 당연한 결과였다. 백련사, 월남사,

무위사, 쌍계사, 성문사, 용혈암, 고성암 등에서도 청자 주문은 더 이상 없었다. 탐진의 어느 절이든 청자정병, 청자다기, 청자사발 들이 승려들 숫자보다 더 많았던 것이다. 도공들은 몇몇 사람만 남고 대부분 농사꾼이나 어부가 되어 이웃 고을로 흩어졌다. 새로 부임한 도강현 감무도 더 이상 청자 생산을 채근하지 않았다.

전중내급사(殿中內給事) 최의(崔竩)는 아버지 최항이 죽자 교정별감에 올랐다. 고종이 대장군 바로 밑의 차장군(借將軍)에 제수하고 교정별감을 승계하도록 했던 것이다. 차장군에 임명한 것은 교정별감은 장군만 될 수 있기 때문이었다.

최의는 교정도감 창고의 곡식을 풀어 배고픈 백성을 구하고, 자신의 창고 문도 열어 하급군사와 양민들을 진휼했다. 그러나 얼마 뒤 조정 대신들과 대립하면서 정사를 어지럽히기 시작했다. 장군 변식과 낭장 안홍민 등을 강화수획사(江華收獲使)로 삼아 약탈했고, 아버지 최항이 신임했던 이공주에게 낭장을 주고 최양백 등만을 의지했으며, 때마침 기근까지 들어 민심은 강도 궁궐을 떠났다. 이에 때만 기다렸던 별장 김준, 도령낭장 임연, 대사성 유경 등이 정변을 일으켜 야별초 군사를 이끌고 그의 사저로 들이닥쳐 무참히 살해했다. 최의가 교정별감이 된 지 1년 만이었다. 이로써 4대 60여 년간에 걸친 최씨 무신정권은 끝났다. 그러나 무신정권이 완전히 끝난 것은 아니었다. 김준은 최우와 최항과의 의리 때문에 자신의 미지근한 태도를 바꾸어 개경환도를 반대했다. 한때 동지였던 임연을 설득했다.

"원나라 간섭이 불을 보듯 뻔하오. 그런데 어찌 개경환도를 한다는 말이오."

"강도에 사는 우리야 상관없지만 육지 백성들의 고통은 이제 한계에 이르렀소. 그러니 개경환도를 하여 겉으로는 원나라를 섬기는 체하면서 백성들을 살리자는 것이 내 주장이오. 원나라 세조는 '몽골은 고려의 풍속을 고치도록 강요하지 않겠다'라고 약속했소."

원 세조가 불개토풍(不改土風)을 약속했던바 그 내용은 다음과 같았다.

옷과 머리에 쓰는 관은 고려의 풍속에 따라 바꿀 필요가 없다.

사신은 오직 원나라 조정이 보내는 것 이외에 모두 금지한다.

개경환도는 고려 조정에서 시간을 조절할 수 있다.

압록강 둔전과 군대는 가을에 철수한다.

전에 보낸 다루가치(지방 감독관)는 모두 철수한다.

몽골에 자원해 머무른 사람들을 조사하여 돌려보낸다.

"개경환도는 몽골에 항복하는 것이나 다름없는 치욕이니 나는 강도를 지키겠소."

김준과 임연의 협상은 결렬되고 말았다. 김준이 개경환도 쪽에 편을 들었다가 태도를 바꾸었기 때문이었다. 할 수 없이 임연은 개경환도를 거부하던 김준을 원종 9년(1268) 12월에 그의 아들 임유무와 함께 살해해 버렸다.

안하무인이 된 임연은 다음 해 6월 삼별초와 육번도방을 인솔하고 원종의 아우인 안경공 왕창(王·)을 왕으로 옹립하고 원종은 별궁에 유폐시켰다. 그리고 그의 아들 임유무가 교정별감이 되었다. 이에 태자(충렬왕)가 급히 원나라에 이 사실을 알렸고, 다급해진 임연은 같은 해 11월 원종을 복위시켰다. 이후 원종의 밀명을 받은 송송례, 홍규 등에 의해 무신정권의 마지막 집정자인 임유무가 살해당함으로써 100년간 지속된 무신정권은 막을 내렸다. 이는 왕정복구와 개경환도를 뜻했다.

원나라 세조는 불개토풍 약속은 보장해 주었지만 황제국에서 사용하는 명칭들을 모두 엄금시켰다. 원종 이후의 왕들은 종(宗)이나 조(祖) 같은 묘호(廟號)를 사용할 수 없으며 시호(諡號)의 앞 글자에 원나라에 충성하겠다는 '충(忠)' 자를 달아야 했다. 황제가 본인을 지칭하는 말인 '짐'은 '고' 또는 '과인'으로, 황제를 부르는 칭호인 '폐하'는 '전하'로, 황제의 뒤를 이을 아들인 '태자'는 '세자'로, 황제의 명령을 담은 글인 '성지'는 '왕지'로 명칭들을 격하시켰다. 최우, 최항, 최의, 김준이 우려했던 대로 원나라의 속국처럼 돼버렸던 것이다.

원종 11년(1270). 개경환도 후 원종은 원 세조의 요구에 따라 삼별초를 해산하라는 왕명을 내렸다. '삼별초는 공(功)이 있지만 과(過)가 컸다. 무신들을 지켰던 삼별초는 이제 수명을 다했다. 삼별초는 즉시 해산하라!'

그러나 육번도방 소속이었던 장군 배중손은 야별초 단위부대장인 지유(指諭)들을 포섭하여 6월 1일 결사항전을 결의하고 영녕공 왕준의 형인 승화후(承化侯) 왕온(王溫)을 왕으로 추대했다. 또 반몽세력을 규합해 6월 3일 강화도에서 전라도 진도로 1천여 척의 배를 띄워 남진했다. 원나라 속국이 되기를 자청한 개경환도 세력에 맞섰다. 배중손은 진도 용장산에 산성을 구축하고 용장사를 개조하여 궁궐과 관부를 지었다. 새로운 도성과 왕온의 궁을 조성한 것이었다. 배중손이 왕궁 별실에 있던 왕온을 찾아와 말했다.

　　"폐하, 이만하면 황도(皇都)라고 해도 지나침이 없을 것입니다!"

　　"장군께서 내 소원을 들어주시오. 반드시 몽골군을 격퇴해주시오."

　　"폐하, 진도에 황도가 들어서자 전라도는 물론 경상도의 양민들이 몰려들고 있습니다. 개경의 관노들까지 배를 타고 왔습니다. 머잖아 육지의 몽골군을 격퇴할 날이 있을 것입니다."

　　"재정과 무기는 충분하오?"

　　"남진하기 전에 강도의 국고를 압수했고, 금강고(金剛庫)의 창과 칼은 군사들이 다 가져왔습니다. 재정도 바닷길을 지키고 있다가 개경으로 올라가는 세공(稅貢)을 노획하니 넉넉합니다."

　　"여기 있는 이 아름다운 찻잔들도 강도에서 가지고 온 것들이오?"

　　"아닙니다. 야별초 지유가 군사들을 데리고 탐진으로 가서 구해 온 것입니다."

"우리 군사는 어디까지 나가 있소?"

"나주는 물론이고 멀리 전주, 경상도까지 나갔다가 돌아왔습니다."

"남도가 모두 우리 땅이 되었다니 경하할 만한 일이오."

배중손은 전라도 안찰사에게 백성들의 추수를 독촉하면서 삼별초 무장들을 세금징수하는 수확사로 임명하여 육지 연해 고을로 내보냈다. 뿐만 아니라 양민들을 진도 섬으로 이주시키기도 했다. 차츰 연해 고을에서 서남해 연안의 각 섬은 물론 육지의 나주, 전주까지 출병하여 관군을 격파하고 위세를 떨쳤으며 주현에 격문을 보냈다. '모두 왕명을 따르고 별초를 가둔 자는 죄를 줄 것이다'라고 호령했다. 금주(金州, 김해)의 수령 이주(李柱)는 무서워서 싸우지 않고 도망가기도 했다. 11월에는 장군 이문경 (李文京)이 이끄는 삼별초 군사들이 영암부사 김수(金須)와 장군 고여림(高汝霖)이 지키고 있던 탐라까지 점령했다.

왕온은 불면증으로 잠을 잘 자지 못했지만 배중손과 함께 있을 때만은 마음이 편했다. 한편 배중손과 김통정은 개경에서 살 때는 탐진청자를 구경만 했었는데, 실제로 눈앞에 두고 보니 황홀했다. 배중손은 이문경이 탐라를 점령하고 돌아오자 탐진 청자주전자를 상으로 주었다. 이문경은 감격했다.

"이 귀한 보물이 제 손에 들어오다니 꿈인 것 같습니다."

"탐진은 가까운 데 있으니 우리도 얼마든지 가질 수 있소.

나는 탐진 향리들이 청자를 가져오면 그냥 받지는 않을 것이오. 반드시 큰 값을 지불할 것이오."

배중손은 최항의 교정도감 별실에서 보았던 청자주전자와 청자찻잔 등을 잊지 못했다. 그때는 별감 정도가 돼야만 탐진청자를 가질 수 있다고 생각했는데, 지금은 그게 아니었다. 자신의 별실에서 청자항아리에 술을 담아 부하들을 불러 마실 수 있게 되었기 때문이었다. 더구나 탐진으로 나간 수확사가 탐진청자를 들고 오기도 하고, 별장을 시켜 주문하면 바로 손에 넣을 수 있었다. 그날 수확사가 도공들에게 곡물 대신 받아가지고 온 것은 청자베개와 청자향로, 청자의자 등이었다. 청자의자도 최항의 사저 후원에서 보았던 것과 흡사했다.

"별장, 이것이 무엇인지 아는가?"

"받침대 같습니다."

"그대는 이렇게 귀한 것을 어찌 받침대라고 하는가."

"무엇이옵니까?"

"의자네. 자, 보게나. 하하하."

배중손이 청자의자에 앉아서 크게 웃었다.

"개경환도 세력들도 조금 있으면 탐진청자를 서로 가지려고 경쟁할 것이네. 허나 어림없는 일이지. 우리가 바닷길을 막고 있지 않은가."

"그렇습니다. 우리가 진도 바닷길을 지키고 있는 한 탐진청자는 개경으로 올라갈 수 없을 것입니다."

배중손은 육로가 있다는 사실을 미처 생각지 못했다. 어느새 탐진청자는 적은 수량이지만 육로를 이용해 개경으로 비밀리에 올라가곤 했다. 강도에서 인연 맺었던 중간 인수자 대정들이 개경으로 들어가 주문했기 때문이었다. 낮은 벼슬아치 대정들 중에서 개경이 고향인 사람들 일부가 환도세력을 따라 들어갔던 것이다.

그런데 청자를 가지고 육로로 올라가는 일은 위험하기 짝이 없었다. 산속에서 도적 떼를 만나기도 하고 낯선 노포에서 잠을 자다가 도둑을 맞기도 했다. 청자기물들을 서너 마리의 말에 태워가지고 올라가면 반쯤은 사라졌다. 험한 길에서 말이 넘어지면 파손도 각오해야 했다.

"나는 앞으로 아무리 값을 올려준다고 해도 육로로는 가지 않을라네."

"지도 그렁마요. 청자도 청자지만 목심은 하나밖에 읎는 것이지라우."

"배부른 소리네. 한 번 갔다오믄 큰 부자가 될 수 있는디 어처케 안 갈 수 있단 말인가."

"으쨌든 바닷길이 열려야 헌디 은제나 그런 날이 올지 모르겄그만이라우."

탐진 향리나 도공들이 전해 듣는 소식은 늘 한발 늦었다. 사실 진도 바닷길은 열려 있었다. 원종 12년(1271) 5월 김방경(金方慶), 홍다구(洪茶丘)와 몽골 장군 흔도(忻都) 등이 이끄는 1만 2천

명의 여몽연합군에 의해 진도 용장산성이 함락되었기 때문이었다. 왕이 된 왕온은 홍다구의 손에 죽고 배중손은 전투 중에 전사했다. 따라서 개경으로 올라가는 바닷길의 장애도 없어졌던 것이다.

그러나 그것은 잠시일 뿐이었다. 이번에는 왜구들의 준동이 잦아졌다. 왜구들의 항해술이 어느새 전라도 서남해안까지 들락거릴 만큼 발달했던 것이다.

"삼별초가 탐라로 갔지만 바닷길이 또 위험허대야. 왜구덜 땜시 가리포 가기도 심들다고 헝마이."

"이래저래 서울로 갈라믄 육로밖에 읎는디 죽어나는 것은 탐진도공덜이그만."

안전하지 못해도 육로로 올라갈 수밖에 없는 것이 탐진도공들의 현실이었다. 개경에서는 예전처럼 다시 주문이 오곤 했다. 그래도 청자 운반선은 왜구들의 노략질 때문에 오가지 못했다.

한편 타격을 입은 삼별초는 탐라에서 김통정을 중심으로 전열을 재정비했다. 원나라 세조는 왜국 정벌의 전초기지로 탐라를 중시해 원종 13년(1272) 8월 사신을 보내 탐라 공략을 적극적으로 하라고 원종에게 요구했다. 이에 홍다구는 조카 낭장 김찬(金贊)과 이소(李邵) 등을 탐라로 보내 김통정을 회유했다. 그러나 김통정은 김찬을 억류하고 나머지는 다 죽이는 등 완강하게 저항했다.

회유작전이 실패하자 원종 14년(1273) 2월, 파도가 높고 삭풍이 거셌지만 김방경과 흔도, 홍다구의 여몽연합군은 바다를 건너 탐라에 도착했다. 병선 160척, 수륙군 1만 명의 여몽연합군이 탐라의 삼별초를 공격했다. 삼별초는 한 달 동안 목숨을 아끼지 않고 방어했다. 부상을 당해도 혼만은 꺾이지 않는 고려인 기질의 분투였다. 그러나 중과부적은 어쩔 수 없었다. 장군 김통정은 끝까지 항복하지 않고 깊은 산속으로 들어가 나뭇가지에 목매달았다. 남은 삼별초 군사 1천3백여 명은 부상을 당해 더 저항하지 못하고 붙잡혔다.

이후 충정왕 2년(1350). 탐진의 마을들도 탐라의 땅처럼 적막강산이 되었다. 선단 규모가 무려 100척 이상이나 되는 왜구의 침입이 빈번해지면서 경상, 전라, 충청, 경기 연안에서부터 황해도, 평안도 해역까지 그들의 노략질이 들불처럼 번졌다. 세곡을 실은 조운선을 탈취당하기도 했다. 결국 시호 앞에 '충(忠)'을 뗀 명군 공민왕은 백성들을 보호하기 위해 해안에서 50리 이내에는 살지 말라고 명을 내렸다.

왕명에 의해 탐진과 부령의 도공들은 보다 안전한 곳으로 이주했다. 따라서 청자가마들도 허망하게 주인을 잃어갔다. 어느새 탐진의 청자가마들은 더 이상 연기를 피워 올리지 못했다. 천하제일 비색청자는 또 다른 비상을 꿈꾸며 역사의 긴 잠 속으로 빠져들고 말았다.

삼라만상 두루 통하는 마음과 빛깔

"허허허. 자네는 청자가 아니라도 인간성이 돼부렀구만. 장 대사가 말헌 당부를 죽을 때까정 지키겠다고 허는 것을 보니 말이여. 자네 이름은 뭣인가?"

"최녹천이라고 헙니다요."

정 족장이 중얼거렸다.

"녹천이라. 녹천이라….."

여름의 문턱에 선 투명한 하늘과 산자락은 옅은 갈맷빛 일색이었다. 구름 한 점 없는 부드러운 하늘빛도, 신록이 녹음으로 바뀌어가고 있는 천개산 산자락도 탐진바다처럼 온통 푸른색이었다. 정 족장이 허공에 눈길을 한 번 주고 난 뒤 말했다.

"자네는 천상 청자를 맹글고 살 사람이네. 녹천이란 푸를 녹 (綠) 자에 하늘 천(天) 자, 푸른 하늘이 아닌가."

정찬주 작가의 이번 장편소설 『깨달음의 빛, 청자』는 술술 잘 읽힌다. 특정한 인물, 주인공도 없이 우리나라 청자의 기원 및 청자에 대한 모든 것을 담은 이야기인데도 재미있게 읽힌다. 재미있게 술술 독자 가슴에 다가가 안긴다는 것은 소설 본래의 미덕이다.

소설 시작부터 나오는 장보고 등 작중인물들은 모두 청자에 관여돼 있다. 그런 등장인물들은 하나같이 선하다. 모든 것을 두루두루 껴안고 이롭게 하는 인물들이다. 그런 인물들의 마음이 청자를 만들어내고 있다. 우리 민족의 핏줄에 흘러내리고 있는 홍익인간 정신과 풍류의 마음이 세계 최고의 청자를 만들어낸 것이라는 것을 일러주고 있는 작품이다.

그런 우리 고유의 마음과 정신을 불교에 정통한 작가가 또 불교적으로 쉽게 깨우치게 하고 있다. 우리네 홍익인간, 풍류도야말로 원래 유불선(儒佛仙)은 물론 기독교 등 모든 유의미한 사상과 종교를 포괄하고 있는 하늘과 땅과 인간이 어우러지는 근원 사상 아니던가. 그런 사상, 마음을 지키고 있는 자만이 청자를 만들 수 있다는 이야기를 계속해 나가며 독자에게 깨달음을 주고 있는 작품이 『깨달음의 빛, 청자』다.

장편소설 『깨달음의 빛, 청자』는 오랜 기간 준비했던 소설이다. 다산 정약용의 유배 생활을 그린 『다산의 사랑』(2012)을 집필하면서 강진을 자주 드나들었는데, 그때 자연스럽게 K-컬처(Culture)의 원조이자 한류(韓流)의 시초인 강진

청자의 역사를 접했던 것이다. '한류의 시초 강진청자'라는 말은 내가 창안한 수식어가 아니다. 미국 위스콘신주에 살면서 한때 동아시아 고대역사를 가르치다가 지금은 위스콘신주 로렌스 사립대학에서 한국역사와 한국단편소설 등을 소개하고 있는 나의 SNS 친구 메티 베게하우프트(Matty Wegehaupt) 선생이 한 말이다. 내가 강진청자를 소설로 집필한다고 SNS에 알리자, 그가 오늘 수업은 학생들과 '한류의 시초 강진청자'를 주제로 토론하겠다고 알려왔던 것이다. 나는 미처 거기까지는 생각하지 못했는데, 미국인의 언어 구사 능력과 강진청자의 역사 인식에 놀라지 않을 수 없었다.

이번 소설 권두에 실린 '작가의 말' 한 대목이다. 청자는 K-컬처, 한류의 원조임을 세계인들도 다 알고 있다. 그래서 우리 모두가 세계문화유산으로 등재되기를 기원하고 있다. 이러한 때 청자를 주인공으로 청자의 모든 것을 재밌으면서도 깊이 있게 알리려 한 작품이 『깨달음의 빛, 청자』다.

1983년 「한국문학」 신인상에 당선돼 등단한 정찬주 작가는 우리 시대 큰 스승 성철과 법정 스님을 다룬 장편 『산은 산 물은 물』, 『소설 무소유』 등으로 널리 알려진 작가다. 한글 창제에 관련된 역사나 이순신, 정약용 등 역사 인물들의 진실을 파고든 역사소설도 수십 권 펴냈다.

전남 화순 쌍봉사 바로 위에 '이불재'란 집을 짓고 소설 창작에 몰두하고, 또 불교에도 정통해 '불교전문작가'로 불리는 소설가이다. 소설 문법과 불교에 통달한 정 작가가 이번엔 청자의 혼과 멋, 역사를 널리 알리기 위해 어떤 인물이 아닌 청자를 주인공 삼아 쓴 작품이 『깨달음의 빛, 청자』다.

'작가의 말'에 드러나듯 이 작품을 위해 작가는 수없이 강진을 찾아 청자를 취재했다. 옛 이름이 탐진이었던 강진은 우리나라에서 처음으로 청자가 생산되고 국보급 청자 80%가 만들어진 곳이며, 지금도 생산되어 유통되는 청자의 메카이다.

강진의 청자 장인이나 전문가들의 도움으로 1천여 년 전의 가마터를 찾아다니며 그곳의 자연과 흙과 하늘과 바다 빛깔을 마음에 아로새겼다. 거기 흩어진 청자 파편들을 줍고 만지고 감상하며 청자를 온몸으로 실감하려 애썼다. 그렇게 청자한테서 자신에 대한 이야기가 줄줄 나오게 하려 했다. 그러나 청자는 입이 없어 말을 못 하니 청자를 직접 빚고 굽고 한 장인이나 청자에 관련된 인물들의 입에서 청자의 말이 자연스레 흘러나오게 하는 소설 문법을 택했다.

맨 위 문단의 작품 인용 부분은 우리나라 청자, 탐진청자의 탄생 전야와 세계 최고로 치는 빛깔의 내력을 쉽고도 자연스레 말하는 대목이다. 작가의 가공인물이겠지만 '녹천(綠天)'이란 푸른 하늘 이름을 가진 사람에 의해 청자가 처음으로 강진 땅에 선보였음을, 청자는 강진의 하늘과 앞바다 그리고 신록으로 가는 초여름 산자락 모두를 보듬는 빛에서 나왔음을, 무엇보다 세상

모든 것과 사연들을 다 껴안은 오지랖 넓은 마음과 인간성에서 청자가 나왔음을 자연스레 이야기하고 있는 대목이다.

신라도공들이 하나같이 장보고에게 머리를 숙였다. 탐진 출신 도공이 말했다.
"대사님, 지덜은 어처케 대사님의 은혜를 갚어야 헐게라우?"
"내가 바라는 것이 하나 있소. 고향에 가더라도 여그 청자를 맹그시오. 그것이 내게 은혜를 갚는 길이요."

1, 2권으로 나뉜 『깨달음의 빛, 청자』 1권에서는 장보고가 주요 등장인물로 나온다. 위 대목처럼 당나라 해적들에게 붙잡혀 노예로 팔려어 중국의 청자가마에서 일하던 신라인들을 구해 고향으로 돌아가 청자를 만들게 한, 청자의 대부가 장보고이기 때문이다. 또 해적을 소탕하고 중국, 일본 등지의 뱃길을 연 해상왕으로 우리에게 잘 알려진 역사적 인물 장보고를 내세워 독자들을 끌어들이기 위해서였을 것이다.

"월주청자 모냥은 배와야겠지만 때깔은 여그 탐진 때깔을 찾어봐야겠어라우."
"월주청자는 청동으로 맹근 거맨치 모냥이 정교허지. 긍게 모냥을 닮을라고 허는 것은 당연허겄제. 근디 녹천이 말대로 여그 탐진 때깔을 찾는다믄 뭣이겄는가?"

"아직은 잘 모르겄습니다요."

"혹시 월주청자 때깔을 재현허는 것이 에러와서 그런 생각을 헌 것은 아니겄제잉."

"그라기도 허지라우."

"내가 보기에는 월주청자는 한여름 천개산 산자락멩키로 찐헌 녹색이데만."

"맞습니다요. 근디 지는 찐헌 녹색까지는 가는디 탁해져 분 게 탈이지라우. 그럴 바에는 탐진에서 젤로 이쁜 때깔을 찾고 잪다는 거지라우."

장보고의 도움으로 당나라 월주에서 고향 탐진으로 돌아와 청자를 만들기 시작한 최녹천과 탐진에서 가장 큰 도자기 가마를 운영하고 있는 정 족장의 대화다. 세계에서 가장 아름답고 오묘한 빛깔, 청자 비색(翡色)의 시원을 말하고 있는 대목이다.

예부터 중국에서는 왕실이나 귀족들이 제사를 지낼 때 옥빛이 나는 청동기를 사용해 왔다. 그러나 너무 무겁고 또 녹이 스는 게 흠이었다. 그래 청동기처럼 푸른빛이 도는 자기를 주문해 월주가마에서 청자를 만들기 시작했다는 청자의 기원도 최녹천 이야기 속에 녹여 넣고 있다.

최녹천은 여러 번의 시행착오 끝에 마침내 청자의 비색을 완성했다. 월주청자가 탁한 뇌록색인데 비해 탐진청자는 끝 간

데없는 하늘이나 바다처럼 투명한 빛깔이었다. 당나라에서 돌아와 청해진 대사가 된 장보고는 그런 탐진청자를 당이나 왜에 수출해 청자의 활로를 열어젖혔다. 그러나 그것도 잠시, 장보고가 역적으로 몰려 죽고 청해진이 폐쇄돼 그곳의 군사들이 뭍으로 끌려가 뿔뿔이 흩어지며 1권은 끝난다.

"쩌그 장군상은 누구요?"
"몰라서 묻는게라우? 여그 사람은 아닌갑소잉."
"맞소."
"우리 조상님에게 청자를 전해준 장보고 대사님이시지라우."
최씨는 깜짝 놀랐다. 돌아가신 아버지에게 귀에 못이 박히도록 들었던 장보고 대사를 신위 자리에 놓고 당제를 지내고 있기 때문이었다.

2권은 고려 4대 왕 광종의 노비안검법에 의해 노비들이 해방돼 각자의 고향으로 돌아오면서 시작된다. 위 대목은 청해진이 소탕되면서 노비로 끌려간 최녹천의 후손이 탐진으로 돌아와서 본, 사람들이 청자로 장보고 장군상을 만들어 제를 올리고 있는 모습이다.

도공들이 탐진 땅으로 속속 들어와 이 골 저 골에 가마를 지었다. 누구 가마든 빛깔이 탐진의 산자락과 바다처럼 투명한 청자만 나오면 판로는 걱정하지 않아도 되었다. 장보고가 청해진에서 피살당한 이후 250여 년 만의 일이었다.

위 대목처럼 탐진청자는 고려청자의 최상품으로서 대접받으며 다시 발전하기 시작했다. 왕실과 사찰, 그리고 귀족들이 그만한 품위를 지키기 위해 탐진청자를 원했기 때문이다. 특히 고려 말 무신정권이 들어서며 권력자들이 청자를 매개로 권력과 부를 쌓아갔기 때문에 청자의 수요는 급증했다.

청자기물의 문양이 음각에서 상감으로 발전했지만 음각한 청자도 아름답기는 여전하다는 말이었다. 대구소 향리의 촌평은 탐진청자에 대한 애정의 표현이었다. 문양을 음각한 청자가 은근한 멋이 있다면 상감한 청자는 도도하고 화려했다. 문양을 음각한 청자가 수줍음이 많은 처녀의 맨얼굴이라면 상감한 청자는 다 큰 처녀의 화장한 얼굴 같았다.

고려 시대에 들어와서 음각한 그림이나 문양이 아니라 음각한 부분을 탐진 백토나 흑토로 상감(象嵌)한 청자가 나오기 시작한다. 그런 세계 유일의 상감청자 기법도 탐진에서 시작돼 발전한 것이다. 탐진에는 장보고로 인해 당나라에서 청자기술이 건너왔고, 비색을 잘 낼 수 있는 태토가 널려 있었고, 무엇보다 자연

환경과 그 속에서 사는 사람들의 성정이 좋아 청자가 발전할 수 있었던 것이다.

쌍계사 아랫마을의 도공이 순하게 웃었다. 성정이 착한 도공들은 자기 작품을 그악스럽게 자랑하지 못했다. 그래서 손해를 보는 경우가 허다했다. 대구소 향리는 그런 도공을 많이 보았기 때문에 더 관심을 가졌다.

이 작품에 등장하는 인물들에는 악인이 없다. 위 대목처럼 도공들도 그렇고 청자를 품평하는 향리들도 그랬다. 말없이 서로서로 두루두루 이해하고 위해주는 그런 성정이 최상품 청자를 만들게 한 것이다.

그러나 무신정권이 몰락하고 왜구들이 발호하자 공민왕은 해안 50리 밖 소거 명령을 내렸다. 이에 탐진도 황폐화되고 천하제일 비색청자는 긴 잠에 빠져든 것으로 작품은 끝난다.

이렇게 탐진청자의 모든 내력을 알려주면서도 소설적 구성으로 재밌고 실감 나게 읽히게 한 작품이 『깨달음의 빛, 청자』다. 위의 인용 대목들에도 잘 드러나듯 탐진청자의 실감을 위해 그 지역 향토어를 그대로 사용하고 있다. 향토어에는 그곳의 자연과 성정이 그대로 묻어나고, 청자도 그런 향토어 같은 문화의 특성이 집약된 결정체임을 실감 나게 보여주기 위해서였을 것이다.

비색이 나오지 않고 뇌록색으로 탁한 것은 가마 속에 불을 오래 가두지 못했기 때문에 나타난 현상이었다. 불이 불을 태워야만 비색이 나타났다. 그러지 않으면 청자기물이 뇌록색이나 황갈색으로 나오기 일쑤였다.

탐진청자의 비색은 탐진의 자연과 태토가 좋아 나온 것만은 아니라는 대목이다. '불이 불을 태워야만' 한다는 대목에선 우리 민족 고유의 단련법을 떠오르게 한다. 선악(善惡)의 이분법에 갇힌 자신을 태워야만이 진정한 깨우침과 두루 어우러지는 대동세상을 열 수 있다는, 저 산동반도를 거쳐 해 뜨는 곳을 향해 내려온 해의 족속인 우리 민족 고유의 혼이 청자를 낳았다는 것을 작품 곳곳에서 드러내고 있다. 그래 제목처럼 청자를 통해 진정한 깨달음의 빛을 이야기하고 있는 소설이기도 하다.

2권 48장에 이르는 짧지 않은 이 작품을 읽으며 동서고금 베스트셀러인 『아라비안나이트』를 떠올렸다. 이야기가 재미없으면 다음 날 죽을 운명임을 알면서도 왕에게 1천1밤에 걸쳐 1천1개의 다른 이야기를 들려주는 왕비. 그런 이야기 재미의 힘을 느끼게 하는 소설이 바로 『깨달음의 빛, 청자』다.

『깨달음의 빛, 청자』도 연속극처럼 이어지는 것이 아니라 매장 다른 이야기로 나간다. 매장마다 등장해 활동하고 대화를 나누는 그 모든 인물과 이야기는 청자의 흥망성쇠에 닿아 있다. 청자를 위해 청자를 주인공으로 삼으면서도, 또 독자를 위해 재미와 감동을 주어야겠기에 선택할 수밖에 없었던 이러한 소설 문법이 글을 술술 읽히게 하며 『아라비안나이트』를 떠오르게 한 것이다.

　아무쪼록 우리 민족 특유의 심성과 자연에서 우러난 청자를 주인공으로 한 최초의 본격소설인 이 작품이 널리 읽혀 청자에 대한 이해와 관심을 더욱 고조시켜 줬으면 한다. 그리하여 청자가 세계문화유산으로 등재되는 날을 앞당겨 주길 바란다.

이경철
(문학평론가)

깨
달
음
의

빛,

청
자
2

ⓒ 정찬주, 2024

2024년 2월 26일 초판 1쇄 발행

지은이 정찬주
발행인 박상근(至弘) • 편집인 류지호 • 상무이사 김상기 • 편집이사 양동민
책임편집 양민호 • 편집 김재호, 김소영, 최호승, 하다해, 정유리 • 디자인 쿠담디자인
제작 김명환 • 마케팅 김대현, 김선주, 이선호 • 관리 윤정안
콘텐츠국 유권준, 정승채, 김희준
펴낸 곳 불광출판사 (03169) 서울시 종로구 사직로10길 17 인왕빌딩 301호
        대표전화 02) 420-3200 편집부 02) 420-3300 팩시밀리 02) 420-3400
        출판등록 제300-2009-130호(1979. 10. 10.)

ISBN 979-11-93454-53-4 (04810) 세트
ISBN 979-11-93454-55-8 (04810)

값 18,000원